Silke Neumayer

Schmetterlinge im Bauch sind die gefährlichsten Tiere der Welt

W0225915

Silke Neumayer

Schmetterlinge im Bauch sind die gefährlichsten Tiere der Welt

Roman

Ullstein

Besuchen Sie uns im Internet:
www.ullstein-buchverlage.de

MIX
Papier
FSC® C083411

Originalausgabe im Ullstein Paperback
1. Auflage Juli 2020
© Ullstein Buchverlage GmbH, Berlin 2020
Umschlaggestaltung: zero-media.net, München
Titelabbildung: © FinePic®, München
Gesetzt aus der Quadraat Pro powered by pepyrus.com
Druck und Bindearbeiten: CPI books GmbH, Leck
ISBN 978-3-86493-129-1

1

Es roch nach Sommer, Kräutern, frisch gemähtem Gras und Sonne auf der Haut. Frieda ließ ihren Blick schweifen, sie war fast oben, fast am Gipfel. Weit unter ihr lag ein Tal mit einem kleinen Dorf, sie konnte den Kirchturm mit der Zwiebelspitze in der Mitte sehen, und ein paar verstreute Bauernhöfe lagen verschlafen im Glanz der Nachmittagssonne. Alles war weit weg, so als würde es diese Welt mit ihren Autos und Häusern nur noch in Spielzeugformat geben. Hier oben auf dem Berg gab es nur Natur, blühende Wiesen, Bäume, Gipfel, und über allem thronte ein magisch blauer Himmel, durch den am helllichten Tag fast die Sterne schimmerten, so hoch oben war Frieda.

Frieda drehte sich um und wandte ihren Blick auf die andere Seite. Jetzt lag die Alpenkette vor ihr, Gipfel an Gipfel reihte sich aneinander, manche selbst jetzt im Sommer noch schneebedeckt. Sie konnte fast bis zum Mittelmeer hinuntersehen, aber vielleicht war das Blau dort auch nur der Dunst, der sich am Horizont verlor. Ein paar Kuhglocken bimmelten, irgendwo meckerten ein paar Ziegen oder Schafe. Frieda hatte das Gefühl, sie müsste nur einen kleinen Hüpfer machen, und schon könnte sie abheben und durch den weißblauen Himmel bis ins Tal schweben. Ganz ohne Gleitschirm. Einfach so, Arme ausbreiten und fliegen, sich sanft von den Fallwinden der Berge tragen lassen.

Frieda breitete die Arme aus, und tatsächlich – sie schwebte langsam nach oben, wie ein Luftballon, was etwas seltsam war, da Frieda unter leichter Höhenangst litt, aber davon spürte sie im Moment gar nichts, ganz im Gegenteil, es fühlte sich einfach glücklich und frei an.

Frieda drehte ihren Kopf zur Seite und sah einen Schmetterling, der direkt neben ihr flog. Einen unglaublich bunten Schmetterling, der erstaunlich große Flügel hatte. Irgendwas an diesem Schmetterling erinnerte Frieda entfernt an Elton John. War es der Glitzer auf den bunten Flügeln? Oder dass er ziemlich moppelig geraten war? Vielleicht war es aber auch die ziemlich ausgefallene Sonnenbrille mit Strasssteinchen, die er auf seinen Fühlern trug.

Es war erstaunlich, dass der Schmetterling überhaupt fliegen konnte bei dem Figurproblem und dann auch noch so hoch, dachte sich Frieda. So viel Gewicht musste ja erst mal in die Luft. Obwohl, Hummeln konnten ja auch fliegen und waren nicht gerade Size Zero.

Aber was machte ein Schmetterling so weit hier oben auf dem Berg? Und seit wann konnten Schmetterlinge so gut fliegen? Die torkelten doch normalerweise immer eher durch die Gegend, so als hätten sie gerade ein Glas Champagner zu viel getrunken.

»Du hast echt keine Ahnung von gar nichts«, summte der Schmetterling bestens gelaunt in Richtung Frieda. Das Summen war erstaunlicherweise unterlegt mit der Melodie von »Don't Go Breaking My Heart«. Dann zwinkerte er Frieda neckisch zu, machte einen lässigen Flügelschlag und flog davon, hinunter auf die Almwiese zu den bunten Blumen.

Frieda blickte dem Schmetterling nach, dann fiel ihr plötzlich ein, dass sie ja gar keine Flügel hatte, sich aber verdammt hoch über der Erde befand.

Sie runzelte die Stirn, ihr war nicht mehr so ganz klar, wie sie überhaupt fliegen konnte, sie fühlte auch schon die gewohnte Angst in sich aufsteigen. Beim Anblick der Höhe, in der sie sich gerade befand, war das ja auch kein Wunder. Frieda wollte gerade laut losschreien, gleich würde sie fallen, da schrie jemand anderes sie an.

»Frieda! Frieda!!!! Frieda!!!!!!!«

Mit einem Ruck wurde Frieda wach.

Beißender Gestank nach verbranntem Fett stach ihr in die Nase.

Nichts mit Alpenkräuterwiese.

Sie war klatschnass und von Kopf bis Fuß mit weißem Schaum bedeckt.

Annie, ihre beste Freundin und Mitinhaberin von »Friedas Fritten«, hielt einen Feuerlöscher auf sie gerichtet und feuerte Schaum wie eine Maschinengewehrsalve auf Frieda und die Fritteuse, die Feuer gefangen hatte.

Frieda blickte sich um. Es sah aus, als wäre ihre kleine, sehr beliebte Currywurstbude am Savignyplatz in Berlin plötzlich unter Meeresschaum begraben worden.

»Du hast gerade fast den ganzen Laden in Brand gesteckt. Hast du geschlafen? Was um alles in der Welt ist los?« Annie hörte endlich auf, sie mit Schaum zu bespritzen, und blickte sie besorgt an.

Frieda war plötzlich so wach wie seit Tagen nicht. Gott sei Dank war noch alles an ihr dran. Vielleicht ein paar versengte Haare. Kein Feuer mehr. Aber eine unglaubliche Schweinerei.

Pommes schwammen traurig in einer Brühe aus Fett und Schaum.

Ein paar Kunden blickten von draußen wie erstarrt auf das Chaos. Ein Mann mit offenem Mund hielt eine aufgespießte Currywurstscheibe schwebend in der Hand, wie festgefroren.

Frieda blickte an sich herab und dann auf die Fritteuse und die schwarzen Rauchspuren, die das Feuer an der Wand hinterlassen hatte.

Ja. Sie hatte wohl tatsächlich für ein paar Sekunden geschlafen. Im Stehen. An der Fritteuse.

Keine gute Idee, aber auch kein Wunder.

Sie hatte seit Jahren Schlafstörungen. Als alleinerziehende Mutter eines ziemlich – wenn man es freundlich formulierte – aufgeweckten Sohnes war Schlafen nicht gerade die Priorität in ihrem Leben in den letzten Jahren gewesen.

Und da sie ja nicht nur Mutter war, sondern auch Geld verdienen musste, hatte sie quasi nebenher mit Annie mittlerweile fünf gut gehende Currywurstbuden in Berlin aufgebaut. »Friedas Fritten« lief hervorragend, so hervorragend, dass Frieda in den letzten fünf Jahren nicht mehr im Urlaub gewesen war. Schließlich arbeitete sie selbst und ständig. Und ihre selbst gemachte Currysoße war ein Geheimtipp, der »Friedas Fritten« in jedem Reiseblog über Berlin einen enthusiastischen Eintrag beschert hatte.

Irgendwann zwischen Sohn, Currywurst und Steuererklärung hatte Frieda das Schlafen verlernt.

So erschien es ihr zumindest. Zwei, drei Stunden in der Nacht an einem Stück war das Längste, was Frieda noch an Schlaf kannte. Danach war sie für Stunden hellwach und schlummerte, wenn überhaupt, erst in den frühen Morgenstunden wieder ein.

Seit Jakob, ihr mittlerweile neunzehnjähriger Sohn, sich vor vier Wochen auf eine halbjährige Weltreise begeben hatte, war es mit dem Schlafen beziehungsweise mit dem Nichtschlafen sogar noch schlimmer geworden.

Dabei hätte sie jetzt doch endlich mehr Zeit zum Schlafen gehabt.

Jahrelang hatte sie sich vorgestellt, wie es wäre, mal wieder allein zu leben und wenigstens in ihrer Freizeit tun und lassen zu können, was sie wollte.

Schlafen. Endlich schlafen. Und zwar allein. In einem großen, weißen Bett in einem Zimmer mit weißen, leicht im Wind wehenden Leinenvorhängen.

Das war für längere Zeit in ihrem völlig durchgetakteten Leben ihr größter Wunschtraum gewesen. Nun ging er irgendwie in Erfüllung, allerdings anders als gedacht.

Tja, wenn sie eines mittlerweile in ihrem Leben gelernt hatte: Bei Träumen war es gar nicht so selten, dass sie irgendwie anders ausgingen als gedacht. Sie hatte jetzt weiße Leinenvorhänge an den Fenstern und war alleine. Aber der Schlaf war ferner denn je.

Seit der Scheidung von Anton, ihrem lausigen Ex, vor über zehn Jahren hatte Frieda es nur ab und zu geschafft, eine kleine Affäre zwischen zwei Pommes und Jakobs Pubertätsanfällen zu quetschen. Sie hatte keine Zeit zum Schlafen. Sie hatte keine Zeit für Männer. Und irgendwie hatte sie nicht nur das Schlafen, sondern auch die Männer verlernt. Oder die Männer sie. Und das mit gerade mal fünfzig. Manchmal nachts in ihren viel zu wachen Stunden hegte sie den leisen Verdacht, dass sie schon lange wieder Jungfrau war.

Gab es das? Konnte man wieder Jungfrau werden, wenn man nur lange genug keinen Sex hatte? Frieda hielt Männer im Leben von Frauen sowieso für absolut überbewertet. Sie kam wunderbar ohne klar. Und so etwas wie ihren Ex brauchte ganz sicher keine Frau. Auch nicht so was wie Vitus, ihr letztes Date. Der machte ihr den Vorschlag, sofort bei ihr einzuziehen, wenn ihr Sohn ausziehen würde. Damit sie nicht so alleine sei. Frieda blickte Vitus nur entsetzt über ihren Aperol Spritz an und löschte schon beim Verlassen des Lokals seine Nummer. Frieda war gerne alleine. Kein Problem. Besser allein als einsam zu zweit. Das war sie lange genug in ihrer Ehe gewesen.

Annie, die selbst lang und locker verheiratet war, war von Friedas Schlaf- und Männermangel nicht begeistert und schleppte Frieda ab und zu durch ein paar Kneipen Berlins. Zum einen, damit Frieda müde genug wurde, um ins Bett zu gehen, zum anderen, damit Frieda und vielleicht auch Annie endlich einen neuen Mann kennenlernen würde.

Nichts davon passierte. Der Schlaf blieb weg. Die Männer auch. Frieda war manchmal so müde, dass es ihr egal war.

Annie hatte rote Haare, nicht gefärbt, nur etwas mit Weiß durchzogen, und ein Temperament, das genau dazu passte. Etwas hitzig – wenn man es nett ausdrücken wollte. Aufbrausend und ziemlich dominant, wenn man es weniger nett ausdrückte.

»Was glotzt ihr denn so?«, fuhr Annie jetzt die verblüfften Kunden draußen vor »Friedas Fritten« an. »Das kann mal passieren. Schluss für heute mit Currywurst. Geht doch alle zu Mackie. Wir müssen hier erst mal die Sauerei aufräumen.«

Sprach Annie, ließ resolut die Rollos runter und sperrte so die Kunden aus.

Aus dem Augenwinkel sah Frieda, dass der eine Kunde immer noch das Stück Currywurst aufgespießt in der Hand hielt.

2

Ein paar Stunden und einen Arztbesuch später war Annie immer noch resolut. Und immer noch sauer auf Frieda. Das war etwas, das in ihrer langjährigen Freundschaft nur äußerst selten vorkam und deshalb Frieda mehr irritierte als der Brand von heute Morgen.

Sie saß mit Annie in einer Kneipe um die Ecke ihrer Wohnung und gönnte sich einen Absacker in Form von italienischem Rotwein und Tomaten-Mozzarella. Von Fritten und Currywurst hatte sie gerade die Nase gestrichen voll. Der Brandgeruch hing immer noch in ihrer Nase und in ihren Haaren, obwohl sie zweimal geduscht hatte.

»So geht es nicht weiter«, sagte Annie und blickte Frieda streng an.

»Es ist doch nichts passiert.«

»Weil ich da war.«

»Ich wäre schon rechtzeitig aufgewacht.«

»Im Krematorium?«

»Du übertreibst schamlos«, meinte Frieda und trank einen

großen Schluck Wein. Sie versuchte, es vor Annie zu verbergen, aber der Schreck über den Brand saß ihr in den Knochen.

»Du hast gehört, was der Arzt gesagt hat. Sechs Wochen Kur oder Urlaub oder in einem halben Jahr ein Jahr Klinik wegen Burn-out. Denn das nächste Mal, wenn du was abfackelst, wird es nicht unsere Currywurstbude sein, sondern du selbst wirst diejenige sein, die abgefackelt ist. Und ich schätze, das lässt sich dann nicht in ein paar Stunden mit Putzmittel und einem Eimer Farbe wieder hinbekommen.«

Annie hatte sie nach dem Brand unter die Dusche und in frische Klamotten gesteckt und war sofort mit Frieda zu ihrem Bruder, seines Zeichens Hausarzt ihres Vertrauens, gefahren. Und der war nicht begeistert von Friedas körperlichem Zustand. Ganz und gar nicht begeistert. Wenn Frieda fünf Jahre nicht im Urlaub gewesen war, so war sie zehn Jahre nicht mehr beim Arzt gewesen.

Sie hatte keine Zeit für so was. Und vielleicht hatte sie auch zu viel Angst, nagte eine kleine Stimme in Frieda, die sie sofort wieder zum Schweigen verdonnerte.

»Ich brauch nur zwei, drei Tage mal etwas Ruhe, ein heißes entspannendes Bad, und dann passt das schon wieder«, meinte Frieda und hoffte, dass der Wein bald wirkte.

»Passt es nicht. Und das weißt du im Grunde genommen ganz genau«, entgegnete Annie starrköpfig.

Annie blickte Frieda tief in die Augen. Annie war »no bullshit« und ihre Freundin, seit Frieda mit siebzehn mit ihren Eltern nach Berlin gezogen war. Sie wohnte damals in der Wohnung direkt unter Frieda und kam gleich am ersten Tag hoch, um sich über Friedas Rumtrampelei auf ihrem Kopf zu beschweren. Die beiden Mädchen hatten die Zimmer direkt übereinander. Es gab einen heftigen Wortwechsel, aber bevor es zu Handgreiflichkeiten kam, fing Annie an zu lachen, weil Frieda ihr mit einer »Watschn« gedroht hatte und Annie das Wort nicht kannte und total komisch fand. Frieda fiel einfach in Annies ansteckendes Lachen mit ein, und der Streit war behoben. Seitdem waren sie beste Freundinnen.

Frieda mochte das »no bullshit« sehr an Annie. Man konnte Annie nichts vormachen. Das war großartig bei Kunden, Lieferanten und auch sonst. Es war nur nicht großartig, wenn es sich gegen Frieda selbst richtete.

»Ich finde, du solltest dich mal entspannen«, sagte Frieda und versuchte betont lässig zu klingen.

»Sagt die, die seit Monaten nicht mehr richtig geschlafen hat. Du bist ab sofort ausgesperrt. Ich nehme dir die Schlüssel ab. Du gehst jetzt heim und legst dich hin. Ich will dich die nächsten Wochen nicht mehr sehen. Mir egal, was du tust, aber wenn du in einer der Buden auftauchst, werfen wir dich raus. Ich habe das schon allen Angestellten gesagt. Niemand lässt dich rein. Flieg in die Karibik. Oder nach Thailand. Oder willst du, dass ich dir eine Sechswochenkur an der Ostsee buche?«

Frieda blickte Annie entsetzt an, dann brach es aus ihr heraus:

»Ich will keine Anwendungen! Und ich will keine Schonkost! Ich bin noch nicht bereit dafür, so alt zu sein!« Das ging Frieda jetzt echt zu weit.

»Vielleicht ein Kurhotel am Bodensee? Der Chiemsee soll auch schön sein.«

»Auch nicht.«

»Du musst etwas ändern. Nimm dir einen Mann mit in dein Bett, dann wird das mit dem Schlafen auch besser.«

»Das ist lächerlich, Annie. Männer schnarchen. Es ist wissenschaftlich erwiesen, dass Frauen in getrennten Schlafzimmern besser schlafen. Neben Anton habe ich äußerst schlecht geschlafen. Er hat geschnarcht und gepupst ... es war kein Vergnügen, mit ihm das Bett zu teilen«, fauchte Frieda. »Außer in einer Hinsicht«, fügte sie noch schnell hinzu, auch wenn es nicht so wirklich stimmte, nur um damit die zwölf Ehejahre mit Anton im Nachhinein doch in besserem Licht erscheinen zu lassen.

»Du schaffst es ja noch nicht mal zu getrennten Schlafzimmern. Dafür bräuchte man erst mal ein gemeinsames Schlafzimmer.«

Frieda warf Annie als Antwort nur einen bösen Blick zu. Schließlich war Annie zwar verheiratet, aber eben nicht besonders glücklich. Das war einer der wenigen Punkte, über die Annie, die sonst mehr als deutlich war, nicht gerne reden wollte.

»Ich mein es ernst.«

»Ich weiß«, seufzte Frieda. Sie hatte den Verdacht, dass Annie sehr hartnäckig bleiben würde. Und dass ihre Freundin vielleicht eventuell ein kleines bisschen recht hatte. Aber nur vielleicht.

In dieser Nacht war an Schlaf überhaupt nicht mehr zu denken. Frieda drehte sich seit Stunden im Bett herum.

Sie hatte vorhin noch kurz mit ihrem Sohn Jakob geskypt. Der war zum Zwischenstopp in einer Art überteuerter Jugendherberge in Dubai und amüsierte sich offensichtlich köstlich. Er war betrunken bei dem kurzen Gespräch, auch wenn er versuchte, das vor seiner Mutter zu verbergen. Sie ging ihrem Sohn offensichtlich gehörig auf die Nerven. Und wennschon. Frieda fand, sie hatte sich das Recht zu nerven redlich erworben. Wenn sie nur an seine vielen Eskapaden in den letzten Jahren dachte. Allein dreimal hatte sie ihn im letzten Jahr mitten in der Nacht auf einer Polizeistation abholen müssen. Gott sei Dank nur wegen Kleinigkeiten wie eines abgebrochenen Mercedessterns oder Abmontierens eines Straßenschildes – aber trotzdem.

Frieda stand auf. Im Bett war die Schlaflosigkeit noch schlimmer. Das wusste sie aus leidvoller Erfahrung.

Sie setzte sich an ihren Laptop. Frieda hatte den Verdacht, das Internet sei in erster Linie für schlaflose Menschen erfunden worden. Sie selbst war mitten in der Nacht oft viel zu erschöpft, um sich auf ein Buch konzentrieren zu können, und so surfte sie durchs Netz. Sie klickte jeden Quark an und fiel bewusst auf jeden Clickbait rein: »Drei Schwestern machen Jahr für Jahr dieses Foto. Beim letzten Bild werden Sie in Tränen ausbrechen.« Frieda brach nicht in Tränen aus, eher in Lachen, und hüpfte halb wach und halb müde weiter von Seite zu Seite.

Spontane Einkäufe des Nachts hatte sie sich allerdings abgewöhnt. Morgens um vier eine Bluse und drei Hosen zu bestellen führte nur dazu, dass sie ein paar Tage später vorm Spiegel heulen wollte und alles wieder zurückschicken musste.

Irgendwann landete sie bei Airbnb. Manchmal schaute sie sich dort die ausgefallenen Objekte an, die man so mieten konnte – von einer kleinen Insel vor Kanada bis zum Baumhaus in Schweden. Annie spukte in ihrem Kopf rum. Und das Feuer.

Es war 4.36 Uhr. Friedas Lider waren auf halbmast, aber sie war immer noch nicht müde genug, um sich noch mal ins Bett zu trauen.

Alm, 1845 Meter, gar nicht so teuer. Und besser als sechs Wochen Kur an der Ostsee. In die Karibik wollte Annie nicht. Dort war es viel zu heiß. Sie hätte das Gefühl, den ganzen Tag an der Fritteuse zu stehen. Ihr Traum von heute Morgen fiel ihr wieder ein. Das Gefühl des Schwebens war schön gewesen und die Gipfel und die Almwiese. Sie war ewig nicht mehr in den Alpen gewesen. Früher als Kind war sie oft mit ihren Eltern in den Bergen gewesen und hatte auch auf Almhütten übernachtet. Damals, als Urlaub noch Ferien hieß und man nicht Gott weiß wohin fliegen musste, um etwas zu erleben. Annie wusste, wie uralt sie war, dass sie so dachte. Ihr Sohn hatte sich schon ab dreizehn geweigert, auf eine Alm zu fahren – viel zu langweilig. Er flog lieber mit seinem Vater in Pauschalurlaube, für die seine Mutter keine Zeit hatte.

Friedas Kopf sank langsam tiefer. Ihre Hand bewegte sich auf der Tastatur: klick, klick, klick. Und dann war Frieda endlich eingeschlafen.

Frieda wurde wach, als irgendwer draußen vor ihrem Fenster laut im Berufsverkehr hupte. Ein Sabberfaden lief ihr Kinn runter. Ihre Wange hatte einen Tastaturabdruck. Sah schick aus – Frieda sah sich selbst im Spiegel des Bildschirms und konnte tatsächlich die kleinen Quadrate der Tastatur identifizieren. So war es eben, wenn man nicht mehr ganz so jung war. Man brauchte Stunden am Morgen zum Entknittern. Und wenn man nicht gerade auf einer Tastatur schlief, dann hatte man bis elf Uhr schon mal den Kissenabdruck im Gesicht.

Schon fast sieben. Sie musste los zum Einkaufen in die Großmarkthalle.

Und dann fiel ihr der gestrige Tag wieder ein. In diesem Moment plingte eine WhatsApp-Nachricht von Annie auf ihrem Handy: »Versuch erst gar nicht, hier vorbeizukommen. Und wehe, du gehst in die Großmarkthalle. Da bin ich schon.« Annie hatte ein schönes Foto von einer Kurklinik im Schwarzwald mitgeschickt.

Nun gut. Das würde Diskussionen geben.

Frieda holte den Laptop aus dem Schlafmodus.

Eine neue E-Mail erwartete sie.

»Danke für die Buchung« von Airbnb. Frieda blickte ungläubig auf den Betreff. Sie hatte die Alm gebucht. Für sechs Wochen.

Ab Sonntag. Und bezahlt hatte sie offensichtlich auch schon. Das war jetzt doch etwas schlimmer, als morgens um vier sechs Hosen, drei Paar Schuhe und zwölf T-Shirts von fünf verschiedenen Onlineanbietern zu bestellen.

Wer war diese fremde Frau in der Nacht? Und was machte sie an Friedas Laptop?

Sechs Wochen auf einer Alm alleine? Frieda bekam Panik. Sie war doch keine Sennerin. Das konnte man sicher zurückschicken, stornieren. Frieda suchte fieberhaft nach dem richtigen Link.

Und dann dachte sie an dieses Gefühl im Traum und an Schlaf und an Ruhe. Frieda stand auf. Sie brauchte erst mal ein paar klare Gedanken und einen Kaffee. In Deutschland konnte man ja fast alles innerhalb von zwei Wochen zurückgeben. Nur den falschen Ehemann leider nicht.

»Du bist völlig verrückt.«

»Du wolltest doch, dass ich mal wegfahre.«

»Aber doch nicht so.«

»Wie denn dann?«

»Ostsee mit frischem Wind und Kurschatten.«

»Weg ist weg. Frischen Wind gibt es auf 1.800 Metern sicher auch. Und mir reicht mein eigener Schatten.«

Frieda stand mit Annie in einer Art Outdoorausrüstungswunderland und erkannte sich selbst nicht wieder. Sie sah absolut lächerlich aus. Bunte Bergschuhe. Eine pinkfarbene Allwetterjacke.

Pink war gut, wenn man aus Versehen beim Wandern oder Klettern abstürzte und gefunden werden wollte, versicherte ihr der Verkäufer. Sie wollte nicht klettern. Vielleicht noch nicht mal wandern, aber sie musste sicher ein paar Hundert Meter zu Fuß gehen. Man konnte nicht direkt mit dem Auto bis zur Alm hochfahren. Das war noch so etwas, das Annie bestätigte, dass Frieda vollkommen verrückt geworden war. Wahrscheinlich hatte sie zu viel von dem Feuerlöschschaum abgekriegt.

Frieda hatte eigentlich überhaupt keine Kondition. Dass sie noch eine ziemlich gute Figur in ihrem Alter hatte, verdankte sie eher ihrer Abneigung für allzu fettes Essen und Fast Food. Wer den ganzen Tag Currywurst und Fritten austeilt, will abends doch lieber öfter mal einen Salat. Sport war nicht so ihr Ding. Wer hatte schon Zeit für so was? Vor drei Jahren war sie mal in einer Yogastunde gewesen. Das war gar nichts für sie, sie war viel zu hibbelig, um länger als zwei Sekunden still zu sitzen. Und dieses doofe »Oooohhhhmmmm« – sie musste dabei an eine alte Oma beim Verrenken denken und war in lautes Lachen ausgebrochen, was ihr böse Blicke von den anderen Yoginis eingebracht hatte.

Und jetzt das.

Frieda blickte sich um. Um sie herum war alles Mögliche verteilt, es sah aus, als würde sie gleich den ganzen Laden leer kaufen.

Ein großer Rucksack. Ein kleiner Rucksack. Stöcke. Socken. Fleece und Funktion in rauen Mengen. Und alles in mehr als kräftigen Farben, die in Friedas Augen ein Verbrechen waren.

Frieda konnte solche Menschen nicht so wirklich ernst nehmen, die sich für ihren Pauschalurlaub ausrüsteten, als würden sie alle Gipfel des Himalajas erklimmen. Manchmal sah sie in Berlin Touristengruppen mit Rucksäcken, Funktionskleidung und Wanderstöcken, die ausgestattet waren, als würden sie zumindest den Mont-Blanc besteigen und nicht gerade über den Gendarmenmarkt spazieren.

Und jetzt gehörte sie selbst dazu. Die Kletterausrüstung, mit Karabinerhaken und Seilen, die ihr der Verkäufer noch andrehen wollte, hatte Frieda dann allerdings abgelehnt. Allein der Anblick der im Geschäft fest installierten Kletterwand machte sie schwindelig. Was dachte sich der junge durchtrainierte Verkäufer? Dass man mit fünfzig noch fähig war, die Beine so hoch zu kriegen? Frieda schüttelte innerlich den Kopf. Der Verkäufer dachte wahrscheinlich nur an seine Verkaufsprovision.

Er würde heute gut an Frieda verdienen.

Sich perfekt für die Berge auszustatten gab Frieda im Moment wenigstens etwas das Gefühl von Sicherheit.

Sie hatte die Buchung nicht storniert. Sie würde morgen auf die Alm fahren. Sie war vollkommen verrückt. Annie hatte recht.

Frieda zog die Schuhe und die Jacke wieder aus. »Ich nehme das alles. Würden Sie das bitte an die Kasse bringen?«

Der Verkäufer strahlte und packte alles in seine sehr definierten Arme. Wahrscheinlich durfte man in so einem Laden nur arbeiten, wenn man schon mindestens einen Achttausender ohne Sauerstoffmaske erklommen hatte. Nun, Frieda musste nur auf 1.853 Meter. Das würde schon nicht so schlimm werden.

Sie zog ihre alten Sneaker wieder an und murmelte zu Annie rüber, die ganz versonnen dem attraktiven Verkäufer hinterherblickte.

»Was, wenn ich es nicht aushalte? Ich meine, so ganz alleine da oben?«

Annie riss ihren Blick von dem muskulösen Anblick los und wandte sich Frieda zu.

»Dann lässt du dich einfach den Berg runterrollen und kommst wieder hierher. Wo ist das Problem? Und wenn es da oben auf dem Berg solche Männer wie den da gibt …« Annie nickte zu dem Verkäufer rüber. »Dann wirst du dich sicher nicht einsam fühlen. Und wer weiß, vielleicht komme ich dich dann mal besuchen.«

»Ja. Klar. Annie, jetzt spinnst du. Der ist viel zu jung für mich, und auf so einem Berg gibt es sowieso nur Gamsböcke. Und ich brauch echt keinen Mann mehr. Ich hatte schon einige von diesen Exemplaren, und ich komme besser ohne klar.«

»Oder ein verirrter Wanderer. Oder ein Mountainbiker, der Unterschlupf vor einem Gewitter sucht.« Annie machte weiter, als hätte Frieda nie etwas gesagt, und seufzte sehnsüchtig auf. Sie hatte eine unheilbar romantische Ader, tief unter ihrer schroffen Art vergraben, und las heimlich Bücher, auf deren Titel halb nackte Männer halb nackte Frauen in üppigen Kostümen auf ihren starken Armen davontrugen. Außerdem würde sie nie aufhören, Frieda verkuppeln zu wollen. Selbst am Rollator wäre Annie noch über Friedas nicht vorhandenes Liebesleben besorgt. Vielleicht war das aber auch nur eine gute Ablenkung von den ständigen Affären mit immer jüngeren Frauen, die Annies Mann offen nebenbei hatte, dachte Frieda manchmal – aber nur wenn sie mal wieder von Annies Verkupplungsversuchen genervt war.

»Ich habe Angst«, meinte Frieda, um das Thema zu wechseln.

»Hätte ich an deiner Stelle auch«, sagte Annie absolut nicht tröstend und wandte endlich ihre volle Aufmerksamkeit wieder Frieda zu.

»Also doch lieber sechs Wochen Ostsee mit Fangopackungen?«

Annie blickte Frieda herausfordernd an.

Frieda stand wortlos auf und ging zur Kasse.

Ein mulmiges Gefühl hatte sie trotzdem.

Das ließ auch die ganze Fahrt nach München in ihrem kleinen Auto nicht so wirklich nach.

Frieda machte irgendwann das Radio an, volle Lautstärke. Der Vorteil, wenn man gerade noch ein Kind in der Pubertät gehabt hatte, lag daran, dass man im Musikgeschmack nicht völlig in den 90ern stehen geblieben war.

Frieda sang jedes Lied aus vollem Hals mit. Ein Skilehrer hatte ihr das mal als Trick beigebracht. Wer singt, kann nicht so viel Angst haben. Singen lockert das vegetative Nervensystem. Und Frieda war tatsächlich mal Ski gefahren, gar nicht so schlecht. Sie war durchaus mal sportlich gewesen, in einem anderen Leben.

Als sie dann hinter München auf der Autobahn über den Irschenberg fuhr, machte ihr Herz einen Freudensprung. Vor ihr lagen prachtvoll die Alpen. Und danach kam nach der Abfahrt Prien noch der ganze Chiemsee und machte seinem Spitznamen als bayerisches Meer alle Ehre. Ein großartiger Anblick.

Links glitzerte der See mit vielen kleinen Segelbooten, rechts erhoben sich Berge im Weißblau eines bayerischen Sommertages. Sie hatte dieses Gefühl völlig vergessen, wie es war, wenn man plötzlich einen unendlich weiten Blick hatte. Und nicht nur von einer Hauswand zur nächsten blicken konnte.

Frieda war nicht mehr bang. In ihr regte sich sogar so etwas wie Vorfreude.

Sie würde auf einer Bank vor ihrer Almhütte in der Sonne sitzen und ins Tal blicken. Sie würde auf einer Almwiese liegen, Schäfchenwolken zählen, sich erholen, vielleicht schlafen, und das alles ohne Fangopackungen.

Frieda gab Gas. Vor ihr lagen noch über achtzig Kilometer, und Proviant musste sie auch noch einkaufen.

3

Frieda musste leider feststellen: Die Tante Emma hier im einzigen und winzigen Tante-Emma-Edeka-Bäcker-Metzger-Laden von Kleindingtupfing war leider keine nette alte Dame mit grauem Dutt, sondern ein älterer, etwas schmierig wirkender Mann in fleckigem Hemd und einer noch fleckigeren Lederhose mit fettigem Haar und einem schweren bayerischen Dialekt, an den Frieda sich erst mal wieder gewöhnen musste.

»Grüß Gott!«, grummelte er gleichzeitig mit dem Bimmeln der Türglocke und einem kurzen prüfenden Blick auf Frieda.

Grüß Gott statt Guten Tag. Die Bayern waren schon immer ein seltsames Volk. Wieso sollte Gott grüßen? Oder wieso sollte man Gott grüßen? Warum konnten die nicht Guten Tag sagen wie normale Menschen? Frieda war das wirklich nicht mehr gewohnt, trotzdem rollte ihr ein schwaches »Grüß Gott« über die Lippen.

Schließlich wollte sie nicht als komplett verirrte Touristin durchgehen. Sie hatte ja die ersten Jahre ihres Lebens unter Bayern oder zumindest unter Münchnern verbracht. Wobei die Münchner hier nicht als richtige Bayern durchgingen. Das wusste sie noch von den Wochenendausflügen mit ihren Eltern ins bayerische Umland.

Frieda blickte sich um und steuerte dann erst mal auf ein Regal mit Konserven zu. So wie der Mann sah leider auch der ganze Laden aus. Von kleinen idyllischen Dorfläden träumen auch nur von riesiger Auswahl und KaDeWe verwöhnte Großstädter. Hier gab es ein Regal, in dem Tütensuppen standen, die so verstaubt waren, dass man kaum die Aufschrift erkennen konnte: Pfannkuchensuppe. Grießnockerlsuppe. Wie um alles in der Welt kriegt man Grießnockerl in eine Tüte?, musste Frieda sich unwillkürlich fragen. Aber wahrscheinlich gab es mittlerweile auch Currywurst in Tüten. Unauffällig versuchte Frieda auf das Verfallsdatum einer der Tütensuppen zu schauen. 12.08.2013. Großartig. Hier würde sie sich sicher nicht für den Rest der Woche eindecken können. Eine Magen-Darm-Verstimmung auf über 1.800 Meter war nicht gerade das, was Frieda sich so für den Anfang auf der Alm vorstellte. Aber für die nächsten ein, zwei Tage würde sie hier schon was finden. In dem kleinen Kühlregal lag etwas Käse aus der Gegend, und der sah echt lecker aus. Und vielleicht ein paar Dosen, etwas Toastbrot, Butter und Marmelade. Sie wollte nicht richtig kochen, sie stand ja sonst genug am Herd.

Hauptsache, irgendwas im Magen. Morgen oder übermorgen konnte sie nach Bad Reichenhall reinfahren, aber jetzt musste sie hoch auf die Alm, bevor es dunkel wurde. Vielleicht würde sie auch irgendwann bis Salzburg fahren. Dort gab es sicher richtige Supermärkte. Oder waren hier alle Selbstversorger? Sie war Jahre nicht mehr aus Berlin rausgekommen. Sie wusste schon gar nicht mehr, dass es Menschen gab, die ihren eigenen Salat anpflanzten.

Für einen kurzen Augenblick sah sie die Käseabteilung vom KaDeWe vor ihrem inneren Auge. Frieda, reiß dich zusammen, befahl sie sich. Ein Almaufenthalt ist kein Fressurlaub. Und etwas weniger essen wäre auch nicht schlecht. Ihr Magen knurrte leise drohend als Antwort.

Gerade war Frieda dabei, ein Glas Gewürzgurken mit dem Verfallsdatum vom letzten Monat in ihren kleinen Einkaufskorb zu packen, da bimmelte die kleine Türglocke erneut, und ein Mann betrat den Raum. Frieda drehte sich um.

Sie und er waren die einzigen Kunden an diesem verstaubten Ort. Der Mann sah nicht nach Bauer oder Einheimischem aus. Ganz im Gegenteil. Er trug einen schicken Anzug und schnappte sich wie Frieda einen Einkaufskorb. Ein verlaufener Tourist. Offensichtlich. Auch wenn er Gott grüßte.

Frieda überlegte. Vielleicht noch ein Glas Rote Bete? Und dann stellte sie irritiert fest, dass irgendetwas an diesem Mann ihr seltsam bekannt vorkam. Das konnte nicht sein. Sie kannte hier niemanden. Und sie wollte hier auch niemanden kennenlernen. Sie wollte hier allein sein. Deshalb war sie hier.

Der Mann wandte sich an das einheimische Verkaufsgenie mit den fettigen Haaren.

»Haben Sie zufällig Andechser Biojoghurt? Himbeere?«

»Hammer nedda.«

»Kein Himbeerjoghurt oder kein Andechser?«

»Hammer nedda.«

Der Mann seufzte auf, griff nach einem anderen Joghurt und beäugte ihn kritisch. Frieda sah ihn deutlich von der Seite und ging hinter dem Regal mit den Essiggurken und den abgelaufenen Tütensuppen in Deckung.

Das konnte nicht wahr sein.

Das gab es nicht.

Ihr Gedächtnis spielte ihr einen Streich. Das war die viele frische Luft. Frieda war so was ja gar nicht mehr gewöhnt. Obwohl man jetzt hier im Laden eher eine Staublunge erwarten konnte als Frischluftgefühle.

Das war sicher alles nur, weil sie das alles hier trotz Dorfambiente an ihre frühen Jahre in München erinnerte.

So eine Art Flashback. Das sollte es geben in emotional herausfordernden Situationen. Und schließlich war es ja wohl mehr als emotional herausfordernd für Frieda, sechs Wochen allein auf eine Alm zu gehen.

Herausfordernder, als sie es sich selbst eingestehen wollte.

Frieda riskierte einen weiteren Blick durch ein paar Gläser auf den Mann. Verdammt.

Der sah aus wie Max. Max Schröder.

Das konnte nicht sein. Spinn nicht rum, versuchte Frieda sich zur Ordnung zu rufen.

Frieda lugte erneut zu dem Mann hin – diesmal durch die Essiggurken durch. Für eine etwas bessere Sicht musste sie ein Glas mit Roter Bete umstellen. Verfallsdatum irgendwann im Januar 2002. Unfassbar. Bei ihr in den Currywurstbuden stand ständig das Gesundheitsamt vor der Tür. Kontrolle hier, Kontrolle da. Und jetzt das hier. Mitten im ach so ordentlichen Bayern. Vergiss das Gesundheitsamt. Das hier war interessanter.

Frieda spähte nach vorn.

Ja. Doch. Das war Max. Dreiunddreißig Jahre älter, durchaus einiges an Falten, ziemlich graue Haare, aber wenigstens noch Haare, etwas schwerer, aber so gut erhalten, dass sie das arrogant wirkende Kinn durchaus sofort erkennen konnte. Frieda hatte ein unglaubliches Gesichtergedächtnis. Leider. Dabei gab es in ihrem Leben viele Gesichter, an die sie sich lieber nicht mehr erinnern wollte.

Und das hier war eindeutig Max Schröder.

DER Max Schröder.

Aus der 10B und 11C.

Der Max, der damals alles und jedes, was zwei Beine und zwei Brüste sein Eigen nennen konnte, flachlegte.

Keine ihrer Klassenkameradinnen war schnell genug auf einem Baum gewesen. Und zu Max' Verteidigung musste man leider auch sagen, keine wollte vor Max auf die Bäume fliehen. Ganz im Gegenteil. Sie fielen von den Bäumen runter, geradewegs in den Schoß von Max.

Wie überreife Äpfel. Max musste sie weder pflücken noch aufheben. Nur reinbeißen.

Frieda verabscheute dieses Verhalten von ihren Geschlechtsgenossinnen damals zutiefst.

Wie konnte man sich einem Jungen nur so an den Hals werfen?

Frieda war dafür viel zu stolz.

Bis auf die eine Party, die Geburtstagsparty im Hobbyraum von Franz Mayer.

Da fiel auch Frieda. Plumps machte es. Sechs Cola-Cognac ließen sie in die Arme von Max fallen oder vielmehr torkeln.

Max war der Junge, der ihr den ersten richtigen Kuss ihres Lebens verpasst hatte. So richtig mit Zunge und allem Drum und Dran. Und das Drum und Dran waren Schmetterlinge im Bauch, weiche Knie und so eine Art elektrische Schläge ihre Wirbelsäule hoch und runter gewesen.

Ein erster Kuss, wie er besser nicht hätte sein können.

Atemberaubend. Unvergesslich. Großartig. Die Messlatte für alle zukünftigen Küsse hoch legend.

Frieda war lange Zeit von diesem Kuss beeindruckt.

Leider.

Denn bedauerlicherweise war dieser für Frieda erste Kuss für Max Schröder ja alles andere als ein erster Kuss gewesen. Ganz im

Gegenteil. Für ihn war das damals wahrscheinlich der 193. Kuss gewesen. So mit Zunge und allem Drum und Dran. Oder vielleicht auch der 567. Kuss. Wer wusste das schon genau? Ganz sicher nicht Max selbst.

Wahrscheinlich hatte er zu jener Zeit alle Mädchen ihrer Klasse schon geküsst. Und vielleicht sogar mehr.

Frieda war wohl die Letzte, die er an seinen Kusskünsten teilhaben ließ.

Max hatte sich nach dieser Nacht nicht mehr an den Kuss erinnern können. Wie auch, wenn Frieda die Nummer einhundertvierundneunzig in seinem damals siebzehnjährigen Leben war. Aber für Frieda war er die Nummer eins, und sie konnte sich ständig und täglich an den Kuss erinnern und wurde fortan permanent knallrot wie eine Tomate, sobald sie Max nur von Ferne ansichtig wurde. Ein grauenvoller Zustand für eine sowieso schon von allem und jedem verunsicherte Siebzehnjährige mit viel zu großen Füßen.

Max tat danach, als wäre nie etwas zwischen ihnen in irgendeiner Form je passiert. Aber Frieda wurde bei jeder passenden und unpassenden Gelegenheit rot. Knallrot. Leuchtend rot. Tomatenrot.

Die Qual endete erst, als kurz darauf Friedas Vater nach Berlin versetzt wurde, die ganze Familie nach Charlottenburg umzog und Frieda auf eine neue Schule ging. Um dort auf neue Jungs zu treffen. Und auf neue Küsse. Und den ganzen verdammten Rest. Den Umzug fand sie damals furchtbar, aber wenigstens wurde sie ab da nie mehr rot.

Apropos rot.

Frieda fühlte eine schon lange nicht mehr bekannte Hitze in sich aufsteigen. Doch nicht jetzt! Waren das die Wechseljahre?

Aber sie war doch noch gar nicht so weit und hatte noch nie Beschwerden mit Hitzewallungen gehabt?

Sie konnte doch jetzt nicht rot werden. Nicht nach über dreiunddreißig Jahren, einer zwölfjährigen Ehe, achtundvierzig Stunden Wehen und einem erwachsenen Sohn.

Frieda versuchte, ruhig und entspannt zu atmen, wie sie das in der einzigen Yogastunde ihres Lebens gelernt hatte, und merkte, wie dadurch die Röte noch schlimmer wurde.

Ganz wie damals. Immer wenn sie versucht hatte, in ihrer Pubertät ganz cool zu sein, wurde alles noch schlimmer, sie leuchtete wie eine chinesische Laterne zum Neujahr, rannte gegen einen Laternenpfahl oder fiel mitten im Unterricht einfach so vom Stuhl. Zwischen vierzehn und achtzehn war Frieda für lange qualvolle Jahre zur tollpatschigen Katastrophe auf zwei Beinen mutiert.

Aber das war ja wohl in einem anderen Leben gewesen. Und jetzt das. Wahrscheinlich war sie mittlerweile röter als die Rote Bete vor ihr im Regal. Gut, dass es hier dunkel und staubig war.

Frieda richtete sich langsam wieder auf. Sie würde sich einfach ganz lange hier zwischen den abgelaufenen Tütensuppen und verstaubten Einweckgläsern verstecken, und dann wäre Max Schröder wieder Geschichte. Alles entspannt. Alles gut.

In diesem Augenblick klingelte Friedas Handy. Laut und deutlich. Mit dem speziellen Klingelton (Mamma Mia von Abba), der für Jakob, ihren Sohn, reserviert war. Da musste sie ran. Vielleicht hatte er ein Kaugummi auf der Straße ausgespuckt und saß deswegen jetzt in einem Gefängnis in Singapur, wo er gerade war. Frieda hatte Jakobs Weltreiseroute komplett im Kopf. Und die waren da ja echt streng, hatte sie gehört. Und Jakob war echt schlampig. Frieda versuchte, in ihrer Tasche nach dem Handy zu greifen, und hatte völlig vergessen, dass sie gleichzeitig noch ein Glas Rote Bete in der Hand hielt.

Ehe Frieda das Handy erreichte, das immer noch so penetrant klingelte, rutschte ihr das Glas aus der Hand, sie konnte es gerade noch auffangen.

Uff.

Aber leider machte sie dabei eine ungeschickte Drehung, stieß gegen das Regal mit den Sauerkonserven, und fünf Einweckgläser machten sich selbstständig auf den Weg auf den sicher seit Jahren nicht gewischten Fliesenboden und zersprangen in tausend Stücke.

Rote-Bete-Saft verteilte sich wie Blutspritzer über Frieda.

Ihr Handy hörte auf zu klingeln.

Frieda blickte an sich herab.

Sie sah aus wie aus einem Horrorfilm, schwer verletzt, aber gerade noch dem Killer mit dem Messer erwischt. Zum zweiten Mal innerhalb kurzer Zeit wurde sie unfreiwillig nass. Einmal mit Löschschaum, jetzt mit Rote-Bete-Saft. Irgendwas wollte das Leben ihr wohl sagen, Frieda wusste nur noch nicht so genau, was das sein sollte.

Der Ladenbesitzer und Max Schröder drehten sich zu ihr um.

Hoffentlich war ihr Kopf nicht noch röter als der Saft.

»Tut mir leid. Aber die waren eh alle abgelaufen«, brach es aus Frieda entschuldigend hervor.

Die beiden Männer starrten sie immer noch an, als wäre sie gerade mit einem Ufo hier im Tante-Emma-Laden von Kleindingtupfing gelandet.

»Schon seit Jahren abgelaufen«, krächzte Frieda weiter hervor.

»Trotzdem, das müssen Sie alles bezahlen«, antwortete plötzlich die Schmalzlocke in Lederhosen in ganz erstaunlichem Hochdeutsch.

»Was man hier kaputt macht, muss man hier nämlich bezahlen. So handhaben wir das. Verstehen Sie?«

Frieda nickte. Ihr Gesicht fühlte sich an wie eine kaputte Ampel.

Bling. Bling. Sie würde nie wieder auf Grün schalten können. Auch nicht auf Gelb.

Verdammt.

Max blickte zwischen Frieda und den kaputten Gläsern hin und her. Ein amüsiertes Lächeln spielte um seine Lippen. Auch das hatte sich offensichtlich nicht verändert. Er konnte immer noch dämlich grinsen.

Aber er hatte dabei eindeutig mehr Falten um die Augen als früher. Was ihm gar nicht schlecht stand, murmelte irgendwas ganz hinten in Friedas Kopf. Ganz im Gegenteil. Ganz im Gegenteil. Klappe, herrschte Frieda die Stimme an.

Max legte seelenruhig einen Joghurtbecher auf die Theke und wandte sich der alpinen Schmalzlocke zu.

»Nun, das kann ja mal passieren. Ist ja kein großer Schaden, der entstanden ist. Auch wenn es wie ein Blutbad aussieht. Hier – ich zahle ein paar Gläser für die Dame mit, aber kassieren Sie mich bitte, bevor Sie hier alles aufräumen, ich hab es etwas eilig.«

Gott sei Dank. Gott sei gegrüßt.

Offensichtlich hatte Max sie nicht erkannt. Gar nicht erkannt. Irgendetwas dabei gab Frieda einen kleinen Stich.

Max zahlte und ging raus.

Frieda brauchte ein paar Sekunden länger, um sich aus ihrer Erstarrung zu lösen. Dann warf sie einfach zwanzig Euro auf den Tresen.

»Ich komme gleich wieder und helfe beim Aufräumen. Ich will mich nur kurz bei dem netten Herrn bedanken.«

Frieda ging vor die Tür, noch bevor die Schmalzlocke antworten konnte, machte drei Schritte und versteckte sich unauffällig im nächsten Hauseingang.

Max war immer noch auf dem Dorfplatz mit seinem Joghurt. Er ging zu einem Mini, ein Fahrzeug, das so gar nicht zu so einem Angeber passen wollte, wunderte sich Frieda.

Es passte auch nicht.

Aus dem Auto stieg vom Fahrersitz eine umwerfend schöne Blondine.

Höchstens fünfundzwanzig.

Beine bis zu den Achselhöhlen.

Ein Ausschnitt bis zum Bauchnabel.

Teuer gekleidet – typisch Münchner Tussi mit viel Geld und wenig Hirn. Es gab einfach Frauen, die ließen Frieda jedwede weibliche Solidarität vergessen.

Max und die Tussi umarmten sich.

Da war er wieder. Der Max Schröder von damals.

Einmal Womanizer. Immer Womanizer.

Frieda hätte wetten können. Sie und Annie machten in den Kneipen Berlins manchmal ein Spiel daraus. Wie viele Männer in ihrem Alter viel jüngere Frauen hatten. Es waren unglaublich viele. Und Friedas Exmann gehörte mittlerweile auch dazu. Frieda warf noch mal einen Blick auf den Dorfplatz auf das zugegebenermaßen schöne Paar.

Max und die junge Frau standen immer noch da.

Was für ein Volldepp.

Vielleicht würde es Max so ergehen wie ihrem Exmann.

Der hatte jetzt mit seiner achtzehn Jahre jüngeren Frau dreijährige Zwillinge und Augenränder bis zum Mundwinkel. Anton war dieser späten Familie nicht mehr so wirklich gewachsen, hatte Frieda oft das Gefühl. Manchmal sah sie so eine Sehnsucht in seinen Augen, sie hegte den leisen Verdacht, dass Anton im Grunde genommen zu ihr zurückwollte.

Max hingegen wirkte neben der jungen Frau geradezu selbst verjüngt.

Er stand immer noch auf frische Äpfel.

Je jünger, je besser.

War ja auch klar.

Frieda hatte genug gesehen.

Sie riss sich los, drehte sich um und lief schnellen Schrittes zum Onkel-Schmalzlocke-Laden zurück.

Die nächsten paar Tage auf der Alm brauchte sie was zu essen. Von Luft und Liebe würde sie da oben nicht überleben können.

Frieda verbannte Max in die hinterste Ecke ihres Gehirns. Dorthin, wo er die letzten dreißig Jahre gewesen war. Dorthin, wo sein Platz war.

Wenigstens hatte er sie nicht erkannt. Und jetzt musste sie ihre Einkäufe holen, dringend ihren Sohn anrufen, den Rote-Bete-Saft abwaschen und einen letzten Kaffee hier unten in der Zivilisation trinken, bevor es auf die Alm ging. Falls es hier überhaupt genügend Zivilisation mit einem anständigen Kaffee gab, dachte sich Frieda mit Blick auf den angestaubten Laden.

Der Mini fuhr los.

Frieda blickte ihm ganz kurz nach. Dann wurde ihr Blick wie von selbst magisch von den Bergen angezogen. Sogar von hier aus, mitten im Dorf, konnte man gut auf die Alpen blicken. Die Gipfel glühten geradezu in der Sommersonne. Es war klares Wetter, und irgendwo da oben, irgendwo da würde sie die nächsten Wochen verbringen. Allein.

Frieda lächelte und öffnete die Tür zum Tante-Emma-Laden, wo Onkel Schmalzlocke schon ungeduldig mit einem Putzlappen in der Hand auf sie wartete.

4

Der Cappuccino, den sie im kleinen Biergarten von Kleindingtupfing servierten, war erstaunlich gut. Das musste Frieda zugeben. Sicher lag es daran, dass München eigentlich nicht wirklich in Deutschland lag, sondern die nördlichste Stadt Italiens war, wenn sie sich richtig erinnerte.

Sie hatte sich auf der Toilette des Biergartens umgezogen, trug eine saubere Jeans und ein neues T-Shirt. Außerdem hatte sie ihren Sohn zurückgerufen, der schon wieder leicht angeheitert wirkte und sich einer Gruppe Amerikaner angeschlossen hatte. Wenn Jakob weiterhin dem Alkohol so zusprach, würde er sich wahrscheinlich hinterher kaum an seine Weltreise erinnern können. Aber es gab ja Instagram. Frieda hoffte auf Ausnüchterung ihres Sohnes in Neuseeland, wo Jakob für eine Weile einen Work-and-Travel-Aufenthalt plante, um den ganzen Spaß zu finanzieren.

Frieda hatte sich vor dem Cappuccino noch einen Schweinsbraten mit Knödeln und Dunkelbiersoße gegönnt. So was hatte sie schon ewig nicht mehr gegessen, und nach dem Schreck des

Zusammentreffens mit Max Schröder brauchte sie unbedingt eine Stärkung, bevor es für ein paar Tage abgelaufene Gurken geben würde.

Vielleicht sollte sie dann in Berlin, wenn sie zurückkam, eine Art Almschweinsbratenbude eröffnen. Mit original bayerischem Schweinsbraten und Miniknödeln. Und ein paar Bierbänken davor. Das war vielleicht eine Marktlücke. Sie musste die Idee unbedingt mit Annie besprechen. Frieda rief sich zur Ordnung. Hier wird nicht gearbeitet. Hier wird sich erholt.

Frieda musste jetzt los, hoch zur Alm, bevor es dunkel werden würde. Schließlich musste sie ja die letzten paar Hundert Meter zu Fuß gehen. Der Weg sei gut ausgeschildert, hatte ihr der Bauer, dem die Alm gehörte, per Mail verraten.

Der Schlüssel würde unter einem Stein unter der Bank neben der Tür liegen. Alles kein Problem, hatte ihr der Bauer in einem kurzen Telefonat noch versichert, bei dem sie ihn kaum verstanden hatte. Er würde irgendwann mal hochkommen, um nach Frieda zu schauen.

Frieda hoffte, er würde sie lebend vorfinden und nicht von Murmeltieren angenagt. Sie stand auf, um zum Auto zu gehen. Der Berg rief – sag ihm, ich rufe zurück, dachte sich Frieda, für einen Moment wieder von Unsicherheit übermannt.

Ihr kleiner Wagen nahm eine Haarnadelkurve nach der nächsten. Frieda betete, dass ihr hier kein größeres Fahrzeug entgegenkommen würde. Und dann fiel ihr ein, dass man ja hupen musste, wenn es eng um die Kurven ging. Sie war seit den letzten Ferien vor dem Umzug mit ihren Eltern nach Berlin nicht mehr in den Bergen gewesen, bemerkte Frieda mit Erstaunen. Anton bevorzugte das Meer und Pauschalreisen. Und als sie noch zusammen waren, fuhr Frieda um des lieben Friedens willen einfach mit.

Griechenland, Mallorca und einmal auch Portugal. Wo man eben so hinflog als Familie. Und natürlich waren sie von Berlin aus ab und zu auch an der Ostsee gewesen.

Aber die Berge hatte Frieda seit Jahren nicht mehr gesehen. Und schon gar nicht erklommen. Weder mit dem Auto noch zu Fuß. Frieda warf einen kurzen Blick auf die Seite, wo es neben der Straße ziemlich steil bergrunter ging. Das sah bedrohlich aus, Frieda umklammerte das Lenkrad fester und versuchte ihren Blick auf der Straße zu lassen.

Irgendwie hatte sie das alles lieblicher in Erinnerung. Frieda öffnete beide Fenster, ließ die unglaublich reine Luft ins Auto und in ihre Lungen und hupte munter in jeder Kurve drauflos, auch wenn es ihr wie ein Frevel erschien, die Stille zu stören. Es ging hoch und immer höher hinauf.

Nach einer gefühlten Ewigkeit erreichte sie endlich einen kleinen Parkplatz, auf dem nur ein einsamer SUV eines Wanderers stand. Laut der Wegbeschreibung von Airbnb musste sie hier parken.

Frieda packte so viele Lebensmittel und Kleider in ihren großen Rucksack, wie sie noch gut tragen konnte. Trotzdem war das unförmige Ding unfassbar schwer, und als Frieda es auf den Rücken hievte, verlor sie das Gleichgewicht und landete wie ein Käfer auf dem Rücken.

Sie starrte in den blassblauen Himmel über ihr. Ein Blau bis zur Unendlichkeit.

Das war fast wie in ihrem Traum. Nur Elton John fehlte. Wenn sie die Augen leicht zukniff, würde sie die Sterne sehen können. Und wenn irgendjemand hier jetzt vorbeikommen würde, zum Beispiel der Besitzer des SUV, der da rumstand, würde er sich sicher totlachen. Frieda rollte mit dem Rucksack auf den Bauch und stand schwankend auf. Die nächsten sechs Wochen würde sie an ihrer Kondition arbeiten. Berghoch und bergrunter. Vielleicht war es doch keine gute Idee gewesen, die zwei Stockwerke hoch zu ihrer Wohnung als ausreichenden Sport zu betrachten. Zur ausgleichenden Sicherheit schnallte sich Frieda den kleineren Rucksack vorn auf ihren Bauch und machte sich auf den Weg.

Tatsächlich. Da war ein kleines Holzschild mit Pfeil und der Aufschrift »Geisser-Alm«. Der Weg schlängelte sich durch die Bäume nach oben. Hier musste sie lang.

Nach ungefähr fünfzig Metern war Frieda schon ziemlich außer Atem und fing lauthals an zu fluchen. Der Rucksack fühlte sich an, als würde sie eine ganze Kuh den Berg hochtragen. Wie konnte sie nur auf die Schnapsidee kommen, sich von Prenzlauer Berg in Berlin auf die richtigen Berge in den Alpen zu begeben? Und das mutterseelenallein? Was, wenn sie sich hier ihren Knöchel verstauchte? Der Weg war uneben, an manchen Stellen kaum erkennbar und mit jeder Menge moosbewachsener und daher rutschiger Steine belegt. Frieda griff nach ihrem Handy. Zwei Balken – das beruhigte sie. Fluchend stieg sie weiter auf. Alle paar Meter musste sie anhalten und Luft holen. Irgendwann hatte sie gar keine Luft mehr zum Fluchen. Und dann bemerkte sie, dass ihre Gedanken durch das Gehen ruhiger wurden. Es duftete nach Wald, nach Moos, nach Erde, und ab und zu kam ein Sonnenstrahl durch. Verzaubert. Aber in der Nacht würde sie auch mit fünf Taschenlampen auf gar keinen Fall hier alleine runter zum Auto laufen.

Gab es hier in der Gegend eigentlich wieder Wölfe? Oder sogar Bären?

Frieda hatte keine Ahnung. Sie war mittlerweile eine völlige Großstadtpflanze, und Natur kannte sie die letzten Jahre eigentlich nur noch von gelegentlichen Spaziergängen im Park und ihrem uralten, halb vertrockneten Ficus benjamini im Schlafzimmer.

Und dann gab es, ohne dass Frieda es richtig bemerkt hätte, plötzlich keine Bäume mehr. Der Blick ins Tal öffnete sich. Wenn Frieda nicht schon so außer Atem gewesen wäre, hätte ihr der Ausblick jetzt den Atem geraubt. Sie blieb stehen. Ganz in der Ferne glänzte der Chiemsee.

Vor ihr, ganz hinten am Ende der Wiese war die Alm. Sie schmiegte sich in die Nähe einer kleinen Felswand und sah aus wie aus einem Bilderbuch. Gleich würden Heidi und der Almöhi rauskommen. Alles war genauso wie auf den Fotos im Internet. Einladend, sehr bayerisch und irgendwie beruhigend.

Frieda ging mit beschwingten Schritten darauf zu. So beschwingt, wie es ohne Kondition, außer Atem und mit zwanzig Kilo Gepäck eben ging.

Sie war nicht verrückt. Das hier war eventuell die beste Idee ihres Lebens. Zumindest die beste Idee der letzten Jahre. Denn in den letzten Jahren hatte sie eigentlich nur gearbeitet und ein Kind großgezogen. Da war kein Platz mehr für eigene Ideen gewesen. Das, was seit Jahren nicht mehr auf ihrer immer endlos langen To-do-Liste vorgekommen war, war sie selbst gewesen.

Bei der Hütte angekommen, war Frieda positiv überrascht von ihrer Größe. Sie stellte die Rucksäcke ab und suchte den Schlüssel. Da war er, unter der Bank unter einem großen Stein, ganz leicht zu finden – auch für Einbrecher, falls es hier oben so was wie Einbrecher überhaupt gab.

Frieda versuchte gerade, den Schlüssel in dem etwas rostigen Schloss zu drehen, da hörte sie ein ganz leises, kleines Meckern. So, als würde sich jemand über ihre Gedanken lustig machen. Und dann fiel ihr ein, dass bei der Hütte ein paar Ziegen waren, die von der Nachbaralm aus bei Bedarf versorgt wurden. Sie hatte das völlig vergessen und ging neugierig um die Hütte herum. Ein paar Meter weiter war ein Stück Gras eingezäunt, in der Ecke stand ein kleiner Ziegenstall, und sieben bunte Ziegen tummelten sich auf der Wiese. Eine kleine schwarze stand vorwitzig auf dem begrünten flachen Dach des Stalls und meckerte ihre Empörung über irgendetwas laut in die Bergluft hinaus. Frieda musste lachen. Sie würde doch Gesellschaft hier haben. Mit sieben Ziegen konnte man wohl nicht alleine sein.

Die kleine schwarze Ziege sprang mit einem erstaunlich großen Satz vom Dach und ging zielstrebig und zutraulich auf Frieda zu. Frieda versuchte, sie zu streicheln. Das Fell fühlte sich erstaunlich weich und seidig an und roch überhaupt nicht so, wie Frieda sich den Geruch von Ziegen vorgestellt hatte. Ganz im Gegenteil, die kleine schwarze roch nach Heu und Sonne und Leben. Unvermittelt stupste die Ziege ihre weiche und neugierige Nase in Friedas Hand.

»Na, wer bist du denn?«, fragte Frieda und erntete ein leises Meckern. Frieda kramte in ihrer Tasche und fand ein altes Hustenbonbon. Alpenkräuter. Das passte doch perfekt. Sie packte das Bonbon aus. Die kleine Schwarze war vollkommen entzückt von diesem Angebot, lutschte es aber nicht wie empfohlen, sondern zermahlte es ruckzuck mit ihren kleinen Zähnen.

Frieda streichelte das Tier ein letztes Mal und ging zur Alm zurück. Es wurde langsam Abend, Zeit, sich für die Nacht einzurichten. Sie war neugierig, wie es drinnen aussehen würde.

Innen in der Almhütte war es dämmrig, die Fenster waren klein und trugen hübsche rot karierte Vorhänge. Friedas Augen mussten sich erst mal an das wenige Licht gewöhnen. Die Hütte war wie eine Puppenstube auf Bayerisch. Die kleine Küche war penibel sauber geschrubbt, es gab sogar eine kleine Geschirrspülmaschine und eine altmodische italienische Espressokanne. Ein paar getrocknete Kräuter hingen an der Wand. Frieda griff sich ein paar Zweige und zerrieb sie zwischen ihren Fingern. Rosmarin konnte sie erkennen und Pfefferminze. Eine gemütliche Sitzecke mit einem schönen alten Holztisch war als Essplatz gedacht, in der Ecke standen ein etwas ausgeleiertes Sofa und ein Sessel.

Hier unten gab es noch ein kleines Zimmer mit Doppelbett und einem kleinen Bad.

Frieda stieg die steile Holztreppe hoch – das Dach war ausgebaut. Auch hier gab es zwei winzige Zimmer und ein Minibad. Frieda entschied sich für das größere der beiden Zimmer. Hier würde sie schlafen. Wenn sie denn hier schlafen würde.

Frieda blickte aus dem Fenster hinunter ins Tal. Wenn sie in Berlin aus ihrem Fenster sah, hatte sie die nächste Hauswand ein paar Meter weiter. Aber wenigstens im Sommer hatte sie davor noch die Spitzen eines Baumes. Frieda machte das Fenster weit auf, um die köstliche Luft reinzulassen, und ließ sich dann auf das Bett fallen, dicke Daunendecken schienen sie in ihre Arme zu nehmen. Fast hätte sie hier einfach so einschlafen können. Fast.

Sie hörte ein Geräusch. Kurz dachte sie, sie wäre schon wieder für eine Sekunde eingeschlafen und das Geräusch würde zu einem Traum gehören, an den sie sich aber nicht erinnern konnte.

Frieda lauschte. Sie hörte nur den Wind und das leise Meckern der Ziegen. Frieda setzte sich auf, sie würde jetzt den Rucksack ausräumen und vielleicht das Abendbrot in den letzten Sonnenstrahlen vor der Hütte einnehmen. In ihrem Rucksack steckte eine kleine Flasche Rotwein.

Da hörte sie es wieder. Es klang, als ob unten jemand in der Küche wäre und mit Töpfen hantierte. Frieda erstarrte. Ihr Herz machte einen ziemlich unguten Hüpfer.

Wer oder was konnte das da unten sein?

Ein verirrter Wanderer? Doch ein Bär? Ein Einbrecher?

Friedas Fantasie raste im Galopp davon. Sie würde hier oben ausgeraubt und umgebracht werden. In dieser Reihenfolge oder umgekehrt. Niemand würde ihre Schreie hören. Das Schicksal war echt fies. Frieda hatte das schon erlebt. Es machte die grausamsten Pirouetten, so was konnte man sich gar nicht ausdenken.

Verdammt, ihr Handy befand sich unten im Rucksack, und der lag noch vor dem Haus. Frieda blickte sich suchend um. Sie brauchte eine Waffe. Sie würde nicht ohne Kampf sterben.

Kein Messer weit und breit. Dann fiel ihr Blick auf das Holzkruzifix an der Wand über dem Bett. Das sah ziemlich schwer und solide aus. Damit konnte man sicher jemanden k. o. schlagen. Mit einem kurzen Entschuldigungsgebet (Gott musste ihr das verzeihen, das war einfach Selbstverteidigung) nahm Frieda das Kruzifix ab und ging auf Strümpfen, so leise es bei den alten knarzenden Holzdielen ging, in Richtung Treppe.

Von unten kam jetzt eindeutig Klappern aus der Küche. Der Einbrecher war wirklich dreist. Oder der Bär versuchte gerade eine Dose aufzumachen.

Frieda schlich sich die Treppe runter, ihren Arm mit dem Kruzifix hoch erhoben, bereit zum Zuschlagen.

Kurz vor der Küche wurde sie plötzlich von hinten gepackt, fast zu Boden geworfen, und das Kruzifix wurde ihr unsanft entwendet, obwohl sie sich heftig wehrte.

Sie schlug um sich, kratzte, versuchte zu beißen und zu treten.

Der Angreifer schaffte es schließlich, sie mit einer Armlänge Abstand von sich wegzuhalten und sie gegen die Wand zu drücken.

Frieda blickte fassungslos auf den Mann.

Max Schröder – jetzt ganz zünftig in Wandermontur – umklammerte gerade ihre Handgelenke so fest, dass es verdammt wehtat. Er war ihr so nah, dass sie die goldenen Einsprengsel in seinen braunen Augen sehen konnte. Seltsam, dachte Frieda völlig aus dem Zusammenhang gerissen: Augen werden wohl erst ganz zum Schluss alt.

Max blickte sie fassungslos und verwirrt an.

»Sie???«

»Du????« Friedas Verwirrung stand der Verwirrung von Herrn Schröder in keinster Weise nach.

Was um alles in der Welt machte er hier oben? Hatte er sie doch erkannt? Verfolgte er sie? Das ergab doch alles keinen Sinn. Frieda war völlig durcheinander. Vielleicht träumte sie gerade oder hatte Halluzinationen wegen der dünnen Höhenluft.

»Was machen Sie hier?«, fragte Max gerade in Friedas wirre Gedanken hinein.

»Was machst du hier?«

»Ich hab als Erstes gefragt. Und wieso duzen Sie mich? Haben Sie mich etwa verfolgt?«

Frieda meinte, so etwas wie leichte Angst in Max' Gesichtszügen zu erkennen. Er hielt sie offensichtlich für eine völlig verwirrte Stalkerin, die so hin und weg von seinem Anblick war, dass sie ihm spontan hier rauf auf den Berg folgte. Ein eitler Fatzke war er anscheinend immer noch.

»Ich war als Erstes da«, meinte Frieda selbstbewusst.

»Das kann nicht sein. Ich bin gleich nachdem Sie unten den Laden in einen Tatort verwandelt haben, hier hochgekommen. Sie haben sich offensichtlich reingeschlichen, während ich ein paar Schritte wandern war.«

»Ich hab mich nicht reingeschlichen. Ich hab die Hütte gemietet. Über Airbnb für die nächsten sechs Wochen. Wenn Sie sich verlaufen haben, kann ich Ihnen gerne den Weg runter ins Tal zeigen. Aber Sie müssen sich beeilen, es ist nicht mehr allzu lange hell, und zu Fuß dauert es sicher zwei bis drei Stunden, bis Sie unten sind.«

Frieda war unwillkürlich wieder zum »Sie« gewechselt. Sie hatte ja damals offensichtlich einen tiefen Eindruck bei Max Schröder hinterlassen, wenn er sie in keinster Weise wiedererkannte. Oder sie hatte sich furchtbar verändert. War alt geworden, hatte zu viele Falten, sah völlig anders aus. Dieser Gedanke war auch nicht wirklich besser.

»Ich will gar nicht runter, und ich habe mich nicht verlaufen. Ich habe diese Hütte auch gemietet. Airbnb.«

»Das kann nicht sein.«

»Wieso nicht?«

»Weil ich sie ja schon gemietet habe.«

»Vielleicht haben Sie sich ja im Datum geirrt. Sie scheinen mir sowieso etwas, nun ich will das mal vorsichtig formulieren, verwirrt zu sein. Sie sind wahrscheinlich erst in drei Wochen dran, wenn ich schon wieder weg bin. Die Alm ist sicher den ganzen Sommer über dauerbelegt.«

»Ich bin jetzt dran, und ich bin sicher, Sie haben da was verwechselt. Und würden Sie vielleicht endlich mal meine Handgelenke loslassen. Sie tun mir weh«, schnauzte Frieda ihn an.

Max ließ sie los, blickte sie aber immer noch misstrauisch an.

»Aber Sie beruhigen sich und greifen mich nicht wieder an.«

»Sie haben ja wohl mich angegriffen. Ich habe mich nur verteidigt«, meinte Frieda kurz und dachte sich: so ein Schnösel und Rechthaber, ganz wie früher.

»Ich habe die Buchungsbestätigung ausgedruckt irgendwo.« Frieda lehnte das Kruzifix vorsichtig an die Wand und durchwühlte, unter den weiterhin misstrauischen Blicken von Max, ihre Taschen, er tat ja geradezu so, als würde sie gleich eine Waffe aus ihrer Hosentasche ziehen.

Mist. Der Zettel war wohl in den Tiefen ihres Rucksacks verschollen. Frieda suchte und suchte.

Max blickte sie mittlerweile eher mitleidig an, so als wäre sie geistig auf der ganz flachen Seite unterwegs.

»Ich werde das klären. Wir rufen einfach den Bauern an.« Max griff nach seinem Handy. IPhone. Neuestes Modell. War ja klar. Frieda hatte ein altes Samsung. War auch klar.

Max blickte frustriert auf das Display.

»Ach, wie blöd. Hier geht ja das Handy nicht, aber oben, bei der kleinen Kapelle, da bin ich vorhin vorbeigewandert, da gab es Empfang. Einen Balken mindestens. Ich würde vorschlagen, wir gehen zusammen rauf und rufen den Besitzer an. Und wer hier falsch ist, muss dann einfach wieder nach unten ins Tal.«

»Nun ich bin hier nicht falsch!« Frieda hatte endlich doch diese blöde Buchungsbestätigung in der Seitentasche ihrer Cargohose gefunden und hielt sie Max triumphierend unter die Nase.

Ha! Wie gut, dass Frieda es mit dem Digitalen nicht so hatte. Sie liebte es, alles ausgedruckt zur Hand zu haben, da war sie gerne altmodisch.

Max blickte verständnislos auf das Papier. Dann blickte er in Friedas Gesicht. Und dann wieder auf das Papier. Dann fummelte auch er in seinen Taschen und holte schließlich eine Lesebrille aus einer Hemdtasche, um das Dokument in Augenschein zu nehmen. Frieda stellte mit Genugtuung fest, dass das Alter dann wohl auch an ihm nicht einfach so vorübergegangen war, auch wenn er wirklich noch ganz gut in Schuss war. Mistkerle halten sich einfach länger, dachte Frieda.

Sie konnte förmlich den Groschen fallen sehen, als es bei Max endlich Klick machte.

»Frieda? Friederike Bergmann? Die Frieda aus der 10C?«

Max blickte sie über die Gleitsichtbrille hinweg überrascht an.

Mist. Jetzt hatte er sie doch erkannt. Und jetzt war es Frieda auch nicht mehr recht. Wenn sie schon damals keinen Eindruck hinterlassen hatte, hätte er sie besser gar nicht mehr erkannt.

Frieda nickte etwas widerwillig.

»Ich fass es nicht.«

»Ich auch nicht.«

»Was machst du hier auf dem Berg?«

Frieda blickte Max an. Immer noch etwas schwer von Begriff, der Arme. Ganz offensichtlich, er war schon in der Schule nicht gerade eine Leuchte gewesen. War ja auch kein Wunder. Er war damals viel zu sehr mit seinem Privatleben beschäftigt gewesen.

»Urlaub. Airbnb. Das Gleiche wie du. Leider anscheinend auch zur gleichen Zeit.«

»Das ist jetzt nicht dein Ernst.«

»Ich scherze selten.«

»Hätte ich fast vergessen. Du warst ja schon damals als Spaßbremse berühmt.«

»Ich war keine Spaßbremse. Ich war nur zielorientiert.«

»Und? Bist du am Ziel angekommen?« Max blickte sie durchaus neugierig an.

Frieda war für einen Moment sprachlos.

»Das tut ja jetzt wohl nichts zur Sache. Wir sind beide hier. Wir haben beide gebucht. Einer von uns muss gehen. Und ich würde mal sagen, das bist du.«

»Sag mal, hatten wir nicht mal was miteinander?«

Max brachte Frieda mit dieser Frage vollkommen aus dem Konzept.

»Nein. Hatten wir nicht.«

»Hatten wir doch.«

»Hab ich vergessen«, log Frieda und spürte, wie sie rot wurde.

Leuchtend rot. Knallrot. Gott sei Dank war die Sonne draußen schon ziemlich am Untergehen, und hier drin war es fast dunkel. Max konnte hoffentlich ihre Hautfarbe nicht erkennen. Und wenn, dann könnte er ja immer noch denken, sie hätte einen Sonnenbrand, hoffte Frieda – wahrscheinlich vergeblich.

Aber Max schien von ihrer Hautfarbe keinerlei Notiz zu nehmen und machte einfach weiter mit dem peinlichen Thema.

»Frieda! Die Frieda! Ich fass es einfach nicht, dass du wirklich vor mir stehst. Kein Wunder, dass du dich nicht erinnern kannst. Du warst ja damals auch unglaublich betrunken, wenn ich mich richtig erinnere. Es war auf der Party von ... von ..., ach verdammt ich hab den Namen von dem Typen vergessen. Aber du hattest sieben Cola-Cognac drin. Daran kann ich mich noch gut erinnern.«

Max strahlte bei der Erwähnung ihrer Schmach über beide Ohren, wie ein Kind, das gerade ein Osterei gefunden hat. Eins mit Schokolade natürlich.

»Und dann hast du mir über meine neue Levi's 501 gekotzt.«

»Hab ich nicht.«

»Hast du doch.«

»Ich habe nicht so viel getrunken. Und ich habe mich nicht übergeben«, sagte Frieda mit so viel vornehmer Contenance, wie sie aufbringen konnte.

»Ich dachte, du kannst dich nicht daran erinnern?« Max funkelte sie an. »Dann weißt du sicher auch nicht mehr, ob du mir auf die Jeans gekotzt hast oder nicht.«

»Ich weiß es nicht mehr. Und das ist ja jetzt wohl ganz egal. Nach so fünfunddreißig Jahren müsste das verjährt sein. Oder möchtest du, dass ich dir die Reinigung der Hose nachträglich ersetze?«

Frieda hatte sich wieder etwas gefasst. Aber nur etwas.

Oh verdammt. Die Kotzerei nach dem Kuss hatte Frieda ein

paar Jahre lang glücklich verdrängt. Warum musste dieser Arsch sich und sie jetzt daran erinnern?

»Du hast ja viel kürzere Haare. Und auch eine andere Farbe! Steht dir gar nicht so schlecht. Kein Wunder, dass ich dich nicht gleich erkannt habe!«

Max blickte sie weiterhin gut gelaunt an. Er war ja auch damals nicht vor Peinlichkeit im Boden versunken.

»Was machst du hier auf dem Berg? Du hast mich doch nicht wirklich verfolgt?«

»Oh mein Gott, nein. Du bist immer noch der eingebildete Schnösel von früher. Warum sollte ich dich verfolgen? Du hast doch die Buchungsbestätigung gesehen.«

Max löste sich aus der Vergangenheit und kam langsam wieder in der Gegenwart an.

»Okay. Was machen wir jetzt?«

»Du gehst den Berg runter und suchst dir ein Hotel oder fährst zurück nach München, falls du noch in München wohnst.«

»Keine gute Idee, meine Liebe. Erstens: Draußen ist es schon fast dunkel. Da würde ich noch nicht mal dich den Berg runterschicken. Zweitens ist nicht klar, wer hier recht oder unrecht hat und daher gehen muss, und drittens gibt es hier drei Schlafzimmer. Ich schätze, wir werden eine gemeinsame Nacht überleben, und schlage vor, wir fahren morgen früh gleich zum Bauern runter – oder wir laufen ins Tal, wenn dir das lieber ist, und klären die Sache. Ich nehm das Zimmer gleich hier unten. Ich habe da sowieso schon meine Sachen eingeräumt.«

»Ich will keine gemeinsame Nacht mit dir!« Frieda rutschte das irgendwie so raus, und ihr fiel erst gar nicht auf, wie doppeldeutig es klang. Max hingegen hatte es sofort verstanden. Er zog leicht die linke Augenbraue hoch – das konnte er schon früher ungemein gut, und es sah leider immer noch fast so lässig aus wie früher.

»Also vor ein paar Jährchen hätte ich schwören können, dass du gerne eine Nacht mit mir hättest verbringen wollen oder so.«

»Das war nicht so gemeint! Damals nicht und heute nicht!«, fauchte Frieda ihn wütend an. »Ich bin hier, um meine Ruhe zu haben! Um alleine zu sein! Um nachzudenken!«

»Ich auch«, erwiderte Max nur, plötzlich kurz angebunden, und ging in Richtung seines Zimmers. »Ich gehe heute früh schlafen, wenn es dir nichts ausmacht. Die Küche gehört ganz dir. Und morgen früh sehen wir weiter und klären alles. Jetzt bin ich furchtbar müde. Ich hatte letzte Nacht Nachtschicht. Und daher sage ich dir jetzt einfach mal: gute Nacht.«

Max verschwand in dem kleinen Zimmer und machte die Tür hinter sich zu.

Frieda stand für ein paar ziemlich lange Sekunden einfach nur da.

Das war jetzt alles ziemlich anders als gedacht.

Schließlich ging sie in die Küche, um sich was zu essen zu machen. Vielleicht eine Tütensuppe von 1989?? Das wäre doch überaus passend, wenn sie hier schon irgendwie dabei war, die Vergangenheit aufzuwärmen.

5

Als Frieda am nächsten Morgen wach wurde, duftete es von unten her herrlich nach Kaffee, die Sonne schien auf ihre Nasenspitze, sie hörte das leise Meckern der Ziegen, irgendwo bimmelten ein paar Kuhglocken, und die Luft in ihrem Zimmer war kühl und klar. Für ein paar Sekunden war die Welt vollkommen perfekt. Und dann wurde Frieda richtig wach, und die Welt war wieder so unperfekt wie eh und je.

Ihr Fuß, der draußen außerhalb der Decke über den Bettrand hing, war fast erfroren. Hier oben wurde es in der Nacht bei sternenklarem Himmel auch im Sommer gut kühl, fast kalt. Und dass der Himmel sternenklar gewesen war, konnte Frieda, die erst gegen vier Uhr in den Schlaf gefunden hatte, gut beurteilen. Sie hatte sich – trotz Bergluft und Bewegung – so gut wie die ganze Nacht hin und her gewälzt. Wie sollte es auch anders sein? Das gestern war ja alles andere als ein geruhsamer Tag gewesen. Und völlig anders als geplant. Ausgerechnet Max Schröder! Hier oben auf dem Berg. Frieda konnte es immer noch nicht fassen.

Wenn das mal kein äußerst blöder Zufall war. Und kein Internet stand hier oben auf dem Berg für sie bereit, um sie von ihren Gedanken abzulenken. Die rasten in die Vergangenheit und in der Gegenwart herum. Was wäre gewesen, wenn ihre Eltern damals nicht mit ihr nach Berlin gezogen wären? Was wäre gewesen, wenn sie damals nicht so viel Cola-Cognac getrunken hätte? Was wäre gewesen, wenn Max Schröder nicht so ein Volldepp und Womanizer gewesen wäre, der er offensichtlich heute auch noch war?

Frieda fand weder Erleuchtung noch Ruhe. Sie hatte zwei Bücher dabei, aber wenn das hier mit den Schlafproblemen so weiterging, würde sie für die sechs Wochen, die ihr bevorstanden, eine ganze Bibliothek brauchen. Und die Bücher müsste sie alle hier hochschleppen. Vielleicht wäre es gut gewesen, doch auf digitale Bücher zu setzen. Etwas, das Frieda eigentlich komplett widerstrebte.

Frieda stand auf, um sich anzuziehen. Zeit, das Problem der Doppelbelegung zu lösen und Max aus dem Haus zu jagen. Frieda war jetzt nach den ersten heiteren Sekunden des Aufwachens nach der überaus unerholsamen Nacht in schlechter Laune und im Kampfmodus.

Unten in der Küche hatte Max Frühstück für eine Person gemacht und schaufelte gerade Spiegeleier mit Speck in sich hinein, neben sich eine dampfende und duftende Tasse Kaffee, und las die Zeitung von gestern.

»Guten Morgen«, sagte Frieda, als sie reinkam. Das hätte sie sich denken können. »Schön, dass du Frühstück für zwei gemacht hast.«

Max blickte ganz kurz von seiner überaus interessanten Zeitung von gestern hoch.

»Das hier ist kein Hotel mit Vollpension, falls dir das entgangen ist. Aber wenn du unbedingt willst, in der Kanne ist noch ein Rest Kaffee. Bedien dich einfach.«

»Nein danke. Ich trinke lieber frischen Kaffee.«

Frieda kippte den Rest der lauwarmen Flüssigkeit einfach aus und setzte neuen Kaffee auf.

»Ich hoffe, du genießt dein einziges Frühstück hier oben auf der Alm.« Frieda konnte sich nicht verkneifen zu sticheln, während der Kaffee durchlief.

Wenn Max Krieg wollte, bitte, den konnte er gerne haben. So schnell würde sie ihren Anspruch auf die Hütte hier nicht aufgeben. Zu schön fand sie es hier. Zu sehr hatte sie sich diesen Urlaub verdient. Ihr wurde erst jetzt irgendwie klar, wie sehr sie eine Auszeit wirklich brauchte. In Berlin, voll mit Arbeit und Jakob und Alltag, hatte sie selbst bis zum Schluss, bis sie fast ihren ganzen Laden in Brand gesetzt hatte, nicht das Bedürfnis gehabt, in den Urlaub zu fahren. Aber jetzt hatte sie Witterung aufgenommen. Sie hatte überhaupt keine Lust, einfach unverrichteter Dinge nach Berlin zurückzukehren. Auf gar keinen Fall. War sie am Anfang über die ganze Almgeschichte unsicher gewesen, weckten Max' angebliche Ansprüche ihren Kampfgeist. Hier war das letzte Wort noch lange nicht gesprochen.

Frieda schenkte sich einen Becher Kaffee ein und setzte sich demonstrativ Max gegenüber, der immer noch in seine Zeitung vertieft war.

»Und jetzt? Was machen wir?«

Max blickte noch nicht mal auf. »Das habe ich doch gestern schon gesagt. Wir gehen runter ins Tal und reden mit dem Bauern. Es lässt sich sicher nachvollziehen, wer als Erstes gebucht hat. Und der Erste bleibt, der Zweite geht. Es kann nur einen Sieger geben. Wie bei den Bundesjugendspielen.«

»Nun, du hast es ja dann nicht so weit, zurückzufahren, bis nach München.«

Max blickte hoch. »Wenn du dann gleich losfährst, bist du heute Abend in Berlin. Falls du noch in Berlin wohnst.«

»Du warst schon bei den Bundesjugendspielen nie Erster, soweit ich mich erinnern kann.«

»Ich hatte anderes zu tun.« Max grinste sie unverschämt an.

»Ja. Alles flachzulegen, was nicht bei drei die Bäume oben war.« Das konnte Frieda sich jetzt einfach nicht verkneifen.

»Auch eine Art Sport«, konterte Max.

»Schon klar, dass du das immer noch so siehst.«

»Immerhin war ich da meistens auf Platz eins.«

»Ha!« Frieda schnaubte regelrecht in die Richtung von Max. »Liebe als Sport. Ich wette, du siehst das immer noch so. Und ich wette, du bist da auch noch stolz drauf. Männer wie du entwickeln sich nie weiter. Ihr steckt ewig in der Pubertät fest. Kleine Jungs, die mit Gefühlen nichts anfangen können. In der Pubertät ist das ja noch okay, aber in deinem Alter wird das dann irgendwann recht erbärmlich. Ich wette, du warst noch nie verheiratet. Oder du bist schon hundertmal geschieden.«

Max erstarrte für eine Millisekunde. Fast hätte Frieda das überhaupt nicht bemerkt. Aber sie war früher schon in der Schule ständig mit ihm aneinandergeraten. Sie die strebsame, gute Schülerin, Max der Hallodri, der all ihre Freundinnen flachlegte, die sich dann stundenlang bei Frieda ausheulten, wenn er sie danach weggeworfen hatte wie ein benutztes Taschentuch. Das gab jede Menge Zündstoff. Aber noch bevor Frieda überhaupt denken konnte »Treffer versenkt«, war der flüchtige Moment schon wieder vorbei, und Max hatte sich wieder voll im Griff.

»Und ich sehe, und da muss ich gar nicht wetten: Auch du hast dich nicht verändert. Du bist immer noch die unfassbare Zicke, die du schon damals warst. Und falls du tatsächlich verheiratet bist, was äußerst unwahrscheinlich ist, richte deinem Mann heute Abend in Berlin bitte mein Beileid aus. Er tut mir wirklich leid«, zischte Max.

Für einen Augenblick war Frieda echt sprachlos. Und irgendwie tatsächlich beleidigt. War sie wirklich eine Zicke? Hatte sie deshalb seit Ewigkeiten keine Beziehung mehr gehabt? War daran ihre Ehe gescheitert? Ach, was für ein Quatsch. Ihre Ehe war an ganz anderen Dingen gescheitert. Frieda rief sich innerlich zur Ordnung. Lass dich doch von Max nicht so verunsichern, verdammt noch mal.

Statt weiter auf diese sinnlose Diskussion einzusteigen, funkelte Frieda Max so böse an, wie sie nur konnte.

Und dann meinte sie betont lässig:

»Ich geh jetzt hoch, ich ziehe mir die Bergschuhe an. Wenn ich wieder unten bin, können wir vielleicht endlich los. Ich will möglichst schnell von deiner Anwesenheit erlöst werden.«

»Das geht mir ganz genauso«, sagte Max.

Aber da war Frieda schon halb die Treppe hoch, mit einem Brötchen von gestern in der Hand als Frühstück. Das musste für heute reichen. Morgen würde sie in aller Ruhe in der Sonne auf der Bank vor der Alm frühstücken, ins Tal blicken und ihren Kaffee genießen. Alleine.

Schweigend gingen Frieda und Max später zusammen den Berg hinunter bis zum Parkplatz. Seit ihrer Auseinandersetzung vorhin hatten sie kein weiteres Wort mehr miteinander gesprochen.

Klar, der dicke SUV, der gestern hier schon rumgestanden hatte und von dem Frieda gedacht hatte, er würde einem Wanderer gehören, gehörte natürlich Max.

Totales Angeberauto.

»Nehmen wir mein Auto?«, fragte Max sie gerade.

»Nein danke.« Frieda war zwar erleichtert, dass die dicke Luft zwischen ihnen sich etwas auflöste, konnte es aber auf keinen Fall zugeben. Sie warf einen abschätzigen Blick auf den dicken SUV. »Ich habe keine Potenzprobleme. Ich nehme lieber mein eigenes Auto. Wir treffen uns unten im Tal, direkt beim Bauern.«

»Wie du willst«, meinte Max betont gleichgültig, stieg in seinen Panzer ein und brauste so heftig Gas gebend davon, dass ein paar Steine unter den fetten Reifen im hohen Bogen weggesprengt wurden.

Wo war eigentlich der Mini seiner Frau? Und wo war überhaupt seine Frau? Und wieso war Max hier alleine auf dem Berg? Fragen über Fragen, die sie eigentlich nichts angingen und die sie auch nicht interessieren sollten. Hör auf zu denken, mach was, schnauzte Frieda sich selbst an und sprang in ihr Auto.

Frieda fuhr, so schnell sie konnte, hinter Max den Berg runter. Wer weiß, was dem so alles einfallen würde. Es wäre ihm zuzutrauen, den Bauern einfach zu bestechen. Geld genug dazu hatte er anscheinend ja, dem Auto nach zu urteilen. Frieda gab Gas, hupte wie wild in den Kurven und ignorierte, anders als auf der Bergfahrt gestern, einfach mal den Abgrund, der sich ab und zu neben der Straße auftat.

Die Alm gehörte ihr die nächsten sechs Wochen. Jawohl.

6

»Des is jetza net mei Problem. I kenn mi mit dem Glump net aus. Des macht ois mei Sohn, der Franzl, des mit dem Ei und Bi und der isch grad in Regnschburg für des S'mester. I wois nedda, wann der werra kimmet. Wenn S' mi frogn: Bleibds einfach beide aufi, die Hüttn is doch groß genug füre zwo. Und des mit dem Geld regeln S' dann später mit dem Franzl«, meinte der Bauer im Kuhstall, während er weiter seelenruhig die Kühe fütterte. Von dem war leider kein Urteil zu erwarten. Und auch keine Lösung.

Frieda hatte Mühe gehabt, den Bauern zu verstehen. Max hingegen verstand jedes Wort. Aber wie das ganze Missverständnis mit der Doppelbuchung zustande gekommen war, ließ sich auch nicht rausfinden, solange der Franzl in Regensburg war.

So weit, so ungut.

Frieda und Max standen kurz darauf weiterhin verunsichert vor dem Kuhstall.

»Den Weg hier runter hätten wir uns sparen können. Was machen wir jetzt? Wir sind genauso schlau wie vorher.«

Frieda war für einen Augenblick echt ratlos.

»Vielleicht gibt es ja hier noch irgendwo eine andere Alm zu mieten.« Frieda griff nach ihrem Handy und wollte anfangen zu googeln.

»Das kannst du vergessen. Das habe ich dir doch schon gesagt. Alles ist ausgebucht. Wir sind in der absoluten Hochsaison. Aber du kannst gerne versuchen, eine neue Bleibe für dich zu finden. Irgendein Pensionszimmer in Traunstein ist vielleicht noch frei. Aber ich würde mal sagen: Wenn der Bauer keine Entscheidung fällt, sage ich jetzt einfach mal: Wer zuerst oben bei der Alm ist, der kann bleiben. Fairer Wettbewerb. Wie früher bei den Bundesjugendspielen. Du erinnerst dich?«

Max blickte Frieda für eine Sekunde an. Die dachte noch über ihre Antwort nach, da rannte Max schon zu seinem fetten Auto, noch bevor Frieda überhaupt reagieren konnte.

Zwei Sekunden später saß sie selbst in ihrem kleinen Wagen.

Unfassbar! Der meinte das vollkommen ernst.

Wer als Erster oben ist!

Das ging ja gar nicht!

Nicht mit ihr!

Da sie vorhin später als Max auf dem Hof angekommen war, war sie jetzt in einer vorteilhafteren Parkposition als das Angeberauto von Max, der weiter hinten geparkt hatte. Bis Max überhaupt in seinem Wagen war, fuhr sie schon los. Im Rückspiegel sah sie, wie gerade, als Max losbrausen wollte, ein fetter Traktor einbog und den Weg für Max erst mal blockierte.

Frieda musste grinsen.

Das geschah dem Idioten recht. Wenn er schon auf diese Art spielen wollte – von ihr aus.

Nicht immer war ein dickes Auto von Vorteil.

Sie würde als Erste oben sein. Frieda stellte sich vor, wie sie Max' Klamotten einfach aus der Alm den Berg runterwarf.

So ein Mistkerl.

Frieda gab Gas, ignorierte ihre Todesangst und die viel zu engen Kurven und war tatsächlich als Erste oben auf dem Parkplatz.

Frieda stieg aus und lauschte für einen Moment.

Von Max' SUV war weit und breit nichts zu hören. Auch kein nerviges Hupen zerschnitt die Ruhe der Berge. Nur die Vögel zwitscherten.

Frieda kicherte und stürmte den Berg hoch.

Alm, Ruhe, Schlaf – ich komme!

Du gehörst mir und mir allein!

Das wäre doch gelacht, wenn sie nicht als Erste oben wäre. Und da es schließlich der Vorschlag von Max gewesen war, die Alm demjenigen zu überlassen, der als Erstes oben war, würde er sich ja dann sehr wohl an seine eigenen Bedingungen halten müssen.

Frieda konnte die Alm schon sehen und das leise Meckern der Ziegen hören, als ein paar Steine weiter unten ins Rollen kamen und laut den Berg runterpolterten.

Max war ihr auf den Fersen.

Frieda blickte kurz über ihre Schulter und konnte tatsächlich etwas weiter unten Max erkennen, der mit erstaunlich schnellen Schritten vorankam.

Wo verdammt hatte der so eine Kondition her? Früher war doch sein einziger Sport das Mädchen-Flachlegen gewesen.

Und wieso verdammt hatte sie selbst in den letzten Jahren so gut wie gar keinen Sport gemacht?

Das rächte sich jetzt empfindlich.

Frieda versuchte einen Zahn zuzulegen und spürte schon heftiges Seitenstechen.

Dabei war die Alm nur noch ein paar Hundert Meter entfernt.

Allerdings waren es auch ein paar Höhenmeter, die noch zu überwinden waren.

Frieda atmete schwer und schwor bei allen Heiligen, dass sie, wenn sie wieder zurück in Berlin wäre, sofort ins Fitnessstudio gehen würde. Regelmäßig, mindestens zweimal die Woche. Okay, mindestens einmal, verhandelte Frieda gerade schon mit ihrem inneren Schweinehund, als Max an ihr vorbeizog.

Relativ leichtfüßig, aber auch ziemlich außer Atem ließ er Frieda einfach hinter sich, ohne sie eines Blickes zu würdigen.

Das mobilisierte in Frieda die letzten Kräfte.

Sie rannte die nächsten Schritte fast.

Sie war mal Erste im Hundertmeterlauf gewesen.

Vor zweihundert Jahren ungefähr.

»Ahhhhhautsch verdammt!«

Frieda hatte nicht mehr aufgepasst, war auf dem steinigen Weg umgeknickt und sehr unelegant zu Boden gegangen.

Ihr Knöchel tat verdammt weh.

Nun saß sie etwas verdattert auf dem feuchten Boden.

Der war sicher gebrochen. Es fühlte sich furchtbar an. Sie konnte schon fühlen, wie der Fuß langsam, aber sicher anschwoll.

Wie sollte sie mit einem gebrochenen Fuß bis hoch zur Alm?

Frieda blickte nach oben, wo Max fast schon die Tür der Hütte erreicht hatte.

Wie sollte sie mit einem gebrochenen Fuß zurück bis zu ihrem Auto kommen?

Frieda schossen Tränen in die Augen.

Vor Schmerz, vor Wut, Frieda wusste es selbst nicht genau.

Sie versuchte mit aller Kraft, die Tränen zurückzuhalten und den Schmerz zu ignorieren.

Sie musste aufstehen. Egal wie, sie musste auf die Beine kommen.

Auf gar keinen Fall konnte sie hier einfach liegen bleiben.

Max würde sicher triumphieren, wenn er sie hier so sehen könnte.

Frieda versuchte sich vorsichtig zu bewegen, verlagerte das Gewicht auf das gesunde Bein und sank leise wimmernd zusammen.

Sicher war das ein komplizierter Trümmerbruch.

Sie würde für den Rest ihres Lebens humpeln. Vielleicht brauchte sie sogar einen Rollstuhl. Frieda hatte schon immer einen leichten Hang zum Drama gehabt, wenn es um gesundheitliche Dinge ging.

»Liegen bleiben. Nicht bewegen!«, schnauzte Max sie plötzlich an, der komischerweise direkt vor ihr stand, obwohl er doch eben noch an der Hütte gewesen war.

»Was ist passiert?«

»Ich bin umgeknickt.«

»Du bist nicht trainiert. Da sollte man nicht auf den Berg gehen. Ich sage ja die ganze Zeit, du sollst wieder ins Tal.«

»Wenn du nicht auf diese dämliche Kindergartenidee gekommen wärst ... ›Wer als Erster oben ist, darf bleiben‹, dann wäre ich auch nicht umgeknickt.«

»Du hättest ja nicht mitmachen müssen.«

»Ich überlass dir doch nicht einfach so die Alm ohne Kampf.«

Max schüttelte den Kopf – das konnte jetzt alles bedeuten. Er bewunderte sie für ihren Kampfgeist – oder er hielt sie für bescheuert. Frieda tippte mal auf Letzteres.

»Lass mich mal anschauen.« Max beugte sich zu ihr runter und fing an, ihren Bergstiefel vorsichtig aufzumachen.

Frieda verzog das Gesicht. Jetzt bloß nicht weinen.

Max war der letzte Mensch, vor dem sie weinen wollte. Egal aus welchem Grund.

»Was willst du da anschauen? Der Fuß ist gebrochen. Du könntest den Notarzt rufen. Oder die Bergwacht. Oder den Bergdoktor. Keine Ahnung, was man hier oben in so einem Notfall macht.«

»Nicht nötig.«

Max hatte ihren Schuh ausgezogen und nahm ihren Fuß erstaunlich sanft in beide Hände.

»Ich bin Arzt.«

»Du bist ein Vollidiot. Du warst damals ständig versetzungsgefährdet.«

»Chefarzt Chirurgie Großhadern. Ich habe in der Elften irgendwann die Kurve gekriegt. Nachdem meine Eltern sich endlich scheiden ließen, hatte ich offensichtlich den Kopf frei für die Schule.«

Frieda starrte erst Max ungläubig an und beobachtete dann seine Hände, die tatsächlich erstaunlich professionell und geschickt ihren Fuß abtasteten. Arzt? Max? Der Max, der fast immer eine Fünf in Mathe, Physik und in Chemie hatte? Chefarzt?????

»Der Fuß ist nicht gebrochen. Nur verstaucht. Zwei, drei Tage und du kannst wieder rumhüpfen. Ich habe für so was eine Salbe dabei und mache dir oben einen Verband. Aber vorher solltest du unbedingt den Knöchel kühlen. Dann geht die Schwellung schneller zurück.«

Frieda starrte Max immer noch an. Der hatte sich wieder aufgerichtet und hielt ihr auffordernd seine Hand hin.

»Komm, ich helf dir hoch. Die paar Meter wirst du mit meiner Unterstützung sicher hochhüpfen können.«

Frieda ergriff die Hand und ließ sich hochziehen.

Was sollte sie auch sonst anderes tun?

An der Seite von Max hüpfte sie auf ihrem gesunden Bein langsam den Berg hoch. Jede Erschütterung tat weh, und sie kamen nur mühsam voran. Frieda hielt sich krampfhaft am Arm von Max fest, noch mal stürzen wollte sie auf keinen Fall.

Irgendwann hatte Max genug.

Er packte Frieda einfach, ohne sie zu fragen, und warf sie sich mit einem Schwung über die Schulter.

»Hey! Was soll das?«, kreischte Frieda verblüfft. Sie hing wie ein Kartoffelsack über seiner Schulter und hatte freien Blick auf seinen Po. Keine wirklich gute Position zum Meckern.

»Klappe. Die paar Meter trag ich dich. Sonst sind wir morgen noch nicht in der Hütte, und ich habe Hunger.«

Wenig später setzte Max sie tatsächlich schwer atmend vor der Tür ab. Er ging hinein und kam mit einem Eimer eiskaltem Wasser, einer Salbe und Verband wieder raus.

Frieda zog den Strumpf aus. Der Knöchel war geschwollen und leicht blau. Frieda steckte ihn in den Eimer und schnappte nach Luft. Das Wasser war wirklich eiskalt.

»Je kälter, je besser, aber bevor er blau wird, zieh ihn wieder raus. Ich hol was zu essen. Willst du auch was?«

Frieda nickte.

Wenig später saßen sie bei einer Brotzeit auf der Bank. Frieda genoss die warme Sonne, die ihr ins Gesicht schien, denn ihr Fuß steckte immer noch im Kübel mit dem kalten Wasser. Ab und zu zog sie ihn kurz raus, damit er nicht vollkommen erfror.

»Du kannst mich gerne runter zum Auto bringen. Bergrunter ist sicher einfacher als berghoch«, meinte Frieda.

»Was?«

»Du hast gewonnen.«

»Du hast einen kaputten Knöchel.«

»Egal. Gewonnen ist gewonnen. Ich kann sicher irgendwie Auto fahren, wenn nicht, rufen wir ein Taxi. Oder einen Traktor.«

Max blickte sie an, zögerte etwas, dann holte er Luft.

»Gut. Das vorhin war Kindergarten. Tut mir leid, dass du dir wehgetan hast. Ich mach dir einen Vorschlag: Wir bleiben einfach gemeinsam hier oben auf dem Berg. Die Alm ist ja wirklich groß genug. Wir müssen noch nicht mal das Badezimmer teilen. Ich werde sowieso meistens beim Wandern sein, du kurierst deinen Knöchel aus, und dann machst du das, was auch immer du hier oben vorhattest zu tun. Keine Ahnung, was das sein soll, aber das ist ja nicht mein Problem. Du willst deine Ruhe. Ich will meine Ruhe. Geben wir doch gemeinsam Ruhe. Wenn es nicht klappt, können wir immer noch was aushandeln. Vielleicht dann ›Wer als Erster unten im Tal ist, ohne sich beide Beine zu brechen‹?«

Frieda blickte Max misstrauisch an. Das meinte der doch nicht ernst. Aber Max blickte sehr ernst und hielt ihr die Hand hin: »Deal?«

»Deal.« Frieda schlug schnell ein, bevor Max sich das doch noch anders überlegen würde. Sie hatte keine Ahnung, wie sie mit dem Knöchel den Berg runterkommen oder gar Auto fahren sollte – schon gar nicht ohne seine Hilfe.

Frieda holte zum ersten Mal, seit sie umgeknickt war, richtig Luft. Na, das konnte ja heiter werden. Mit Max und einem verstauchten Knöchel hier oben auf dem Berg.

Aber egal – Frieda war schon immer eher pragmatisch gewesen.

Zwei, drei Tage würde sie es schon aushalten, und dann wäre ihr Knöchel wieder heil und dann …

Frieda bemerkte, wie viel Hunger sie hatte. Sie griff nach einem Käsebrot. Max blickte sie erwartungsvoll an. Frieda seufzte auf. Nun gut. Sie musste wohl oder übel in den sauren Apfel beißen, bevor das Käsebrot dran war.

»Danke. Für die Erste Hilfe und für die Brotzeit«, nuschelte sie in Richtung Max und biss ins Brot.

»Mach ich doch gerne.« Max grinste, griff auch nach einem Brot und tat so, als hätte er gerade eben die Wahrheit gesagt.

Später am Abend lag Frieda im Bett und versuchte zu lesen. Ihr Fuß war von Max verarztet worden und lag erhöht auf einem dicken Kissen.

Max war anscheinend wirklich und tatsächlich Arzt. Frieda wollte es immer noch nicht so recht glauben, aber ihr Fuß war professionell bandagiert. Und Max hatte sogar eine Art kleinen Arztkoffer dabei.

Sachen gab es! In mehr als dreißig Jahren konnte offensichtlich viel passieren.

Sie würde die nächsten zwei Tage leider nicht ans Handy, keine WhatsApp-Nachrichten schicken können. Mit dem Knöchel würde sie es nicht hoch zu der kleinen Kapelle schaffen, wo es Empfang gab.

Annie machte sich sicher schon Sorgen um sie. Und Frieda machte sich Sorgen um ihren Sohn. Wo der wohl gerade war? Frieda stellte fest, dass sie den Reiseplan ihres Sohnes nicht mehr ganz genau im Kopf hatte.

Dass sie hier auch noch von Internet und Telefon abgeschnitten sein würde, hatte sie sich nicht so vorgestellt. Digitaler Detox. Völlig kostenlos. Manche gingen dafür in teure Hotels, wo ihnen die Handys am Empfang abgenommen wurden.

Frieda hatte von sich eigentlich immer gedacht, dass sie all dieses digitale Zeug nicht wirklich brauchen würde. Wie sehr hatte sie sich in sich selbst geirrt. Wie gerne würde sie jetzt mit

Annie quatschen. Wie gut würde ihr das tun, ihr von Max und seinen Unverschämtheiten und ihrem kleinen Unfall zu erzählen. Und wie sehr würde es sie beruhigen, mal kurz von ihrem Sohn zu hören. Der hoffentlich nicht mit einer Alkoholvergiftung in irgendeinem Krankenhaus lag.

Wie hatten das die Leute früher hier oben auf dem Berg bloß monatelang ausgehalten? So völlig abgeschnitten von der Welt?

Frieda schlief dann doch erstaunlich schnell ein.

Als sie nach drei Stunden wie immer wach wurde, war es mitten in der Nacht. Unten war alles ruhig. Max schlief sicher tief und fest. Der Mond leuchtete in ihr Zimmer.

Der Berg machte komische Geräusche, die sie durch ihr geöffnetes Fenster hören konnte. Geräusche, die sie nicht kannte. Wilde Tiere oder was auch immer das war. Irgendetwas schrie unheimlich dreimal hintereinander. Frieda hoffte doch sehr, dass das wirklich ein Tier war.

Im Grunde genommen war sie froh, dass sie hier oben nicht völlig allein war. Auch wenn sie das nie zugeben würde. Weder vor sich selbst und schon gar nicht vor Max.

Und das hatte weniger mit den Tieren draußen auf dem Berg zu tun als mit den Gedanken in ihr. Gegen die wilden Tiere könnte sie die Tür verriegeln, gegen die wilden Gedanken in ihrem Kopf war es schwieriger, sich zu schützen. Jetzt, wo ihr Sohn wirklich ausgezogen war, hatte Frieda zum ersten Mal seit Jahren wieder etwas Zeit für sich. Und sie hatte bemerkt, dass ihr das eher Angst machte. Sie wollte gar nicht so viel Zeit für sich haben. Denn dann müsste sie sich überlegen, wie es mit ihrem Leben weitergehen sollte. Und darauf hatte Frieda keine Antwort. Zumindest keine wirklich befriedigende.

Frieda seufzte auf und griff nach ihrem Buch. Kein Klicken mehr durchs Internet. Keine Bestellung von zu kleinen Hosen nachts um drei. Und keine sechswöchigen Buchungen einer nicht ganz so einsamen Alm. Dafür ein Krimi mit mehr als dreihundert Seiten. Frieda bemerkte, dass sie das Internet oft wie ein Beruhigungsmittel benutzt hatte. Wer sich mit Promis und Klamotten beschäftigt, muss nicht so wirklich über sich selbst nachdenken.

Frieda seufzte kurz auf, verdrängte die nicht so erfreulichen Gedanken, begann zu lesen und kam sich vor wie 1985. Da gab es noch kein Internet, und sie hatte sich nachts durch die dicksten Bücher gelesen. Nur jetzt brauchte sie eine Lesebrille dazu. Aber das Vergnügen, ganz in ein Buch einzutauchen, stellte sich tatsächlich wieder ein.

Um fünf, kurz bevor die Sonne richtig aufging, schlief Frieda endlich wieder ein.

7

Drei Stunden später humpelte Frieda runter in die Küche. Ihr Knöchel tat schon kaum noch weh. Unten auf dem Tisch lag ein Zettel. Max war schon wandern, er würde erst gegen Abend wiederkommen, sie sollte versuchen, bis dahin zu überleben, und den Fuß möglichst schonen.

Vollidiot!, schnaubte Frieda. Was dachte er? Dass sie ohne ihn nicht klarkommen würde? Oder ohne irgendeinen anderen Mann?

Sie war die letzten Jahre sehr gut alleine klargekommen. Und wenn sie ehrlich war, war sie auch in ihrer Ehe alleine gewesen. An irgendeine Form von pragmatischer Unterstützung von Antons Seite war eigentlich nie wirklich zu denken gewesen. Anton war erst ewiger Student gewesen, und dann hüpfte er als freier Journalist von einem schlecht bezahlten Auftrag zum nächsten und versuchte nebenbei Karriere als Musiker am Bass zu machen. Da aber zum Karrieremachen, egal auf welchem Gebiet, normalerweise viel Arbeit nötig war, war Anton fürs Karrieremachen nicht so wirklich geeignet.

Auch nicht für die Hausarbeit oder die sogenannte Familienarbeit oder für irgendetwas, das nach Anstrengung aussah. Frieda hatte eigentlich immer das Gefühl gehabt, zwei Kinder versorgen zu müssen. Ein großes und ein kleines. Aber wenigstens war ihr kleines Kind mittlerweile wirklich erwachsen. Oder fast – also zumindest so weit, um hoffentlich unbeschadet alleine durch die Welt zu reisen.

Frieda seufzte kurz auf. Sie hatte Hunger. Hüpfend bewegte sie sich zum Kühlschrank. In der Spüle sah sie das schmutzige Geschirr, das Max offenbar vom Frühstück hinterlassen hatte. Männer! Frieda begann den Tisch zu decken und setzte einen Kaffee auf.

Mit einer Tasse Kaffee in der Hand sah die Welt gleich viel freundlicher aus, und draußen schien die Sonne. Frieda würde sich später einfach vor die Alm auf die Bank setzen, ins Tal blicken, Schäfchenwolken zählen und den Krimi von heute Nacht weiterlesen. Viel mehr war ja mit dem kaputten Knöchel nicht anzustellen.

Frieda zog gerade die kleine Espressokanne vom Herd, die leise vor sich hin blubberte, als sie ein Geräusch in der Küche hörte.

Frieda erstarrte. Nicht schon wieder! Hatte man auf diesem Berg nie seine Ruhe? Ein verirrter Wanderer hätte sicherlich gegrüßt, also musste es jemand mit eher finsteren Absichten sein, wenn er oder sie sich so einfach in die Küche schlich, fast ohne einen Laut.

Das konnte diesmal sicher nicht Max sein. Frieda griff nach dem Gemüsemesser, das gerade in Reichweite lag, und drehte sich langsam um.

Am schon fast fertig gedeckten Frühstückstisch stand die kleine schwarze Ziege von der Weide draußen. Frech hatte sie sich auf die Hinterbeine erhoben, die Vorderfüße selbstbewusst auf den Tisch gestreckt und knabberte gerade genüsslich an Friedas frisch im Ofen geröstetem Brot, als wäre sie von Frieda höchstpersönlich zum Essen eingeladen worden.

»Hey, was soll das? Weg hier.«

Frieda fuchtelte mit dem Gemüsemesser in Richtung Ziege herum. Die Ziege beeindruckte das in keinster Weise. War ja auch ein Gemüsemesser mit stumpfer Klinge, dachte sich Frieda, kein Wunder, vor so was hätte wohl auch kein Einbrecher Angst.

»Gschsch ... Raus mit dir ... das ist mein Frühstück ... auf dich wartet draußen frisches Gras und Heu und was auch immer ...«

Frieda ging drohend und humpelnd zwei Schritte auf das Tier zu.

Die Ziege fraß unbeirrt weiter und leckte einmal quer über die Butter. Lecker. Ganz offensichtlich war das lecker. In der Butter war Salz.

»Na warte! Das ist meine Butter. Die musste ich den Berg hochtragen!«

Frieda humpelte entschlossen auf die Ziege zu, um sie im Notfall mit sanfter Gewalt aus der Küche zu jagen.

Die Ziege blickte Frieda kurz an, machte einen kleinen, sehr eleganten Hopser, und schon war sie auf der gegenüberliegenden Seite des Tisches auf der Bank, wo sie sofort begann, ihre Nase in das Marmeladenglas zu stecken.

Frieda griff ins Leere. Unglaublich. Sie starrte die Ziege an. Wie war die überhaupt durch den Zaun gekommen?

Frieda bewegte sich vorsichtig in Richtung der kleinen Schwarzen, die sie misstrauisch betrachtete, die Nase immer noch im Marmeladenglas.

Die Ziege hatte ein dünnes Halsband mit einer kleinen Glocke dran. Wenn Frieda das Halsband packen könnte, wäre das Frühstück gerettet. Aber Frieda war gehandicapt, und die Ziege war wachsam.

Beide jagten ein paarmal um den Tisch.

Die Ziege dachte offensichtlich, das sei ein Spiel. So ähnlich wie die Reise nach Jerusalem, nur ohne hinsetzen. Frieda dachte nur daran, wie gut es war, dass niemand sie dabei beobachten konnte, wie sie von einer kleinen Ziege komplett vorgeführt wurde.

»Bleib gefälligst stehen, du Mistvieh. Oder lass wenigstens noch was von der Butter übrig.«

Von der anderen Seite des Tisches ertönte ein höhnisches Meckern. Zumindest hörte sich das in Friedas Ohren so an.

Die Ziege lachte sie offensichtlich aus.

Frieda hatte eine Idee. Irgendwo in den Tiefen ihres Gepäcks war doch sicher noch so ein Alpenkräuter-Hustenbonbon. Frieda durchwühlte ihren kleinen Rucksack, der hinter der Küchentür stand, und zog von ganz unten ein klebriges Teil hervor. Mit dem Hustenbonbon auf der ausgestreckten Hand näherte Frieda sich langsam dem Tier – schnell ging es ja wegen des verletzten Fußes sowieso nicht. Die Ziege blickte Frieda interessiert an.

»Hier ... meine Kleine ... lecker, lecker ... das kennst du doch schon ... das hast du doch geliebt ... viel leckerer als Butter ... echte Alpenkräuter, garantiert«, schmeichelte Frieda in dem Ton, in dem sie früher versucht hatte, ihren Sohn dazu zu bringen, Gemüse zu essen.

Die kleine Schwarze starrte gebannt auf das Bonbon auf Friedas ausgestreckter Hand und kam tatsächlich einen kleinen Schritt näher. Frieda packte sie am Halsband, in diesem Augenblick riss die Ziege sich los und sprang mit zwei Sätzen mitten auf den Tisch, wobei sie die Milchkanne umstieß. Die Milch ergoss sich quer über das Tischtuch und tropfte langsam runter auf den Fußboden.

Das eine Ende der kleinen Ziege ließ vor Schreck ein lautes Gemecker raus, und das andere ließ ein paar kleine schwarze Bällchen fallen. Auf den Rest des gerösteten Brotes.

Bei Frieda brannte eine Sicherung durch.

»Du bist eine Zicke, eine echte Zicke, du Zicke, du Zimtzicke, ich fass es nicht. Ich mach Ziegenbraten aus dir. Runter vom Tisch, du Zicke!« Frieda schrie aus Leibeskräften die kleine Schwarze an, die daraufhin erneut ein paar Bällchen mitten auf dem Frühstückstisch verlor.

»Da könnten Sie durchaus recht haben«, tönte plötzlich eine dunkle, sonore Stimme von hinten. »Das ist eindeutig eine kleine Ziege. Aber Sie sollten sie nicht so beleidigen und vor allem nicht so anschreien. Das macht ihr Angst, und dann fällt noch mehr hinten raus.«

Frieda drehte sich so schnell um, wie das mit dem verstauchten Knöchel eben ging.

Hier ging's ja zu wie auf dem Alex mitten in Berlin. Wie war sie jemals auf den Gedanken gekommen, sie könnte hier auf dem Berg ihre Ruhe haben und ihre innere Mitte wiederfinden. Erst Max, dann die Ziege und dann ... Und dann ... Frieda traute ihren Augen nicht.

Vor ihr stand der Almöhi, direkt aus einem Heidifilm entsprungen.

Allerdings in wesentlich jünger. Also in jedem Fall etwas jünger als Frieda und wesentlich jünger als der Almöhi im Film. Aber auf jeden Fall war an und im und um den Mann jede Menge Alm und Berg und ... Mann.

Der Kerl – und Frieda hatte schon lange keinen Mann mehr gesehen, auf den das Wort Kerl mehr gepasst hätte als auf den

Typen, der vor ihr stand –, der Kerl trug gut sitzende abgewetzte bayerische Lederhosen und eine Art Holzfällerhemd, schwere Bergstiefel mit groben Socken und einen richtigen Vollbart sowie eine Frisur, die in Frieda den Verdacht erweckte, dass der Mann schon lange, sehr lange nicht mehr richtig in der Zivilisation gewesen war. Aber das stand ihm offensichtlich supergut. Außerdem war er braun gebrannt, hatte jede Menge Muskeln und absolut blaue Augen, umringt von vielen Lachfalten. Also irgendwie wirkte der Mann wie ein Hipster ohne dieses Möchtegern-starker-Kerl-Sein, das den Berliner Hipstern öfters zu eigen war.

Dass die Falten um seine Augen vom Lachen kamen, war klar, denn Almöhi konnte sich kaum das breite Grinsen verkneifen, das über sein ganzes Gesicht ging und ihn ungemein sympathisch machte.

»Wie lange sind Sie schon hier?«, fragte Frieda vorsichtshalber nach.

»Lange genug, dass ich mit mir selbst gewettet habe, wer gewinnt.«

»Auf wen haben Sie gesetzt?«

»Auf die Ziege natürlich. Aber nur, weil Sie ja offensichtlich ein Handicap haben.«

Der Almöhi blickte auf ihren immer noch bandagierten Fuß.

»Wie ist denn das passiert?«

»Ich bin einfach umgeknickt, habe offensichtlich nicht gut aufgepasst. Ich bin sonst eher an Asphalt gewöhnt. Berlin. Aber ist nicht schlimm. Nur verstaucht. In zwei, drei Tagen kann ich wieder Ziegen einfangen.«

»Na dann. Ich bin froh, dass Sie sich nicht richtig verletzt haben. Passiert hier oben öfter, die meisten Sommerfrischler unterschätzen die Berge total. Ich hab hier oben sogar schon Frauen in so einer Art Stöckelschuhen rumlaufen sehen. Total bescheuert. Seien Sie vorsichtig, und gehen Sie, wenn möglich, nicht alleine wandern. Das kann echt übel enden. Ich hab mich noch gar nicht vorgestellt. Ich bin der Alois. Ich bin ein Freund von den Brandls, die die Alm hier vermieten. Ich wohn den Sommer über auf der bewirtschafteten Alm weiter oben und kümmere mich um den Kas und die Kühe.«

Der Almöhi nickte irgendwo in Richtung Berge.

»Ich schau ab und zu nach den Ziegen. Die kann man normalerweise gut allein lassen, aber dann und wann muss man doch nach ihnen sehen. Und die kleine Schwarze hier, die ist eine echte Entfesselungskünstlerin. Keine Ahnung, wie sie es schafft, immer rauszukommen. Ich hab den Zaun schon x-mal geflickt. Aber eigentlich ist das kein Problem, dass sie ständig ausbüxt, denn abends geht sie sowieso immer wieder von allein zurück in den Stall.«

Die kleine Schwarze, die immer noch auf dem Tisch stand, meckerte zustimmend.

»Kein Problem. Ist ja nichts passiert.«

Frieda blickte auf den ruinierten Frühstückstisch. Milch tropfte immer noch leise runter auf den Fußboden. Ziegenköttel lagen auf dem Brot, und die Butter, ach ja, das war mal Butter.

»Es ist genug zu essen da, und ich bin ja nicht allein.«

»Ich hab schon gehört, dass Sie nicht allein hier oben sind. Gut so, das wäre mit dem Fuß sonst keine gute Idee. Aber egal wie – wenn es irgendein Problem gibt, nicht nur mit den Ziegen, können Sie mich immer um Hilfe bitten. Das hat Ihnen der Franzl, glaub ich, schon gemailt.«

Frieda konnte sich an keine Mail mit diesem Inhalt erinnern.

»Ich wollte eigentlich gestern schon herkommen, aber da sind mir drei Kühe ausgebüxt, und die kommen nicht wieder von alleine zurück in den Stall. Waren nicht leicht zu finden. Ich war erst am Abend zurück mit denen.«

»Kein Problem.« Irgendwie fielen Frieda in der Gegenwart dieses Kerls offensichtlich nur noch die Worte »kein« und »Problem« ein.

Und dann fielen ihr ihre Manieren wieder ein.

»Wollen Sie einen Espresso? Der war gerade fertig, bevor die Zicke sich zum Frühstück eingeladen hat, reicht für drei, vier Tassen. Ich hoffe, er ist noch warm genug.«

Das Grinsen wurde noch breiter. Die Lachfalten noch tiefer.

»Gern.«

»Aber erst mal räum ich hier etwas auf«, sagte der Almöhi alias Alois und schnappte sich einfach so die kleine Schwarze vom Tisch, noch bevor die wieder runterspringen konnte, und trug sie unter empörtem Meckern raus zurück in den Stall.

Frieda blickte ihm hinterher.

Irgendwie war sie beeindruckt.

Alois war offensichtlich ein Ziegenflüsterer.

Und Alois war auch ein kleiner Frauenflüsterer. Das bemerkte Frieda, als sie wenig später draußen mit ihm zwei Tassen Espresso trank. Die Zeit verging wie im Flug, und Frieda fühlte sich bestens unterhalten von seinen Geschichten. Alois war früher so ziemlich überall auf der Welt gewesen. Südafrika. Südostasien. Australien. Ein paar Jahre Neuseeland, bevor er sich entschlossen hatte, wieder zurück in seine Heimat zu ziehen. Seitdem verbrachte er den Sommer auf einer bewirtschafteten Alm, und im Winter war er Snowboardlehrer. Frieda war irgendwie beeindruckt. Neben Alois kam ihr ihr eigenes Leben total langweilig vor.

Alois lachte, als Frieda ihm das sagte.

»Totaler Quatsch. Du hattest sicher eine andere Art Abenteuer als ich in deinem Leben. Und im Moment hast du dich ja gerade auf ein neues Abenteuer eingelassen und dich aus deiner Komfortzone rausbewegt. Ich kann dir eins sagen: Wenn du wieder runtergehst, bist du anders. Der Berg verändert dich – nur kann man sich dabei nicht immer die Richtung aussuchen.«

Das war Frieda jetzt fast etwas zu esoterisch, sie wollte ja gar nicht anders werden, sie wollte nur wieder schlafen, das war alles. Deshalb war sie schließlich hier.

Aber wenn Frieda Alois so anschaute – der sah zumindest so aus wie jemand, der seine Mitte gefunden hatte, er schlief wahrscheinlich jede Nacht wie ein Murmeltier und würde in keiner Situation jemals irgendwas abfackeln. Außer Frauenherzen vielleicht. Frieda mochte sich gar nicht vorstellen, was Annie zu Alois sagen würde. Anspringen, sofort anspringen, würde wahrscheinlich Annies Befehl lauten. Alois sah allerdings aus wie jemand, den so schnell nichts umwerfen konnte. Den könnte jede Frau ohne Probleme anspringen. Ein Fels am Berg sozusagen.

Alois stand auf.

»Ich muss jetzt los – die Arbeit macht sich nicht von alleine, und die Kühe melken sich auch nicht von alleine. Hier ist ja ein Funkloch – sollte es ein Problem geben und die kleine Schwarze das Abendessen auffressen oder sonst was – wir machen das ganz auf die altmodische Art. Hinter der Tür hängt ein alter roter Wollschal. Wenn es irgendein Problem gibt, hängst du den einfach vorne an den Baum. Ich kann das von mir aus sehen, dann komm ich runter. Ziegenrettung sozusagen.«

Alois nickte ihr zu und war mit unglaublich langen schnellen Schritten auf dem Weg in Richtung Gipfel. Frieda blickte ihm einige Minuten nach. Also auf diesem Berg war wirklich was los – wer hätte das gedacht?

8

Den Rest des Tages, als Alois wieder weg war, räumte Frieda die Küche auf, legte sich in die Sonne, blickte ins Tal, versuchte zu lesen und merkte, dass sie doch lieber wieder ins Tal blickte.

Ihre Augen waren solche Entfernungen überhaupt nicht mehr gewohnt. Sie konnte endlos weit sehen und hatte das Gefühl, mitten in einem Naturfilm zu sein. Aber hier war alles echt. Hoch oben zog ein Greifvogel seine Kreise. Unten im Tal konnte sie die Autos erkennen. Die Glöckchen der Ziegen und die Glocken der Kühe, die immer irgendwo bimmelten, waren wie ein kleines Konzert. Das Summen der vielen Insekten, die auf der Almwiese herumschwirrten, war ein Teil des Konzerts. Irgendwann nickte Frieda ein. Kein Wunder. Sie hatte ja in der Nacht wenig geschlafen.

»Ich sehe, du lebst noch.«

Frieda wurde mit einem Ruck wieder wach. Die Sonne war schon im Sinkflug. Frieda hatte tief und fest auf der harten Holzbank vor der Hütte geschlafen.

Vor ihr stand Max.

Ganz zünftig in kompletter Wandermontur. Er sah aus, als würde er das wirklich öfter machen. Seine Bergschuhe waren abgewetzt und sicher richtig eingelaufen und nicht nigelnagelneu wie Friedas Schuhe, von denen sie nach fünfhundert Metern hier hoch schon eine Blase bekommen hatte.

»Wie geht's dem Fuß?«

Frieda wackelte probehalber mit den Zehen.

»Besser.«

»Ich sehe, du hast dich geschont.«

»Ist mir ja auch nix anderes übrig geblieben. Schließlich kann ich wohl kaum mit einem Bein auf den Gipfel hüpfen.«

»Morgen kann der Verband runter. Nur ab und zu noch eincremen, dann passt das. Ich werde in meinem Zimmer noch was lesen und geh früh ins Bett. Ich habe morgen eine große Tour vor mir. Die Küche gehört ganz dir, ich habe unterwegs was gegessen.«

Max nickte ihr kurz zu und verschwand in seinem Zimmer.

Offensichtlich war es tatsächlich kein Problem, hier oben zu zweit zu sein. Sie bekam Max anscheinend kaum zu Gesicht.

Frieda machte sich ein kleines Abendessen und ging dann auch hoch in ihr Zimmer und lag wie immer die halbe Nacht wach.

Als sie einschlief, war sie beim Krimi schon auf Seite 156.

Auch die nächsten beiden Tage war Max tagsüber verschwunden und abends mehr als wortkarg. Frieda erinnerte das an ihre erste WG. Nur fehlten die Partys am Wochenende. Langsam wurde es Frieda langweilig, auch wenn es vor der Hütte jeden Tag wieder Naturkino der Extraklasse gab.

Irgendwann würde sie auch wieder runter ins Tal müssen, um neue Vorräte zu besorgen. Sie hatte zwar eine kleine Vorratskammer unter der Treppe entdeckt mit ziemlich vielen haltbaren Lebensmitteln, Dosen, Nudeln, Getreide in Gläsern, wohl von ihren Vorgängern auf der Hütte und einem »Bitte bedienen«-Zettel, aber irgendwann würde sie frisches Obst und Gemüse brauchen. Und auch mal wieder Kontakt zu Menschen.

Alois hatte sich nicht mehr blicken lassen, und Max bekam sie sowieso nicht zu Gesicht.

Die kleine schwarze Ziege war seit der Sache mit dem Frühstück auch beleidigt und wollte anscheinend nicht mehr mit Frieda reden. Frieda war schon dreimal hinten beim Stall gewesen, ein Bonbon in der Hand und einmal sogar etwas Salzbutter. Aber »Zicke« – so hatte Frieda die Kleine getauft – würdigte Frieda keines Blickes. Und dann fehlten ihr verdammt noch mal Telefon und Internet. Langsam bekam sie Entzugserscheinungen. Einmal hatte sie kurz versucht, den Weg hoch zur Kapelle zu kraxeln, war aber, nachdem ihr Fuß leicht zu pochen anfing, schnell wieder umgedreht.

Max vermied es in jedem Fall, abends mehr als drei Worte mit ihr zu sprechen. Nie hätte Frieda es sich träumen lassen, dass sie das mal blöd finden würde, aber sie war jetzt schon den dritten Tag im Krankenstand, und langsam reichte es ihr.

Morgen würde sie hoch zur Kapelle laufen und sich wieder mit Annie und dem Rest der Welt verbinden. Und wenn sie auf einem Bein hochhüpfen müsste, wäre das auch okay, dachte sich Frieda und legte sich seufzend in ihr Bett.

Hier oben war es wirklich ruhig und friedlich. Unendlich gute Luft. Kein Stress, sogar zu wenig Stress, dachte sie, die es gewohnt war, immer aktiv zu sein – aber richtig gut schlafen konnte Frieda immer noch nicht. Unter der Bank unten in der Küche hatte sie ein paar alte Bücher gefunden. Richtig wunderbar kitschige Bergromane und ein paar Jerry-Cotton-Hefte – alles uralt.

Frieda konnte ihr Glück kaum fassen. Zwei der Romane waren wohl noch original aus den Fünfzigerjahren. Einen versuchte Frieda sich gerade zu Gemüte zu führen.

Irgendwann, gerade als die arme Magd Vroni mit dem reichen Bauern verheiratet werden sollte, schlief Frieda dann endlich ein.

Als sie wieder wach wurde, war es früher Morgen. Frieda war noch halb im Traum, draußen veranstalteten die Vögel ihr Sommermorgenkonzert, da spürte sie etwas Warmes, Lebendiges neben sich. Im ersten Moment dachte Frieda, sie wäre immer noch verheiratet und Anton würde neben ihr liegen. Das waren die schönen Momente in ihrer Ehe gewesen, morgens in der Früh sich erst mal an jemanden rankuscheln können. Frieda hatte das immer sehr gemocht. Sie langte halbherzig auf die andere Seite und griff in etwas Warmes, Pelziges.

Mit einem Ruck war Frieda wach.

Neben ihr im Bett lag Zicke, starrte Frieda freundlich mit ihren braunen Augen an und machte keinerlei Anstalten, aus dem Bett zu hüpfen.

Unfassbar! Wie war die Ziege überhaupt hier reingekommen?

Wenig später trug Frieda, noch im Schlafanzug, Zicke auf ihren Armen raus in den Stall. Sie hatte sich an das beherzte Zupacken von Alois erinnert und so Zicke problemlos eingefangen.

Das war mit Ziegen anscheinend wie mit Kindern, man musste ihnen nur unmissverständlich klarmachen, wer hier der Boss war.

Unten vor der Küche begegnete sie Max, der sie mit Zicke auf dem Arm verblüfft anstarrte.

»Was machst du mit der Ziege? Willst du die etwa melken?«

»Auch schönen guten Morgen. Noch nicht unterwegs?«, meinte Frieda nur und trug die Kleine nach draußen.

Als sie wieder in die Küche kam, war Max schon beim Frühstücken.

»Ziegen gehören in den Stall, wenn du mich fragst.«

»Ich habe es ihr gesagt, sie wollte nicht hören.«

»Nun, da ist sie wie du, kein Wunder, dass ihr Freundinnen seid.«

Das ließ Frieda mal lieber unkommentiert und fing an, sich einen Kaffee zuzubereiten.

»Kannst du mal kurz nach meinem Fuß schauen? Ich will nachher hier mal raus.«

Max nickte und ließ sich kurz darauf dazu herab, ihren Knöchel zu begutachten.

»Sieht gut aus. Du kannst durchaus wieder laufen, aber eine größere Bergwanderung wäre jetzt echt noch nicht zu empfehlen. Und wenn du mich fragst, solltest du so was gar nicht machen. Du hast offensichtlich keinerlei Bergerfahrung.«

»Ich frag dich aber nicht«, entgegnete Frieda ziemlich schnippisch. Langsam, aber sicher bekam sie hier oben einen Lagerkoller, wie sie zu ihrem Entsetzen bemerkte – und dabei hatte sie ja noch ein paar Wochen vor sich. Aber es war ja auch nicht geplant gewesen, dass sie sich nur im Zehnmeterradius bewegen konnte. Da würde wohl jeder nach ein paar Tagen etwas genervt reagieren.

»Nun, wenn du schon wieder meckern kannst, dann kannst du auch ohne Probleme wieder laufen.«

»Ich bin nicht zickig. Nur genervt.«

Jetzt verkniff sich Max eine Antwort. Er presste die Kiefer zusammen und bemühte sich, freundlich zu sein.

»Ich wünsche dir in jedem Fall einen schönen Tag. Ich muss jetzt los.«

Nun, Frieda würde mit oder ohne ärztliche Erlaubnis machen, was sie wollte. Und sie wusste eins: Heute musste sie auf den Berg und sich bewegen. Außerdem musste sie sich dringend bei Annie melden und die Mails von ihrem Sohn checken.

Als Max weg war, ging Frieda hoch und zog ihre Bergschuhe an. Na super. Ging doch. Der Knöchel war wieder abgeschwollen und sah total normal aus. Frieda schnappte sich ihr Handy und ging mit flotten Schritten hoch in Richtung der kleinen Kapelle.

Es war kurz nach zehn. Da war Annie schon lange aus der Großmarkthalle zurück, und sie würde sie sicher gut erreichen können.

Weiter oben hatte Frieda zu ihrer Freude schon zwei Balken Empfang.

Ihr Handy plingte wie verrückt, als es sich und Frieda wieder mit dem Rest der Welt verband. Jede Menge geschäftliche Mails. Ein paar private. Und zwei sehr knappe Nachrichten von ihrem Sohnemann. Nun, das hieß, dass alles in Ordnung war. Alarm war eher dann angesagt, wenn von Jakob Nachrichten im Sekundentakt reinkamen. Dann gab es Probleme, die er nicht alleine lösen konnte. Jakob war in Malaysia, das asiatische Bier war gar nicht so schlecht wie gedacht, und ansonsten war alles klar. Übermorgen würde er weiterziehen in Richtung Indonesien.

Sie hatte sogar ein Kuss-Emoji bekommen.

Frieda musste lächeln. Da hatte ihr Sohnemann sicher mehr als ein Promille drin, wenn er so emotional wurde. Vielleicht vermisste er sie doch ein ganz klein wenig am anderen Ende der Welt. Sie in jedem Fall vermisste ihn. Wenn auch nicht so, dass sie ihn hier oben auf der Alm gerne dabeigehabt hätte.

Frieda wählte Annies Nummer, und die war direkt nach dem ersten Klingeln dran.

»Mein Gott, Frieda! Ich war kurz davor, die Bergwacht zu rufen oder die Gebirgsjäger oder was auch immer man da oben so ruft. Wieso hast du dich drei Tage nicht gemeldet, ich habe mir ja schon gedacht, dass der Empfang in der Wildnis nicht der beste ist, aber das ist kein Grund, mich hier in Angst und Sorge zurückzulassen!«

»Tut mir echt leid. Ich hatte mir den Fuß verstaucht, durfte mich nicht viel bewegen, und Empfang gibt es nur ein paar Hundert Meter weg von der Alm.«

»Was?? Du bist verletzt? Ich hab dir gleich gesagt, dass es keine gute Idee ist, allein da oben und …«

»Ich bin nicht allein.«

»Was?????« Frieda konnte durch das Telefon spüren, wie die Fragezeichen hinter Annies »Was« immer mehr und immer größer wurden.

»Hier ist ein alter Schulkamerad von mir. Max. Doppelbelegung der Alm durch Airbnb – ganz komplizierte Geschichte, ganz nerviger Typ. Ich habe auch erst geflucht, aber wir teilen uns jetzt einfach die Hütte.«

Frieda konnte merken, wie es in Berlin in Annies Gehirn anfing, zu rattern und zu rasseln. Und nein, der Max war nicht attraktiv, gar nicht, schon damals nicht, log Frieda Annie vor, ohne zu wissen, wieso sie das tat. Und überhaupt wisse sie nicht, ob das mit der Alm und ihr und überhaupt alles eine gute Idee war, und am Schlaf hatte sich auch noch nichts geändert.

Annie war streng. Frieda hatte sich das schon gedacht, sie kannte Annie einfach schon ewig. Frieda sollte durchhalten. Das würde schon werden mit dem Schlaf und der Ruhe und so. Frieda setzte sich auf den nächsten Stein, und die beiden Freundinnen ratschten zwei Stunden lang, um die letzten drei Tage nachzuholen, bis Friedas Akku fast leer war.

Als Frieda endlich auflegte, war sie wieder mit der Welt versöhnt. Und mit dem Berg.

War es nicht wunderschön hier? In Berlin würde sie jetzt hinter dem Grill stehen und Frittendampf einatmen. Frieda machte ein paar tiefe Atemzüge. Die reinste Luft der Welt strömte in ihre Lungen.

Schäfchenwolken zogen durch den bayerisch-blauen Himmel, und die Alpenkette erstreckte sich hinter ihr bis zum Horizont. Das Wetter war grandios. Es lud geradezu dazu ein, noch etwas weiter zu gehen.

Frieda stand auf. Ihrem Knöchel ging es bestens.

Alois und Max sollten ihre Klappe halten. Sie war eine erwachsene Frau und hatte eine professionelle Ausrüstung.

Ein klar erkennbarer Weg führte den Berg hoch in Richtung des ersten kleinen Gipfels. Frieda marschierte los.

Frieda merkte schon bald – das hier war genau das, was sie nach den Tagen unten auf der Alm mit dem Handicap des kaputten Knöchels brauchte.

Frieda war es einfach gewohnt, aktiv zu sein. Wenn zu wenig los war, wurde sie erst hibbelig und dann aggressiv. Hier oben konnte sie mit langen Schritten wirklich langsam entspannen. Und je höher sie kam, desto grandioser wurde der Blick.

Aber übertreiben wollte sie es jetzt doch nicht – noch vor dem Gipfel drehte sie um und machte sich gemütlich auf den Rückweg. Sicher wäre sie lange vor Max wieder in der Hütte. An einer Weggabelung wurde Frieda etwas unsicher – ging der Weg zurück rechts oder links entlang?

Frieda wusste es nicht mehr genau – ihr Orientierungssinn war noch nie der allerbeste gewesen. Egal – runter kommen sie immer, sagte sich Frieda und entschied sich für den rechten Weg.

Sie konnte weiter unten auch die Alm schon erkennen. Irgendwie würde sie schon da hinkommen.

Der Pfad wurde zwar immer schmaler, war aber noch gut zu gehen. Also so war sie nicht hergekommen, aber sie bewegte sich immer noch in Richtung Alm.

Irgendwann musste Frieda über mehrere solcher Gitter laufen, die die Weiden begrenzten, aber auch das war kein Problem für ihren Knöchel.

Frieda holte ihr Handy aus der Tasche ihrer Funktionsjacke und überprüfte vorsichtshalber, ob sie hier oben Empfang hatte, sollte sie sich wider Erwarten gerade verlaufen.

Alles gut.

Frieda atmete auf. Ihr Handy zeigte sogar vier volle Balken. Es war sicher nur noch eine halbe Stunde, und dann wäre sie unten bei der Alm.

Als Frieda von ihrem Handy aufblickte, befand sie sich plötzlich Auge in Auge mit einer Kuh.

Einer ziemlich großen Kuh. Geradezu riesig war das Tier.

Seit wann waren Kühe so groß? Oder war es eher so, dass Frieda seit Jahren keine Kuh mehr live und in Farbe gesehen hatte und Kühe nur noch aus dem Fernsehen oder von der Milchpackung im Supermarkt kannte? Da wirkten die Kühe jedenfalls viel kleiner. Und niedlicher. Und lila. Lila Kühe waren immer nett und enthielten sogar Schokolade.

Die Kuh hier war nicht lila, sondern hatte ein schönes hellbraunes Fell und war etwas weiß um ihr braunes Maul.

Die Kuh war durchaus eine schöne Kuh. Mit sanften braunen Augen und unfassbar langen Wimpern.

Und die Kuh hatte schöne Hörner.

Ziemlich große Hörner, dachte Frieda. Vielleicht war das ein

Stier? Aber die würden hier doch nicht so einfach Stiere auf der Weide rumlaufen lassen? Oder doch?

Frieda war ein absolutes Großstadtgewächs, wie sie sich gerade eingestehen musste.

Sie konnte mit aufdringlichen Dealern umgehen, aggressive Penner einschätzen und dämlichen Autofahrern oder betrunkenen Elektrorollerfahrern ausweichen.

Aber von Natur und Tieren hatte sie keine Ahnung.

Das letzte Haustier, das sie gehabt hatte, war vor über zehn Jahren Jakobs Goldhamster gewesen, und der war plötzlich über Nacht verschwunden und nie wiederaufgetaucht. Jakob war wochenlang untröstlich gewesen.

Verschwinden war überhaupt eine sehr gute Idee, dachte Frieda gerade, als die Kuh plötzlich ein tiefes »Muuuh« ertönen ließ, was in Friedas Ohren ziemlich bedrohlich klang.

Frieda machte vorsichtig einen Schritt rückwärts und murmelte in Richtung der Hörner: »Brave Kuh. Ganz brave Kuh ... Du bist sehr hübsch und gibst sicher viel Milch, ganz viel Milch ... ganz großartig ... ich liebe Milch ... Milchkaffee ... Sahne ... Butter ... alles lecker ... danke sehr dafür ... danke, danke, danke.«

Frieda ging Schritt für Schritt rückwärts.

Die Kuh kam ihr Schritt für Schritt nach.

Aus den Augenwinkeln sah Frieda zu ihrem Entsetzen noch mehr Kühe. Viel mehr Kühe – das war eine ganze Kuhherde, die hier auf der Wiese rumtrampelte. Und Frieda hatte sich unwissentlich auf ihr Terrain begeben.

Frieda versuchte, größeren Abstand zu gewinnen und der Kuh immer noch standhaft ins Auge zu blicken.

Vergeblich.

Die Kuh hielt locker mit ihr Schritt und brüllte noch mal ein lautes »Muuuhhh« heraus.

Wahrscheinlich wollte sie damit Verstärkung rufen.

Das »Muuuhhh« klang nicht sehr friedlich, eher etwas aggressiv.

Kühe waren doch reine Grasfresser oder nicht?

Frieda fiel eine Geschichte ein, die sie irgendwann in einer schlaflosen Nacht im Internet gelesen hatte. Da war eine Wanderin mit ihrem Hund auch aus Versehen auf eine Kuhweide gekommen und von den Kühen totgetrampelt worden. Dabei wollte sie nur ihren Hund retten.

So oder so ähnlich war die Geschichte.

Frieda schwor sich, nie wieder nachts sinnlose Storys im Internet zu lesen, sollte sie hier lebend wieder rauskommen.

Frieda – immer noch im Rückwärtsgang – stolperte über eine Wurzel und wäre fast hingefallen. Sie konnte sich gerade noch fangen.

Mittlerweile standen zwei Kühe vor Frieda und kamen immer näher. Frieda sah, dass von weiter unten noch zwei Kühe angaloppiert kamen.

Die hatten einen ziemlichen Zahn drauf, und eine von ihnen machte sogar so eine Art Bocksprünge.

Hilfe!

Seit wann konnten Kühe so schnell rennen? Frieda hatte immer gedacht, die würden bloß gemütlich irgendwo rumlaufen und rumliegen.

Frieda überlegte keine Sekunde länger, ihr Überlebensinstinkt übernahm ihren Verstand, der sich in eine Ecke ihres Gehirns zurückgezogen hatte.

Frieda drehte sich um und rannte. So schnell sie konnte.

Nur weg hier.

Ihr Knöchel tat ihr überhaupt nicht weh, sie hatte gar keine Knöchel mehr, so schnell war sie.

Frieda hatte das Gefühl, sie würde es schaffen, die Kühe abzuhängen, sie müsste nur über den nächsten Zaun oder das nächste Gitter klettern, und sie wäre gerettet.

Und dann rutschte Frieda auf etwas Glitschigem aus und schlug der Länge nach hin.

Für einen kurzen Moment machte die Frieda die Augen zu, in der Hoffnung, wenn sie sich tot stellen würde, würden die Kühe nicht über sie hinwegtrampeln.

»Was um alles in der Welt machst du hier?«

Frieda machte die Augen wieder auf.

Über sie gebeugt war Max. Neben ihm stand eine friedlich wiederkäuende neugierige Kuh.

»Kann man dich keine Sekunde allein lassen? Ich hoffe, du hast dir nicht schon wieder was verstaucht oder noch schlimmer.«

Frieda überprüfte innerlich schnell ihr System. Alles fühlte sich gut an. Nichts tat weh. Sie war nur an einigen Stellen etwas feucht, nass geradezu, und es roch so komisch.

»Warum um alles in der Welt bist du wie eine Verrückte den Berg hochgerannt? Du hast die Kühe richtig erschreckt.«

»Ich … ähm … Ich …«

Frieda überlegte fieberhaft, was sie Max erzählen sollte. Dass sie Angst vor den Kühen gehabt hatte, würde sie weder vor Max noch vor sonst jemandem je zugeben.

»Ich hatte mit meiner Freundin in Berlin telefoniert und vergessen, ihr was zu sagen, und deshalb wollte ich schnell noch mal dahin, wo Empfang ist.«

»Und deshalb rennst du wie eine Irre den Berg hoch?«

»Ich bin nicht gerannt, nur etwas schnell gelaufen, und dann bin ich irgendwie ausgerutscht …«

Meinte Frieda und versuchte, möglichst würdevoll aufzustehen.

»Ja. Das seh ich. Du bist auf jeder Menge Kuhfladen ausgerutscht … ist kein Wunder … so herrlich frisch sind die ziemlich glatt, und man sollte sie eigentlich lieber meiden. Aber ich sehe, du hast dich geradezu in ihnen gewälzt.«

Frieda stand mittlerweile wieder auf ihren Beinen.

Sie blickte an sich herunter. Ihre pinkfarbene Funktionsjacke war über und über mit brauner Schmiere bekleckert, ihre Hose auch.

Und im Gesicht und den Haaren schien auch etwas zu kleben.

»Ist ja nicht weiter schlimm. Ist alles Natur. Deshalb sind wir ja auf dem Berg, wegen der Natur und so …«

Max seufzte ganz leise auf, als hätte er es mit einer Irren zu tun.

»Gut, wenn du dir nichts getan hast, ist es ja wirklich nicht schlimm. Ich geh jetzt runter zur Alm.«

»Ich komme mit«, sagte Frieda schnell. Mit Max als Begleitung würde sie es locker über die Kuhweide schaffen. Außerdem wusste Max offensichtlich den Weg.

»Und das dringende Telefonat, das du mit deiner Freundin führen wolltest?«

»Kann warten bis morgen. Die ist jetzt sowieso nicht mehr zu erreichen«, meinte Frieda und ging mit großen Schritten in Richtung Hütte, damit sie nicht weiter mit Fragen gelöchert werden konnte.

Nach ein paar Hundert Metern blieb Max plötzlich stehen.

»Könntest du bitte ein paar Schritte hinter mir gehen?«, meinte er zu Frieda.

Frieda drehte sich angriffslustig zu ihm um.

»Wieso? Die Zeiten, wo Frauen hinter Männern hergingen, sind lange vorbei.«

»Das schon, aber die Zeiten, in denen der Wind von vorne weht und du wie ein Güllehaufen riechst, sind leider noch nicht vorbei«, sagte Max, setzte sich mit ein paar großen Schritten einfach vor Frieda und ging weiter den Berg runter.

Frieda wartete einen Moment, dann folgte sie ihm in größerem Abstand.

Selten in ihrem Leben hatte sie sich so sehr nach einer Dusche gesehnt. Und die Sehnsucht danach, Max einfach ab und zu die Gurgel umzudrehen, wurde auch nicht gerade kleiner.

9

Frieda trottete in einem größeren Sicherheitsabstand hinter Max her, bis sie endlich unten an der Alm waren.

Sie wollte nur noch eins: raus aus den stinkenden Kleidern und dann schnellstmöglich unter die Dusche.

Sie rechnete schon damit, dass ein paar Fliegen ihr folgten. Die Sonne, der leichte Wind und das warme Wetter ließen die braune Masse sehr schnell trocknen, was nicht bedeutete, dass Frieda deshalb weniger stank.

Ganz im Gegenteil.

Gott sei Dank gab es in der Alm eine uralte Waschmaschine. Die Bergschuhe würde sie einfach draußen vor der Hütte mit einem Eimer Wasser sauber machen.

Als sie endlich unten an der Alm waren, traute Frieda ihren Augen nicht.

Erst dachte sie, es sei vielleicht eine Fata Morgana, und Kuhfladendämpfe wären ihr zu Kopf gestiegen. Aber dann stand die junge Frau, die da gemütlich und vollkommen entspannt auf der

Bank vor der Hütte saß, auf und begrüßte Max mit einem mehr als herzlichen Kuss.

Frieda stand ein paar Schritte hinter Max. Erst fiel ihr die Kinnlade runter, und dann hätte sie sich gerne in Luft aufgelöst.

Ausgerechnet jetzt in diesem Zustand die Frau, Geliebte, Freundin oder was auch immer von Max zu treffen, während sie wie ein Misthaufen aussah und auch so roch, würde wohl selbst Gisele Bündchen in Verlegenheit bringen.

So ein Mist. Im wahrsten Sinne des Wortes.

Frieda holte tief Luft und hob den Kopf noch ein Stückchen höher. Wenn du schon durch Scheiße gehst, geh einfach weiter, sagte sie sich. Angriff war schon immer die beste Verteidigung.

Was machte diese Zicke hier? Und was erlaubte sich Max, die Tussi hier auf den Berg einzuladen? Das war ihre Alm! Nun, zumindest zur Hälfte.

Eine Sache war es, sich die Alm mit Max zu teilen. Aber doch nicht durch drei! Nicht mit seiner Tussi. Die würde bestimmt übernachten wollen, es war ja schon zu spät, um noch den Berg runterzugehen, und Frieda konnte sich schon lebhaft vorstellen, was sie heute Nacht so zu hören bekommen würde. Die Wände der Alm waren ziemlich durchlässig, und sie hörte Max nachts immer leise schnarchen, während sie wach dalag.

Unfassbar!

Max und die junge Frau redeten kurz, Frieda war so in ihren Gedanken versunken, dass sie überhaupt nicht mitbekam, wie Max versuchte, sie der jungen Frau vorzustellen.

»Darf ich euch beide bekannt machen. Das ist Frieda, eine alte Schulkameradin, die zufälligerweise gleichzeitig mit mir die Alm über Airbnb gemietet hat, und das ist …«

Weiter kam Max nicht.

Frieda unterbrach ihn rüde.

»Die Vorstellung müssen wir auf später verschieben. Wenn Sie mich entschuldigen …«

Frieda nickte der jungen Frau hoheitsvoll zu. So hoheitsvoll das mit Verdauungsprodukten einer Kuh im Gesicht und in den Haaren eben ging. Und nebenher bemerkte Frieda zu ihrem Leidwesen, dass die Frau auch noch ein ganz teures Parfüm aufgelegt hatte, dessen Duft sanft wie ein Garten in der Provence zu ihr rüberwehte.

»Ich muss erst unter die Dusche. Ich bin sicher, Sie verstehen das.«

Frieda verschwand, ohne irgendeine Antwort von Max oder der Frau abzuwarten, mit hoch erhobenem Haupt in der Hütte und konnte aus den Augenwinkeln sehen, wie die junge Frau sie mehr als verblüfft anstarrte.

Als Frieda wenig später vor dem winzig kleinen Spiegel im Bad stand, starrte sie sich selbst ungläubig an.

Sie sah nicht nur aus, als wäre sie gerade in einen Misthaufen gefallen, sie sah aus wie ein Misthaufen. In ihrem Haar hing brauner, angetrockneter Schlodder, ein paar Gräser hatten sich auch drin gefangen, und auch ihr Gesicht war nicht verschont geblieben.

Und der Geruch erst!

Frieda schälte sich aus den Kleidern, weichte alles gleich im Waschbecken ein und stellte sich für gefühlte drei Stunden unter die Dusche, bis sie das Gefühl hatte, wieder sauber zu sein.

Die Dusche war allerdings in der Realität viel kürzer als drei Stunden, da die Hütte nur über einen kleinen Boiler verfügte, der nicht allzu lange warmes Wasser lieferte.

Schließlich duschte Frieda noch kurz kalt, nur um sicherzugehen.

Als sie aus der Dusche kam, waren die Kuhfladen weg, und soweit Frieda es beurteilen konnte, roch sie auch wieder wie ein Mensch.

Trotzdem brauchte Friedas Selbstwertgefühl noch fast eine Stunde und etwas Make-up und Wimperntusche, um sich in der Lage zu sehen, nach unten zu gehen.

Ewig würde sie sich hier oben sowieso nicht verstecken können.

Sie hatte natürlich recht gehabt. Draußen war es mittlerweile dunkel, und die Frau würde offensichtlich hier übernachten. Frieda hörte schon die ganze Zeit von unten aus der Küche das Geklapper von Geschirr, Lachen und lebhafte Stimmen.

Die beiden Turteltäubchen verstanden sich anscheinend prächtig.

Frisch verliebt. Maximal drei Wochen liiert. Max blieb ja nie lange bei einer Frau.

Apropos verstecken. Sie wollte sich nicht hier oben in ihrem Zimmer verstecken. Ganz im Gegenteil.

Mit der Sauberkeit kam Friedas Selbstbewusstsein wieder.

Sie wollte runter, Max die Meinung geigen und der blöden blonden Zicke auch. Hatte die nicht sogar Stöckelschuhe angehabt? Frieda meinte sich an so was erinnern zu können. Alois hatte recht gehabt. Es gab Frauen, die waren so blöd, mit Stöckelschuhen auf den Berg zu gehen aus lauter Eitelkeit.

Das passte.

Max hatte, was Frauen betraf, schon immer einen schlechten Geschmack gehabt. Irgendwie billig. Leicht zu haben. Und ebenso leicht zu beeindrucken. Frieda dachte sich langsam in

Rage. Das war ein besseres Gefühl, als sich wie ein mit Gülle begossener Pudel zu fühlen.

Gerade als Frieda die Tür aufmachen wollte, um nach unten zu gehen, rief Max nach oben.

»Frieda! Abendessen ist fertig! Willst du uns nicht Gesellschaft leisten?«

Und ob sie das wollte!

Frieda machte mit Schwung die Tür auf und ging nach unten.

Sie lief direkt in Max rein, der gerade aus der Küchentür trat, wahrscheinlich, um nach oben zu gehen und sie erneut zum Essen zu bitten.

Frieda zischte ihn an.

»Wir müssen reden. Jetzt.«

Sie ging nach draußen in der Erwartung, dass Max ihr folgen würde, was er zu Friedas Erstaunen auch tatsächlich machte.

Frieda schoss sofort los, noch bevor Max richtig aus der Tür gekommen war.

»Das hier geht gar nicht. Überhaupt nicht. Dass wir uns die Alm teilen – okay –, damit habe ich mich abgefunden. Kein Problem. Ich bin ja ein lockerer und entspannter Mensch, und du bist ja auch den ganzen Tag, Gott sei Dank, nicht da.«

Max unterbrach sie etwas rüde.

»Also, wenn ich noch mehr nicht da wäre, wüsste ich nicht, wie du hier oben allein überleben würdest.«

Frieda ließ sich dadurch nicht aus dem Konzept bringen. Sie kam gerade erst richtig in Fahrt.

»Ich kann sehr gut auf mich allein aufpassen. Und ich bin gern allein. Aber du offensichtlich nicht. Dass hier jetzt auch noch deine Frau, Freundin oder was auch immer auftaucht – das geht gar nicht. Und dann übernachtet die noch hier! Das ist kein Hotel, oder vielmehr: das ist keine Jugendherberge, wenn man mal das

Alter der jungen Dame wirklich in Betracht zieht. Das geht überhaupt nicht. Besuch hier oben könnte ich nach Vorankündigung vielleicht eventuell noch verkraften – aber das, mein Lieber, nein – das geht zu weit. Ich bin hier, weil ich meine Ruhe will, Entspannung, nichts und niemanden sehen, und ich will schlafen, und zwar ohne dass ich mitten in der Nacht höre, wie du und sie also ... also wie du und sie mitten in der Nacht irgendwelche Dinge ...«

»Irgendwelche Dinge?« Max grinste bis zu den Ohren. Irgendwie schien ihn die Standpauke von Frieda nicht sonderlich zu beeindrucken. Ganz im Gegenteil.

»Mein Gott, Frieda, wie alt bist du? Redest du gerade über Sex? Mitten in der Nacht irgendwelche Dinge?«

»Ich rede nicht über Sex«, antwortete Frieda und hatte den Verdacht, sie könnte eventuell dabei etwas rot werden. Mein Gott, das gab's doch nicht, sie konnte locker über Sex reden – mit Annie. Gott sei Dank war es hier draußen stockdunkel.

»Da bin ich aber froh«, meinte Max locker, »denn das eben klang doch sehr verklemmt.«

»Hör auf, vom Thema abzulenken! Es geht hier nicht um Sex. Es geht darum, dass deine Freundin hier übernachtet. Die könnte deine Tochter sein!«

»Sie ist meine Tochter.«

Frieda war so in Schwung, dass sie überhaupt nicht verstand, was Max ihr gerade gesagt hatte.

»So warst du schon immer, immer auf der Suche nach Frischfleisch und ...«

»Ich BIN seine Tochter.«

Frieda wurde abrupt in ihrem Redefluss gestoppt, da die junge Frau rausgekommen war und sich neben Max gestellt hatte.

Seine Tochter.

Frieda schnappte nach Luft.

Es war absolut klar. Wenn die beiden so nebeneinanderstanden, war die Ähnlichkeit nicht zu übersehen.

Die junge Frau hatte sogar ein Grübchen auf der linken Wange – genau an der gleichen Stelle wie Max. Frieda konnte plötzlich nicht mehr verstehen, wie sie das nicht hatte sehen können. Es war absolut offensichtlich. Hatte sie Tomaten auf den Augen?

»Darf ich mich vorstellen: Ich bin Leonie. Leonie Schröder. Und ja, Sie haben vollkommen recht, ich finde es auch nicht besonders geschmackvoll, wenn Männer sich immer jüngere Frauen suchen, die fast ihre Töchter sein könnten.«

Leonie warf einen vielsagenden Blick auf ihren Vater.

Offensichtlich war Frieda doch nicht ganz im Unrecht, was Max betraf. Aber sie war im Unrecht, was Leonie betraf.

Das war jetzt noch peinlicher als die Sache mit den Kuhfladen.

Frieda wusste für einen Augenblick tatsächlich nicht mehr, was sie sagen sollte. Und dann sagte sie das einzig Richtige: »Tut mir leid. Ich war ein Idiot.«

»Selbsterkenntnis«, hörte Frieda Max leise in seinen Dreitagebart murmeln. Frieda ließ sich davon nicht irritieren.

»Sie sehen Ihrem Vater total ähnlich. Keine Ahnung, wieso ich das nicht gleich bemerkt habe. Ich bin Frieda. Frieda Lange.«

Frieda streckte die Hand aus, und Leonie ergriff sie mit festem Druck.

»Und natürlich können Sie hier oben übernachten. Ich würde mich freuen.«

Max räusperte sich.

»Schön, dass wir das endlich geklärt haben. Ich glaube, wir sollten jetzt mal reingehen. Das Essen ist fertig. Leonie hat gekocht.«

Das Abendessen war wirklich erstaunlich locker und überaus lecker. Leonie hatte frische Zutaten aus dem Tal mitgebracht, und es gab Schnitzel mit Kartoffelsalat.

Es stellte sich heraus, dass Max nicht nur eine hübsche, sondern auch eine intelligente Tochter hatte, mit der Frieda sich bestens unterhalten konnte. Leonie studierte in München Medizin. Frieda erzählte von Jakob und seiner Weltreise und dachte sich, dass Leonie eine wunderbare Schwiegertochter abgeben würde. Trotz der lockeren Stimmung hatte Frieda das unbestimmte Gefühl, dass Max und Leonie alleine sein wollten. So zog sie sich gleich nach dem Essen zurück. Schließlich warteten noch drei ungelesene Bergromane auf sie, und den Tag musste sie irgendwie auch noch verarbeiten. Schließlich sah man ja eher selten dem Beinahetod durch eine Kuh ins Auge.

Als Frieda am nächsten Morgen in die Küche kam, war der Tisch für drei gedeckt, aber Leonie saß alleine daran und war schon fast fertig mit dem Frühstück.

»Guten Morgen. Gut geschlafen?«, begrüßte Frieda Leonie.

Leonie lachte.

»Guten Morgen. Geht so. Mein Vater schnarcht, und normalerweise teile ich auch nicht das Bett mit ihm. Setzen Sie sich doch, der Kaffee dürfte noch warm sein. Ich muss bald los, Max ist draußen, Holz für den Ofen holen.«

»Danke.«

Frieda setzte sich hin und schenkte sich eine Tasse Kaffee ein.

Für einen Moment breitete sich Schweigen aus, dann meinte Leonie plötzlich:

»Wie gut kennen Sie eigentlich meinen Vater?«

Frieda blickte Leonie verblüfft an. Was war das jetzt für eine Frage? Um was ging es hier?

»Also ich … nun, wir waren zusammen in der Schule, und da hatte Max einen Ruf weg … also ich würde mal sagen, er fand Mädchen sehr anziehend … dann bin ich mit meinen Eltern nach Berlin gezogen und habe Max erst jetzt wiedergesehen. Keine Ahnung. Wenn ich darüber nachdenke: Ich kenne ihn und kenne ihn nicht. Falls das jetzt weiterhilft.«

»Ich mache mir Sorgen um ihn«, platzte es plötzlich aus Leonie heraus.

»So etwas zu machen ist absolut untypisch für meinen Vater. Also, ich meine, hier auf den Berg gehen für drei Wochen, total alleine. Und dann hat er das ganz plötzlich entschieden. Spontan hat er gesagt. Aber mein Vater ist nicht spontan. Normalerweise macht er eigentlich nie länger als zwei Wochen Urlaub am Stück. Ist ja auch nicht so einfach in seiner Position, das versteh ich. Aber wenn, dann reist er ziemlich durch die Welt, Südamerika, Asien, Afrika … Okay, er geht gerne mal einen Sonntag in die Berge, aber doch nicht drei Wochen und das total alleine … Also ich bin froh, dass er hier oben jetzt doch nicht so ganz alleine ist.«

Jetzt war Frieda verblüfft. Leonie machte sich Sorgen um ihren Vater?

»Ich bin hier hochgekommen, weil ich mit ihm reden wollte und schauen, wie es ihm geht. Ich bin sehr froh, dass Sie auch da sind. Ich habe eine Bitte: Würden Sie etwas auf ihn aufpassen?«

Frieda nickte automatisch.

Max als jemanden, auf den man aufpassen musste – so hatte sie ihn noch nie gesehen. Gut, sie hatte ihn ja auch wirklich jahrelang nicht gesehen, vielleicht hatte er sich verändert. Früher war er Mister Universe gewesen. Er hatte immer das Gefühl verbreitet, als ob die ganz Welt ihm offenstehen würde und sein privates Spielfeld sei. Aber vielleicht dachten das alle siebzehnjährigen Jungs von sich.

Allerdings machte Max auf Frieda nicht den Eindruck, als hätte er sich großartig verändert, deshalb sagte sie zu Leonie: »Ich glaube, dein Vater kann sehr gut auf sich selbst aufpassen. Schließlich war er es, der mich hier schon zweimal gerettet hat. Einmal mit dem verstauchten Knöchel und einmal vor einer Kuh.«

Leonie musst fast lachen, obwohl Frieda merkte, dass es ihr ernst war.

»Ich glaube, vor Kühen hat mein Vater keine Angst. Aber irgendwas stimmt nicht mit ihm, das spüre ich genau, und ich könnte mir vorstellen ...«

In diesem Augenblick kam Max von draußen rein, die Arme voller Holz.

Leonie verstummte.

Max blickte Frieda an.

»Ahh, auch schon wach«, sagte er grinsend.

Er legte das Holz bei dem kleinen Ofen ab und wandte sich zu seiner Tochter: »Wenn du so weit bist, bringe ich dich noch runter zum Auto und starte von dort aus meine Wanderung für heute.«

Leonie nickte und stand auf. Das Gespräch der beiden Frauen war beendet. Schade, dachte Frieda. Sie hätte doch gerne noch mehr über Max erfahren.

»Ich hol nur noch meine Sachen, dann können wir los.«

Wenig später verabschiedete Leonie sich.

Max und seine Tochter gingen mit großen Schritten den Berg hinunter. Leonie musste zur Uni in München, und Max würde den ganzen Tag irgendwo umherwandern.

Frieda war wieder allein.

Es war sehr still.

Bloß die Ziegen hinter dem Haus waren deutlich zu hören. Frieda ging zum Stall und brachte der kleinen schwarzen und den anderen Ziegen ein paar harte Brotstücke. Irgendwie hatte sie Zicke ins Herz geschlossen.

Frieda war heute nicht nach Einsamkeit zumute.

Sie beschloss, runter ins Tal zu fahren, sie brauchte sowieso Lebensmittel, und sie brauchte Menschen.

Frieda fuhr bis nach Berchtesgaden, kaufte viel zu viel ein und fragte sich, wie sie das alles den Berg hochtragen sollte. Sie trank noch einen Kaffee in einem netten Lokal mit Blick auf die Berge und stellte fest, dass sie schon wieder genug von den vielen Menschen hatte und sich richtig freute, wieder nach oben auf den Berg zu fahren.

Als sie später mit dem schweren Rucksack voller Lebensmittel hoch zur Hütte ging, hatte sie tatsächlich das Gefühl, dass das Gewicht nicht mehr ganz so schwer auf ihren Schultern wog und dass sie etwas leichter vorankam. Wenn sie jeden Tag wie Max hier wandern würde, wäre das sicherlich gut für ihre Kondition. Und sicher auch gut für ihren Schlaf. Nichts soll ja so müde machen wie viel Bewegung an der frischen Luft.

Als Max abends zurückkam, war er wortkarg wie immer. Von dem lockeren lustigen Max, den sie mit seiner Tochter erlebt hatte, war nichts mehr da. Vielleicht stimmte doch was nicht so ganz mit ihm? Nun, Frieda wäre wohl die Letzte, der Max etwas anvertrauen würde, das er noch nicht mal seiner Tochter erzählen wollte.

Frieda richtete zum Abendessen eine üppige Brotzeit für zwei her mit den Lebensmitteln, die sie aus dem Tal mitgebracht hatte.

Sie hatte das Bedürfnis, sich zumindest ein klein wenig zu entschuldigen. Gestern Abend hatte sie sich wirklich unmöglich benommen.

Als Frieda an die Tür von Max klopfte, kam nur ein Brummen.

»Bist du wach?«

Brummen.

»Willst du mit mir zu Abend essen?«, fragte Frieda weiter durch die geschlossene Tür.

»Nein, danke. Ich habe schon was gegessen.«

Frieda starrte die Tür an. Max machte keine Anstalten zu öffnen. Frieda holte tief Luft und sprach zur geschlossenen Tür: »Leonie ist übrigens ganz bezaubernd.«

Die Tür ging so plötzlich auf, dass Frieda fast hinfiel.

Drei Zentimeter vor ihr stand Max.

»Frieda. Was ist los? Ich dachte, du willst deine Ruhe. Ich will meine Ruhe. Also, was willst du jetzt?«

»Ich ähh ... also ich wollte dir nur sagen: Das gestern tut mir leid. Ich habe da wohl ein ganz klein wenig überreagiert ...«

Max starrte sie an, als wäre sie gerade vom Mond gefallen.

»Eine Entschuldigung von Frieda. Dass ich das noch erleben darf. Aber passt schon. Mach dir keine Gedanken.«

Max wollte gerade die Tür wieder schließen, da platzte es aus Frieda raus:

»Wo ist eigentlich Leonies Mutter?«

»Tot.«

»Oh.«

Für einen Moment wusste Frieda nicht, was sie sagen sollte. Vielleicht war Max deshalb so verschlossen?

»Das tut mir leid«, schaffte es dann doch als Floskel aus ihrem Mund.

»Das muss dir nicht leidtun, du hast sie ja nicht gekannt, und es ist auch schon lange her.«

Max blickte Frieda an.

»Sonst noch was?«

»Ähm, nein.«

»Gut. Dann kann ich ja wieder meine Ruhe haben – zumindest solange hier keine Kuh oder noch eine Frau auftaucht«, sprach Max und machte die Tür vor Friedas Nase zu.

Für einen Moment war Frieda in Versuchung, die geschlossene Tür anzuschreien oder sie einzutreten.

Dann überwog allerdings das Gefühl, dass sie sich damit vollends zum Affen machen würde.

10

Am nächsten Morgen wurde Frieda zu ihrer Überraschung von einem Zungenkuss geweckt.

Zicke lag neben ihr im Bett und hatte ihr einmal quer über den Mund geleckt.

Igitt. Frieda wischte sich über das Gesicht. Aber eigentlich war es gar nicht so schlimm. Und überhaupt roch Zicke für eine Ziege ziemlich dezent. Lag sicher daran, dass sie noch ziemlich jung war und kein alter Bock.

Wie schaffte es diese Ziege immer wieder in ihr Zimmer?

Frieda wollte Zicke gerade aus ihrem Bett werfen, da bemerkte sie etwas.

Irgendetwas war anders.

Und dann hörte Frieda, was los war.

Regen.

Es trommelte geradezu auf das Dach. Es schüttete so, dass Frieda das Gefühl hatte, das Haus würde unter einem Wasserfall stehen.

Kein Wunder, dass Zicke sich in ihr Bett geflüchtet hatte. Da war es bestimmt wesentlich kuscheliger als draußen im Stall.

Frieda stand auf und blickte aus dem kleinen Fenster.

Sie konnte ungefähr zehn Meter bis zu der einen verkrüppelten Tanne sehen. Der Rest der Welt war in grauem Nebel untergegangen. Dort, wo sonst ein wundervoller Blick bis zum Horizont und ins Tal möglich war, war jetzt eine graue Wand.

Damit hatte Frieda nun gar nicht gerechnet.

Regen in den Bergen.

Irgendwie hatte Frieda die Berge immer nur mit blauem Himmel und Sonne vor ihrem inneren Auge gesehen. Aber natürlich musste es hier auch manchmal regnen.

Frieda zog sich schnell etwas über. Sie wollte nach draußen und schauen, ob der Regen sich wenigstens demnächst verziehen würde.

Im Internet konnte sie ja leider nicht nach dem Wetterbericht sehen.

Und wenn sie bei dem Wetter bis zur Kapelle liefe – falls sie den Weg überhaupt finden würde –, wäre sie, egal in welcher Funktionskleidung, klatschnass.

Frieda ging runter, und Zicke folgte ihr wie ein Hund.

Max war zu ihrem Erstaunen noch nicht wach. Sie hörte ihn leise in seinem Zimmer schnarchen.

Frieda öffnete die Tür und ging einen Schritt nach draußen.

Die Welt war versunken.

Keine Berge waren mehr zu sehen.

Es wirkte, als würde das ganze Universum nur noch aus der Hütte und einem Umkreis von vielleicht zwanzig Metern bestehen.

Die Alm schwebte mitten im Himmel. In einem sehr grauen und wolkenverhangenen Himmel, aber irgendwie schwebte sie.

Es war ein seltsames Gefühl. Wie in einem Traum. Irgendwie schön und irgendwie unheimlich. Frieda zwickte sich kurz selbst. Es tat weh. Sie war wach, und Zicke meckerte hinter ihr.

Es sah nicht so aus, als würde das Wetter in den nächsten Stunden irgendwie besser werden.

Na, dann haben wir wohl alle Stubenarrest, dachte Frieda und war nicht erfreut, den wortkargen Max den ganzen Tag um sich zu haben. An Wandern war bei dem Wetter sicher nicht zu denken. Frieda packte die widerstrebende Zicke und trug sie schnell zum Stall.

»Hier wird nicht gemeckert. Hier hast du auch ein Dach über dem Kopf. Beschwer dich nicht. Ich habe keine Lust, überall deine kleinen Knödel wegzumachen.«

Frieda hob die empört meckernde Zicke über den Zaun und eilte zurück zur Hütte. Sie war tatsächlich von den paar Minuten im Freien bereits klatschnass.

Max war mittlerweile wach und rumorte in der Küche.

Frieda kam rein, schälte sich aus den nassen Klamotten und hing sie in die Nähe des kleinen Ofens, in dem Max gerade Feuer machte.

»Guten Morgen«, sagte Frieda.

»Morgen. Aber gut ist der Morgen heute hier ja nicht«, brummte Max.

»Schlechte Laune?«

»Schlechtes Wetter. Ich schätze mal, wir hängen hier zumindest eine Zeit lang fest. Bei dem Wetter macht Wandern keinen Sinn.«

»Irgendwie habe ich die Berge nur mit Sonne im Kopf.«

»Du hast wirklich keine Ahnung von den Bergen. Das Wetter kann hier innerhalb kürzester Zeit umschlagen. Oder auch lange in den Bergen kleben. Hoffen wir mal, dass das gerade nicht der Fall ist. Sonst sitzen wir hier ein paar Tage miteinander fest. Keine Ahnung, wie ich das dann überlebe.«

Frieda starrte Max an. Mann, hatte der schlechte Laune.

»Ich habe es eindeutig vorgezogen, als du den ganzen Tag unterwegs warst«, sagte Frieda pikiert.

»Ich kann mich schlecht in Luft auflösen«, zischte Max.

»Es würde mir ehrlich gesagt schon reichen, wenn du keine schlechte Luft verbreiten würdest«, sagte Frieda ziemlich sauer und holte sich eine Schüssel mit Müsli.

»Und danke für die Einladung zum Frühstück. Aber nein danke. Ich ziehe es heute vor, in meinem Zimmer zu essen.«

Frieda kippte sich Milch aufs Müsli und verschwand erhobenen Hauptes nach oben.

Max blieb allein in der Küche zurück.

Es hörte nicht auf mit dem Regen.

Frieda legte sich aufs Bett, lauschte dem regelmäßigen Trommeln und fing an, in einem neuen Krimi zu lesen. Sie hatte sich bei ihrem Ausflug nach Berchtesgaden mit drei neuen Büchern eingedeckt. Eine grandiose Idee in Anbetracht des Wetters. Sie hätte jetzt nichts dagegen gehabt, wenn Zicke ihr Gesellschaft leisten würde. Frieda vertiefte sich für die nächsten Stunden in das Buch.

Der Krimi war ihr leider zu blutrünstig. Auf Seite einhundertzwei angekommen, hörte sie aus der Küche das Klappern von Töpfen.

Max versuchte offensichtlich, ein Mittagessen zuzubereiten. Es war schon nach eins. Frieda versuchte weiterzulesen, aber das Klappern klang immer genervter. Irgendwann roch es angebrannt.

Frieda seufzte auf, klappte das Buch zu und ging nach unten.

Max stand in der Küche. Es sah aus wie ein Schlachtfeld. Tüten waren umgefallen, Dosen offen, Gemüse verstreut. Und auf dem Herd herrschte Krieg. Ein Topf mit Knödeln darin kochte gerade über. Frieda drängte Max einfach zur Seite, zog den Topf beherzt vom Herd – die Knödel dürften gar nicht in kochendem Wasser sein, sonst würden sie gleich zerfallen. Und Frieda drehte schnell den Braten in der Pfanne um, bevor er komplett verbrannte.

Max stand einfach daneben.

»Du kochst wohl nicht allzu oft?«, meinte Frieda, als sie das Schlimmste verhindert hatte und dabei war, etwas von dem Chaos aufzuräumen.

»Ich bin mehr der Restaurantbesucher.«

»Hätte ich mir denken können«, sagte Frieda und machte sich auf die Suche nach etwas, aus dem sie eine Soße zu dem Braten zaubern konnte. Wenn man das Angebrannte etwas wegschneiden würde, wäre der Braten sicher noch zu retten.

»Ich arbeite oft mehr als sechzig Stunden, und dann noch Nachtdienste ab und zu«, sagte Max fast entschuldigend.

»Du musst dich nicht entschuldigen. Niemand muss alles können. Chirurg ist doch ein großartiger Beruf. Du rettest Leben.«

»Na ja, das klingt jetzt etwas pathetisch, und Chirurgen gibt es viele.«

Frieda drehte sich zu Max um. »Trotzdem. Das hätte ich dir nicht zugetraut.«

»Was hättest du mir denn zugetraut?«, fragte Max.

Frieda musste überlegen.

»Ich weiß auch nicht. Etwas, das nicht ganz so altruistisch ist.

Du warst früher alles andere als an deinen Mitmenschen interessiert. Ich meine damit, dass du natürlich an den Mädchen interessiert warst, aber nicht ... du weißt schon.«

Max grinste.

»Nun, ich bin altruistisch. Wenigstens ab und zu. Ich wollte dich zum Beispiel zu diesem Essen einladen. Als Entschuldigung für meine schlechte Laune heute Vormittag.«

Jetzt musste Frieda lächeln.

»Nun, so wie das aussieht, lade ich eher dich zum Essen ein. Das, was du auf dem Herd hattest, könnte eher als Anschlag auf mich gewertet werden.«

»Ich überlasse die Leitung ganz dir – aber kann ich was tun?«, fragte Max erleichtert, und Frieda drückte ihm Suppengemüse in die Hand.

»Alles klein schneiden.«

Max machte sich ans Werk, und Frieda rettete den Braten.

Sie sah aus den Augenwinkeln, dass Max eine Karotte mehr guillotinierte, als sie zu schneiden. Es sah aus, als hätte er noch nie Gemüse geschnitten.

Frieda ging zu ihm.

»Ich hoffe, du bist mit dem Skalpell besser als mit dem Gemüsemesser.«

»Sie haben es bisher fast immer überlebt, die bei mir auf dem Tisch lagen«, grinste Max.

»So wird das nichts, die Stücke sind zu groß, und sie sollten gleichmäßiger sein, dann kommt der Geschmack besser raus. Ich brauche sie für die Soße. Hier. Du musst die Knöchel so halten, sonst schneidest du dir noch in deine Chirurgenfinger, und das wäre wohl nicht so gut.«

Frieda legte ihre Hand auf die von Max, um ihm zu zeigen, wie man professionell eine Karotte zerlegt.

In dem Augenblick, in dem ihre Hand die von Max berührte, bemerkte sie, wie intim das war. Seine Hand war warm und gut geformt. Echte Chirurgenhände.

Frieda hatte plötzlich Schwierigkeiten, sich genügend zu konzentrieren, um sich und ihn nicht zu schneiden. Sie spürte Max' Atem in ihrem Nacken und ließ abrupt seine Hand los.

»So schnell lernt man das nicht. Vielleicht solltest du lieber den Salat putzen. Da kann man sich nicht verletzen.«

Max wandte sich erleichtert dem Salat zu.

»Du schnippelst echt wie ein Profi«, sagte er.

Frieda war froh, dass der peinliche Händchenhalten-Moment vorbei war. Irgendwie war es in der Küche gerade ziemlich heiß.

»Ich bin Profi«, sagte Frieda nicht ohne Stolz. »Ich habe eine Ausbildung als Köchin gemacht. Nachdem ich mein Germanistikstudium nach vier Semestern geschmissen habe. Ich wollte etwas Handfestes machen. Das war die richtige Entscheidung für mich. Als Deutschlehrerin wäre ich eine Katastrophe. Und jetzt habe ich mehrere Currywurststände in Berlin.«

Max hörte auf, den Salat zu misshandeln, und blickte Frieda erstaunt an.

»Du bist Friedas Fritten?«

»Woher kennst du Friedas Fritten?«

Jetzt war Frieda diejenige, die baff war.

»Ich bin ab und zu in Berlin. Ärztekongresse und so was. Und wenn wir genug von den überschicken Buffets haben, stellen meine Kollegen und ich uns abends gern an eine Currywurstbude. ›Friedas Fritten‹ ist ja richtig berühmt. Ich war schon drei-, viermal bei dir essen. Dass wir uns da nie begegnet sind?«

Irgendwie schmeichelte es Frieda, dass Max ihren Laden kannte.

»Ich habe fünf solcher Imbissstände über die ganze Stadt verteilt, aber ich selbst stehe nicht mehr allzu oft drin. Irgendwer muss ja auch den Einkauf, die Buchhaltung und den ganzen Rest machen.«

»Deine Currysoße ist übrigens der Hammer. Das mein ich ehrlich. In München würden sie dir die Bude einrennen. Da gibt es so gut wie keine richtige Currywurst. Was ist das Geheimnis?«

Frieda blickte Max an.

»Ein Geheimnis ist geheim, sonst wäre es ja kein Geheimnis mehr.«

Max schniefte zum Spaß und setzte einen Dackelblick auf.

»Biiiiiieeettte!«

Frieda lachte.

»Es ist Himbeersaft. Ich gebe etwas Himbeersaft in die Soße, aber wie viel, verrate ich jetzt echt nicht.«

»Himbeersaft – genial. Muss ich unbedingt ausprobieren.«

»Ich denke eher, du solltest die Küche und deine Mitmenschen in Zukunft von weiteren Kochversuchen verschonen.«

Max warf ihr spielerisch eine Tomate an den Kopf, die Frieda geschickt auffing und sich in den Mund steckte.

Danach kochten sie als eingespieltes Team ein hervorragendes Mittagessen.

»Danke. Das war super lecker. Du hast den Braten gerettet. Und mich.«

Max wischte sich eine Stunde später den Mund ab und lehnte sich genüsslich zurück. Es hatte wirklich hervorragend geschmeckt. Draußen prasselte der Regen nicht mehr ganz so stark. Das Feuer brannte in dem kleinen Ofen, und Frieda dachte, dass sich das hier gerade seltsam wunderbar und großartig anfühlte, was aber bestimmt nur an dem guten Essen lag. Und an dem Glas

Wein, das Frieda und Max sich dazu mitten am Tag gegönnt hatten.

Frieda blickte Max an.

»Danke dir auch. Für deine Einladung. Du hast mich ja auch schon öfter gerettet.«

»Mach ich doch gerne«, grinste Max. »Solange ich dich nur vor Kühen und nicht vor Drachen retten muss.«

»Vielleicht sollten wir in Zukunft einfach netter zueinander sein, als uns ständig beieinander zu entschuldigen.«

»Gute Idee«, sagte Max und schenkte sich und Frieda noch einen kleinen Schluck Wein nach.

Und das mitten am Tag. Frieda war Alkohol am Mittag nicht gerade gewöhnt, vielleicht löste das ihre Zunge. Sie blickte Max in die Augen.

»Früher hatte ich das Gefühl, dass ich ständig meine Freundinnen vor dir retten musste. Immer hat sich eine von ihnen bei mir ausgeheult, nachdem du sie hast fallen lassen.«

»Ich habe nie mehr versprochen, als ich halten konnte«, verteidigte sich Max.

»In jedem Fall hast du damals nichts anbrennen lassen. Hast du eigentlich selbst noch den Überblick, wie vielen du nichts versprochen hast?«

Max grinste etwas süffisant. »Manchmal ist mit vielen rummachen das Gleiche wie mit keiner rummachen.«

Frieda wusste jetzt nicht, ob sie wirklich verstand, was Max damit sagen wollte.

»Wie soll ich das verstehen?«

»Wie ich es gesagt habe. Aber was mich interessiert: Hast du damals auch geweint?«

»Was meinst du?«

Frieda hatte das Gefühl, dass sie sich gerade auf ganz dünnem Eis bewegten.

»Als du damals nach Berlin gegangen bist.« Max blickte ihr direkt in die Augen.

»Nun, es ist nicht so einfach für eine Siebzehnjährige, in eine neue Stadt zu gehen und alle Freunde zurückzulassen«, versuchte Frieda die Frage geschickt in eine andere Richtung zu lenken.

»Das meinte ich nicht, ich meinte nicht die neue Stadt.«

Frieda hatte das Gefühl, sie bekam keine Luft mehr.

Hier drin war es auch ziemlich stickig.

Max blickte ihr immer noch direkt in die Augen.

Frieda überlegte fieberhaft, wie sie sich aus dieser Situation retten könnte. Sie wollte mit Max nicht über die Vergangenheit reden. Und sie wollte auf gar keinen Fall mit Max darüber reden, wie sie sich damals gefühlt hatte. In Berlin und vor Berlin. Oder vor dem Kuss und nach dem Kuss von Max.

In diesem Augenblick ging die Tür auf.

Ein kalter Windhauch wehte in die warme Küche.

Alois stand mitten im Raum, er schüttelte sich wie ein nasser Hund. Wassertropfen stoben durch den Raum.

»Grüßt euch ... ein Sauwetter heute, ein greisliges ... echt jetzt ... ich wär fast nicht gekommen, aber dann hat der Regen etwas nachgelassen.«

Max starrte Alois an wie eine Erscheinung.

Frieda stand auf und ging zu Alois hin.

»Alois, grüß dich. Was treibt dich hier runter?«

»Ich wollte dich einladen – und Sie natürlich auch.«

Alois wandte sich an Max, der jetzt auch vom Tisch aufstand.

»Darf ich mich vorstellen: Alois, von der Alm oben, zuständig für die Ziegen und alles andere.«

Die beiden Männer schüttelten sich die Hände.

Max blickte auf Frieda.

»Ihr kennt euch?«

»Ja. Alois war hier, als mein Knöchel kaputt war und Zicke fast das Frühstück aufgefressen hat.«

»Das hast du mir gar nicht erzählt.«

»Hätte ich das tun sollen?«

»Nun … ich …«

Alois unterbrach die beiden.

»Ich muss gleich weiter … die Kühe … in drei Tagen ist Sonnwendfeuer – unten auf der Finsterbach-Alm. Bis dahin soll das Wetter wieder gut sein. Alle kommen von den Almen und auch welche von unten aus dem Tal. Das ist jedes Jahr eine Gaudi und ein Riesenfest … kommt's doch auch … Es gibt sogar extra einen Tanzboden vor der Scheune … Ich würde mich freuen …. Es gibt ein riesiges Feuer, wir sammeln schon seit Wochen Holz aus dem Wald, und es wird gegrillt. Und Bier gibt's natürlich auch … und das Wichtigste: Wir vertreiben die bösen Geister.«

Alois blickte Frieda auffordernd an.

Ein Sonnwendfeuer. Ein Fest. Warum nicht. Böse Geister sollte man immer vertreiben, wenn man die Gelegenheit dazu bekam.

»Ich komme gerne. Danke für die Einladung«, sagte sie lächelnd.

»Ich auch«, kam es von Max.

»Also, dann bis in drei Tagen. Soll ich euch abholen?«

»Ich weiß, wo die Finsterbach-Alm ist«, meinte Max.

»Na dann – ich freu mich. Um sechse geht's los, und bei Sonnenuntergang brennt das Feuer dann lichterloh.«

Alois nickte erst Frieda zu und dann Max, und dann war er so schnell aus der Tür, wie er reingekommen war, noch bevor Frieda ihn fragen konnte, ob er ein Stück vom Braten wollte.

Es war eindeutig etwas kühler in der Küche geworden, seit Alois mit den feuchten Kleidern reingekommen war.

Max blickte aus dem Fenster.

»Das Wetter ist anscheinend wirklich besser. Ich glaube, ich gehe zumindest noch einen kleinen Spaziergang machen. Lass alles stehen. Ich kann nicht kochen, aber später abwaschen«, sagte Max. Er nickte Frieda zu und verschwand in seinem Zimmer.

Max war wieder ganz der Alte.

Nun gut.

Auch Frieda war wieder nüchtern. Sie wollte sowieso noch hoch zur Kapelle und online gehen. Mal sehen, was Annie und ihr Sohn und der Rest der Welt so trieben.

11

Am nächsten Tag strahlte die Sonne vom Himmel, als wäre nichts gewesen. Nur am Dunst, der aus den Wiesen stieg, konnte man erkennen, dass es noch gestern heftig geregnet hatte. Aber heute versprach der Blick aus dem Fenster einen wunderbaren Sommertag. Max war schon unterwegs – Frieda hatte nichts anderes erwartet.

Sie beschloss, die Gegend um die Alm zu erkunden – unter größtmöglicher Vermeidung von Kühen. In einer Schublade in der Küche lagen ein paar Wanderkarten. Damit würde Frieda gut zurechtkommen.

Annie hatte gestern neugierig gefragt, wie es mit Max lief. Frieda erzählte ihr stattdessen von Alois und von der Einladung zum Sonnwendfeuer. Annie war langsam überzeugt, dass Frieda mit der Alm doch die richtige Entscheidung getroffen hatte. Anscheinend war oben auf dem Berg wesentlich mehr los als in jeder Kur. Allerdings kannte Annie selbst Kuren und Kurschatten nur vom Hörensagen, konnte sich Frieda nicht verkneifen zu erwähnen.

Aber ja, hier oben war viel los. Erstaunlich viel, und Frieda war froh darüber.

Und es war wirklich wunderschön, dachte Frieda, als sie auf kleinen Wegen die Berge hoch- und runterlief. Auf einer der Karten war ein kleiner Bergsee eingezeichnet. Und tatsächlich – Frieda fand ihn.

Es war eigentlich kein See, mehr eine Art Wasserbecken im Felsen, aber das Wasser war glasklar und unfassbar türkis. So türkis, es hätte in der Karibik sein können.

Und eiskalt, wie Frieda feststellte, als sie den Fuß ins Wasser streckte. Es sah verlockend aus. Frieda überlegte nicht lange. Hier war keine Menschenseele, und Badesachen hatte sie keine dabei, die lagen in Berlin. Mit einer Gelegenheit zum Schwimmen hatte sie hier oben nun wirklich nicht gerechnet.

Frieda schrie laut auf, als sie entschlossen bis zum Hals in das eiskalte Türkis eintauchte.

»Ist das kaaaaaalt.«

» ...aaaaaalt«, schallte ein Echo zurück.

Ein Echo! Frieda war entzückt.

Wann hatte sie das letzte Mal ein Echo erlebt? Als Kind wahrscheinlich, sie konnte sich nicht mehr erinnern.

Frieda musste es austesten, während sie im Wasser strampelte, um nicht zu erfrieren.

»Wie heißt der Bürgermeister von Wesel?«, schrie Frieda gut gelaunt in den blauen Himmel.

»Esel ... Esel ... Esel«, schallte es zurück von den Bergwänden.

»Frieda«, schrie Frieda.

» ...ida, ...ida, ...ida«, antwortete ihr der Berg.

»Ich bin hier.«

» ...ir, ...ir, ...ir.«

»Jodulehüjühü.«

Frieda juchzte etwas hervor, das als Jodeln gemeint war, aber eher ein Jaulen war.

Der Berg nahm ihr das nicht übel und antwortete gut gelaunt: »Hü ... jü ... hü.«

Frieda konnte sich nicht erinnern, wann sie sich das letzte Mal so lebendig gefühlt hatte. Und so kalt. Frieda machte noch drei Schwimmzüge und wollte gerade aus dem Wasser klettern, als irgendwo ein kleiner Stein sich lockerte und den Berg runterkollerte.

Frieda fühlte sich beobachtet. Sie stieg schnell aus dem Wasser, trocknete sich mit einem Ersatz-T-Shirt, das im Rucksack war, ab und zog sich an.

Der kleine Pool würde ihr Geheimnis bleiben. Frieda warf dem unfassbar türkisen Wasser einen letzten Blick zu, bevor sie sich auf den Rückweg zur Alm machte.

Max war heute erstaunlicherweise vor ihr da. Er hatte schon gegessen und zog sich in sein Zimmer zurück.

Nun, wenn er nicht reden wollte.

Frieda konnte damit leben. War ihr doch egal.

Zicke hatte sich mal wieder aus ihrem Stall befreit und sich in Friedas Zimmer geschlichen. Langsam wurde die kleine Ziege zu einem Haustier. Was vielleicht auch daran lag, dass Frieda ihr immer wieder kleine Leckereien – Salz, Bonbons, trockenes Brot – zusteckte.

»Wir beide brauchen den blöden Max gar nicht«, sagte Frieda, und Zicke meckerte zustimmend. Sie war eben eine echte Freundin. Frieda gab ihr noch ein Alpenkräuterbonbon und studierte die Wanderkarten.

Sie fühlte sich durchaus fit für eine größere Tour. Ihr Knöchel war vollkommen verheilt, sie hatte die Ausrüstung, und sie hatte

Lust. Max war ja auch ständig alleine wandern. Warum sollte sie es ihm nicht gleichtun?

Am nächsten Tag war Frieda nicht mehr ganz so sicher, dass die Idee mit einer größeren Tour eine gute Idee gewesen war. Sie war heute noch vor Max aufgebrochen.

Sie wollte keine Kommentare von ihm bei ihrem Aufbruch hören, und jetzt war sie schon seit Stunden unterwegs, da sie sich trotz Karten und GPS in ihrem Handy einmal kräftig verlaufen hatte. Mittlerweile war sie aber auf dem Rückweg, und wenn alles glattlief, wäre sie zwei Stunden vor Sonnenuntergang wieder zurück.

Sie würde morgen einen Muskelkater haben vom vielen Bergauf und Bergab, aber sie würde keine Blasen an den Füßen haben. Ihre Bergschuhe waren jetzt schon ganz gut eingelaufen. Sie war öfter auf einer der vielen bewirtschafteten Almen eingekehrt, hatte sich nett mit anderen Wanderern unterhalten und wusste jetzt, wie der große Berg dort drüben hieß – Watzmann. Insgesamt fühlte sie sich schon wie ein echter Bergfex.

Frieda verstand, warum Max so viel unterwegs war. Das Laufen machte den Kopf frei, und man fühlte sich seltsam geerdet, auch und gerade einige Hundert Meter über dem Meeresspiegel. Aber jetzt war Frieda müde und froh, dass sie bald wieder zurück sein würde. Frieda blickte voraus – so wie das aussah, verwandelte sich der Weg langsam, aber sicher in einen Grat.

Sie würde ein ganzes Stück auf diesem Grat entlangmüssen, bevor weiter hinten wieder ein normaler Weg auf sie wartete. Frieda ging weiter. Das konnte ja nicht so schlimm sein. Weiter vorne sah sie zwei Wanderer, die den Grat schon fast hinter sich hatten. Rechts ging es in die Tiefe. Links genauso. Frieda zögerte kurz, und dann schimpfte sie sich Weichei. Das würde sie schon schaffen. Ein paar Hundert Meter durchhalten, dann würde es wieder einen normalen Weg nach unten geben, auf dem sie bald wieder zurück bei der Alm sein würde. Umkehren wäre jetzt blöd und ein richtig großer Umweg. Dann würde sie es nicht schaffen, rechtzeitig vor Einbruch der Dunkelheit wieder in der Hütte zu sein.

Also, die Entscheidung war klar.

Der Grat.

Frieda ging einfach los. Der Grat wurde nach ein paar Metern immer schmaler. Man musste einen Fuß vor den anderen setzen. Wieso hatten die hier kein Seil zum Festhalten gespannt wie an anderen schwierigen Stellen am Berg?, fluchte Frieda.

Nun, es gab hier überhaupt keinen Platz für ein Seil. Frieda bemerkte, wie ihr etwas schummrig wurde. Ein Fuß vor den andern, sagte sie sich, bald ist es geschafft. Max oder Alois jetzt dabeizuhaben, um sich irgendwie und irgendwo festzuhalten, wäre gar keine so schlechte Idee.

Wobei hier zwei Menschen nur hintereinander gehen konnten, auf gar keinen Fall nebeneinander. So schmal war der Weg.

Frieda hielt kurz inne und holte das Handy heraus.

Voller Empfang. Sie könnte theoretisch jetzt Max anrufen, er hatte ihr nach der Sache mit den Kühen seine Nummer gegeben. Für Notfälle. Und das hier war ein Notfall. Eindeutig.

Frieda bemerkte, dass sie viel zu schnell atmete. Höhenangst.

Alles fing an sich zu drehen. Ihr Herz raste.

Frieda suchte Halt und fand keinen. Der Himmel über ihr erschien ihr plötzlich unendlich, wenn sie nicht aufpasste, würde sie einfach so ins All davonschweben. Frieda fühlte sich an ihren Traum erinnert – so kam ihr das vor – in Berlin, bevor sie fast alles abgefackelt hatte. Hier und jetzt Panik zu bekommen war keine gute Idee. Gar keine gute Idee.

Und Max anrufen wollte Frieda nicht. Sie wollte nicht schon wieder von ihm gerettet werden.

Frieda versuchte ihren Atem etwas zu beruhigen, damit sie wieder klarer denken konnte. Wenn wenigstens Zicke hier wäre. Die konnte klettern wie eine Ziege, und der machte das hier sicherlich überhaupt nichts aus.

Zicke war eine Ziege, Ziegen haben vier Beine statt zwei, bemerkte Frieda. Deshalb können sie ja so gut klettern, überlegte sie. Wenn sie vier Beine hätte, würde sie hier oben auch sicher besser klarkommen. Und dann ging Frieda einfach auf alle viere. Auch Menschen waren schließlich mal Vierbeiner gewesen, bevor sie dachten, sie müssten auf zwei Beinen durch die Weltgeschichte laufen, um die Hände frei zu haben.

Als Frieda mit Knien und Händen den Boden berührte, fühlte sie sich sofort geerdet. Der Schwindel hörte auf. Sie war sicher. Frieda nahm einen tiefen Atemzug.

Alles schien nicht mehr so hoch zu sein. Sie nahm einzelne Steine wahr – leider auch ein paar unter ihren Knien. Aber so würde es gehen. Es waren nur noch etwas über hundert Meter, bis sie den Grat hinter sich hätte.

Frieda machte sich auf allen vieren auf den Weg. Es sah sicherlich furchtbar dämlich aus, aber sie würde nicht abstürzen. Und sie würde Max verdammt noch mal nicht anrufen und schon wieder um Hilfe bitten.

»Was ist mit deinen Hosen passiert?« Max blickte Frieda und ihre an den Knien kaputten Hosen durchdringend an.

Das hatte ihr jetzt gerade noch gefehlt.

Als Frieda eineinhalb Stunden später, kurz vor Sonnenuntergang, wieder bei der Alm war, war Max zu Friedas Leidwesen auch schon da. Warum konnte der nicht mal verschwunden sein, wenn man ihn wirklich nicht sehen wollte?

Frieda blickte an sich herunter.

Die Knie waren komplett abgewetzt, die linke Seite hatte schon ein Loch. Kein Wunder, schließlich war sie locker einhundertfünfzig Meter auf allen vieren gekrochen.

»Das? Ach das? Das ist nichts ... Ich bin wohl etwas ... ähm ...«

Frieda fiel jetzt echt keine gute Antwort ein.

»Ich höre«, sagte Max erwartungsvoll, und Frieda fühlte sich an die Inquisition erinnert. Es wäre wahrscheinlich jetzt nicht so gut, Max von ihrer Höhenangst zu erzählen, er dachte ja sowieso schon, dass sie eine Flachlandtirolerin war und hier auf dem Berg absolut nichts verloren hatte.

»Das ist nichts, das habe ich doch gesagt. Ich habe vor dem Kreuz oben in der Kapelle zu lange gekniet, um für den Weltfrieden zu beten. Du weißt ja, dass es darum nicht gut bestellt ist. Der Frieden kann ausdauerndes Beten gebrauchen, sehr viel Beten.« Frieda versuchte sich mit diesem dämlichen Spruch irgendwie aus der Affäre zu ziehen, was ihr allerdings nicht gerade gut gelang.

Max blickte sie immer noch durchdringend an. Mein Gott, konnte der aber auch schauen. Seine Assistenzärzte hatten bei ihm bestimmt nichts zu lachen, dachte Frieda.

»Die Berge können wirklich gefährlich sein, Frieda. Bitte unterschätze sie nicht. Ich kann dich ja nicht immer retten«, sagte Max, und Frieda bemerkte nun einen wirklich ernsten Unterton in seiner Stimme. Der machte sich doch nicht etwa Sorgen um sie?

»Musst du auch nicht«, antwortete Frieda kurz. »Ich kann sehr gut auf mich selbst aufpassen. Und ich habe heute auch schon gegessen.« Mit diesen Worten ging Frieda in ihr Zimmer.

Als sie die zerfetzten Hosen auszog, klopfte ihr Herz immer

noch stark bei dem Gedanken, dass das heute auch hätte schiefgehen können. Was wäre passiert, wenn sie vor lauter Schwindel abgestürzt wäre?

Vielleicht hatten Max und Alois nicht unrecht.

Vielleicht war es besser zu zweit. Das Wandern und der ganze verdammte Rest des Lebens, sagte plötzlich eine Stimme in ihr, die Frieda sehr lange zum Schweigen gebracht hatte.

In dieser Nacht schlief Frieda besonders schlecht trotz der körperlichen Anstrengung vom Tage. Sie nickte immer wieder kurz ein und wurde gefühlt nach ein paar Sekunden wieder wach. Völlig genervt tat Frieda etwas, das sie sich eigentlich selbst verboten hatte. Sie nahm eine halbe Schlaftablette.

Als Frieda wieder wach wurde, war es schon fast Mittag, und sie war noch ziemlich benommen. Deswegen hasste sie Schlaftabletten – sie war danach manchmal noch müder, als wenn sie gar nicht geschlafen hätte.

Egal, heute würde sie sowieso nicht wandern. Noch nicht mal spazieren gehen. Frieda verordnete sich eine Pause. Ihr tat sowieso jeder Muskel weh. Außerdem war heute Abend das Sonnwendfeuer.

Frieda stand auf und ging ins Bad. Von Max war nichts zu hören, Frieda nahm an, dass er schon wieder unterwegs war. Sie ging zu dem kleinen Holzschrank mit der hübschen Bauernmalerei in der Ecke, in dem sie ihre Sachen verstaut hatte, und stellte fest, dass sie wie alle Frauen auf dieser Welt nichts zum Anziehen hatte. Also, sie hatte nichts zum Anziehen für ein Fest. Und überhaupt, was trug man eigentlich bei so einer Sonnwendfeier? Frieda hatte keine Ahnung, aber sie war sicher, dass ein kleines Schwarzes hier wohl eher nicht infrage kam. So was hatte sie auch gar nicht dabei.

Frieda durchwühlte ihre Sachen: Wanderhosen, Jeans, Funktionskram. Überhaupt nur Hosen und kein Kleid, kein Rock. Nichts, in dem sie den längsten Tag des Jahres würdig feiern könnte. Mit einem Fest hier oben auf dem Berg hatte sie nun wirklich nicht gerechnet.

Frieda beschloss, runter ins Tal zu fahren, Berchtesgaden war zwar nicht Berlin, aber irgendwas Nettes zum Anziehen für so eine Sonnwendfeier würde es sicher auch dort geben.

»Das steht Ihnen wirklich gut. Sie haben den richtigen Busen dafür. Ein Dirndl kann nicht jede Frau tragen. Man braucht Busen – nicht zu viel und nicht zu wenig. Und vor allem braucht man Taille«, säuselte die Verkäuferin in dem Trachtenmodenladen, in dem Frieda zu ihrer eigenen Überraschung seit einer Stunde war und ein Dirndl nach dem anderen anprobierte.

Die Verkäuferin band ihr gerade eine Schürze um.

Frieda starrte in den Spiegel.

Sie erkannte sich selbst nicht wieder. Sie trug tatsächlich ein Dirndl.

»Wo soll ich die Schleife binden?«, fragte die Verkäuferin und blickte Frieda neugierig an.

»Ähm, einfach binden.«

Die Verkäuferin lachte. »Sie sind nicht von hier. Das habe ich gleich gemerkt. Die Schleife beim Dirndl bindet man nicht einfach so. Wo die Schleife ist, das hat eine Bedeutung: Vorne links – noch zu haben. Vorne rechts – bereits vergeben. Also, wie sieht es bei Ihnen aus?«

»Ich glaube, ich nehme die Mitte.«

»Das geht nicht, dann wären Sie noch Jungfrau, und das wollen wir mal nicht hoffen«, sagte die Verkäuferin lachend.

»Dann links«, entschied Frieda, und es fühlte sich zum ersten

Mal seit Langem sehr komisch an, dass sie Single war. Ein fünfzigjähriger Single. Und wahrscheinlich doch schon wieder Jungfrau, dachte sie, aber das musste sie ja der Verkäuferin nicht auf die Nase binden.

»Mit diesem Dirndl ist die Schleife in jedem Fall nicht mehr lange links«, verkündete die Verkäuferin resolut und trat einen Schritt zurück. Frieda betrachtete sich im Spiegel.

Das Kleid war aus feinem Leinen in einem dunklen Rosé mit einem Graustich, bestickt mit kleinen Rosen, die Schürze war dunkelblau und aus Seide, und die zarte weiße Bluse ließ ihre Schultern frei. Schultern werden wohl erst ganz zum Schluss alt, dachte Frieda und fand ihr Spiegelbild nicht schlecht. Gar nicht schlecht.

Allerdings sah Frieda eindeutig nicht mehr aus wie Frieda.

Aber sie fühlte sich komischerweise nicht verkleidet.

Die Frau im Spiegel gefiel Frieda sogar gut.

Sie passte hierher zu den Bergen, eine Berg-Frieda sozusagen.

Hatte sie jemals in ihrem Leben vorher ein Dirndl getragen?

Frieda musste überlegen. Irgendwann, als sie noch in München lebte und mit sechzehn anfing, mit ihren Freunden und unter anderem Max auf die Wiesn – das Oktoberfest – zu gehen. Sie hatte völlig vergessen, wie sich so ein Dirndl anfühlte.

Unglaublich weiblich.

Ein Dirndl war dafür gemacht, den Männern die Vorzüge einer Frau sehr deutlich vor Augen zu führen.

Der Busen. Die Taille. Die Hüften.

Und es gab unfassbar schöne Dirndl, musste Frieda zu ihrer Überraschung feststellen.

»Ich nehme es.«

»Das sollten Sie auch«, sagte die Verkäuferin.

Als sie auf den Preis blickte, fiel Frieda dann allerdings fast in Ohnmacht. Über sechshundert Euro?

Es war schon immer etwas teurer gewesen, eine Frau zu sein, seufzte Frieda und zückte ihre Kreditkarte.

12

Sollte sie das Dirndl wirklich anziehen? War das nicht doch etwas zu gewagt? Zu viel Ausschnitt, zu viel Figur, zu bayerisch? Frieda fühlte sich plötzlich nicht mehr so richtig wohl in dem Teil. Und überhaupt, so ihren Busen zur Schau zu stellen – was würde Max denken? Dass sie was von ihm wollte – das war das, was Max immer dachte, da er immer dachte, dass alle Frauen immer was von ihm wollten, und das war nicht das, was Frieda wollte, was Max denken sollte und ... Friedas Gedanken drehten sich im Kreis, ihr Busen sah unfassbar aus in dem Teil, wie aufgeblasen, da könnte sie ja gleich nackt gehen.

Frieda griff gerade nach einer Jeans, um sich doch wieder umzuziehen, als es an der Tür klopfte.

»Bist du fertig?«, fragte Max.

»Gleich!«

»Darf ich reinkommen?«

»Nein!«

In diesem Augenblick ging die Tür auch schon auf, und Max stand da. Er trug Lederhosen, Bergstiefel, ein gestreiftes Hemd und sah aus, als würde er nie was anderes tragen. Es stand ihm gut. »Fesch« war das Wort, das Frieda dazu einfiel. Langsam, aber sicher verwandelte sie sich in eine waschechte Bayerin, die sie ja von Geburt aus eigentlich sogar war.

Max starrte Frieda an.

Und war vollkommen still.

Frieda konnte förmlich spüren, wie ihm innerlich die Kinnlade runterfiel. Ihn mal wortlos zu erleben hatte was. Wahrscheinlich war das Dirndl wirklich ziemlich übertrieben. Sicher sah sie aus wie eine verkleidete Touristin.

»Kannst du bitte noch mal rausgehen? Ich wollte gerade doch lieber eine Jeans anziehen.«

»Wieso?«

»Ich ...«

»Lass das an, du hast sowieso keine Zeit mehr, dich umzuziehen. Ich geh in fünf Minuten los, und du weißt ja nicht, wo die Alm ist.«

Max machte die Tür wieder zu.

Frieda warf noch einen letzten Blick in den Spiegel. Frieda im Dirndl. Sie würde sich jetzt sowieso nicht mehr umziehen können. Also Frieda im Dirndl. Sie schnappte sich noch eine Jacke und lief mit schnellen Schritten nach unten, um Max einzuholen.

Schweigend gingen sie wenig später nebeneinanderher zur Finsterbach-Alm.

Keinem von beiden war nach Small Talk zumute. Und komischerweise fiel Frieda das Schweigen mit Max überhaupt nicht schwer. Es fühlte sich sogar ganz natürlich an, ganz normal. So, als würden sie gerne und oft zusammen schweigen, da sie sich gut genug kannten und die Gedanken des anderen auch ohne Worte erraten konnten.

Schweigen mit einem anderen Menschen fand Frieda oft viel schwieriger als das Reden. Reden konnte Frieda schon von Berufs wegen mit jedem. Ihre Kunden, vor allem die Stammkunden, erzählten ihr oft bei einer Currywurst ihre ganze Lebensgeschichte, und einige kamen wohl sogar eher, um mit Frieda zu ratschen, als wegen der Pommes. Aber mit einem anderen Menschen gut schweigen zu können, ohne dass das Schweigen sich peinlich anfühlte, das war etwas ganz Besonderes. Das konnte Frieda nur mit wenigen Menschen.

Als Frieda und Max nach etwas mehr als einer halben Stunde unten auf der Alm ankamen, war das Fest schon in vollem Gange. Fast hundert Leute hatten sich hier zum Feiern versammelt, viele waren extra aus dem Tal hochgekommen.

Ein großer Holzhaufen für das Sonnwendfeuer war auf einem Felsen aufgerichtet worden. Das Holz war mehr als mannshoch geschichtet und würde ein großartiges Feuer hergeben.

Die meisten Frauen hier trugen auch ein Dirndl, und manche hatten ausgefallene Flechtfrisuren mit Alpenblumen, stellte Frieda zu ihrer Erleichterung fest. Nur wenige hatten sich heute nicht extra herausgeputzt.

Trotzdem blieb sie einen Augenblick wie angewurzelt stehen. Frieda war im Grunde genommen eher introvertiert, auch wenn sie mit ihren Kunden ständig quatschte und scherzte. Viele Menschen, noch dazu Menschen, die sie nicht kannte und mit denen sie Small Talk halten müsste, verunsicherten sie manchmal.

Max bemerkte ihre Unsicherheit. Er drehte sich zu ihr um:

»Das Dirndl steht dir wirklich gut, du siehst umwerfend aus. Gar nicht wie eine schnöselige Berlinerin, die sich auf den Berg verirrt hat. Mach dir keine Sorgen, misch dich einfach unters Volk, hier sind sicher auch viele Touristen und nicht nur Einheimische, die sich schon seit ewigen Zeiten kennen. Und sicher ist auch Alois schon irgendwo und nimmt dich unter seine Fittiche oder vielmehr unter seinen durchtrainierten Bizeps. Ich für meine Wenigkeit brauch jetzt erst mal ein Bier. Amüsier dich gut. Ich will vor zwölf zurück zur Alm, du solltest auf keinen Fall allein zurückgehen, ich habe Taschenlampen dabei«, sagte Max und ging mit großen Schritten zum Ausschank – eine völlig verblüffte Frieda zurücklassend.

Hatte Max ihr gerade ein Kompliment gemacht?

Max hatte ihr gerade ein Kompliment gemacht!

Frieda bemerkte, wie ihre Mundwinkel und ihre Laune sich unweigerlich nach oben bogen. Sie hatte heute wirklich allen Grund zu feiern.

Ein Sommerfest! Ein Kompliment! Wie wunderbar.

Und dann hatte auch Alois sie schon entdeckt, der ein paar Meter weiter an der Feuerstelle stand und letzte Hand ans Holz legte. Er winkte ihr zu, als wären sie alte Bekannte. Frieda winkte zurück und ging mit beschwingten Schritten auf ihn zu. Sie war nicht verkleidet, sie gehörte hierher. Genau hierher. Zumindest für heute Abend.

Und was für ein schöner Abend das war.

Frieda hatte eine Flasche Bier in der Hand und zwei sehr leckere Grillwürste im Bauch und blickte auf die Gipfel, die die Sonne mit ihren letzten Strahlen des längsten Tages des Jahres zu einem unfassbar rotgoldenen Glühen brachte.

Sie saß neben Alois am Feuer, das mittlerweile lichterloh mit der Sonne um die Wette brannte und eine ziemliche Hitze abstrahlte.

Alois hatte sie ganz vielen Leuten vorgestellt. Von dieser Alm und jener Alm und diesem Hof und jenem Hof. Alois kannte sie alle. Und alle kannten Alois. Frieda schwirrte der Kopf vor lauter Namen, und sie hatte wegen dem starken bayerischen Dialekt nicht immer alles verstanden, was man ihr erzählt hatte. Aber alle waren herzlich und schauten sie und Alois bisweilen neugierig musternd an.

»Es ist wirklich wunderbar hier. Danke, dass du mich eingeladen hast. Ich war noch nie bei einer Sonnwendfeier dabei.«

»Hab ich doch gern gemacht. Das Bergvolk weiß einfach, wie man feiert«, grinste Alois und holte eine Flasche mit einer klaren Flüssigkeit hervor.

»Weißt du, eigentlich bin ich in München geboren. Ich bin gar nicht so eine Berliner Flachlandtirolerin, wie du vielleicht denkst. Und wer wie die Münchner das größte Bierfest der Welt veranstalten kann, weiß ja wohl auch, wie man feiert«, erklärte Frieda, um ihre Ehre zu retten.

»Der Punkt geht eindeutig an dich. Obwohl ich die Wiesn nicht mag. Viel zu voll. Viel zu viele Betrunkene«, sagte Alois und schenkte sich von der klaren Flüssigkeit ein.

»Willst du auch einen Enzian?«, fragte Alois. So viel zum Thema Alkohol.

»Was ist das?«

»Schnaps. Bergschnaps. Für Bergfexe.«

Frieda zögerte einen Moment. Dann dachte sie daran, wie sie den Grat bezwungen hatte und ihre Höhenangst. Sie war ein Bergfex. Eindeutig.

»Warum nicht?«

Alois schenkte ihr ein Stamperl ein, und Frieda kippte das Zeug in einem Schluck runter. Der Schnaps roch nach Berg und brannte wie Feuer. Frieda gab sich größte Mühe, sich nicht anmerken zu lassen, dass sie solch harte Sachen sonst eher in kleinen Dosen und in bunten Drinks zu sich nahm.

Alois lachte.

»Langsam wird es Zeit für die Feuertaufe.«

»Welche Feuertaufe?« Frieda blickte Alois fragend an.

»Wird noch nicht verraten.«

Alois grinste vielsagend und schenkte ihr einfach noch einen Schnaps ein.

»Prost.« Alois schüttete das Zeug in sich rein, als wäre es Wasser. Wahrscheinlich war er in dieser Hinsicht und sicher auch in anderer so einiges gewohnt.

»Prost.« Frieda nickte ihm zu, hielt das Glas aber erst mal lieber in der Hand. Sie spürte schon leicht, wie der erste Schnaps sich warm über ihren Magen in ihrem Körper ausbreitete.

Eigentlich gar kein schlechtes Gefühl. Wann war sie das letzte Mal betrunken gewesen? Sie konnte sich nicht daran erinnern. War also sicher schon Ewigkeiten her.

»Prost! Ich sehe, ihr beiden vergnügt euch ganz hervorragend.« Max stand plötzlich neben ihr, eine Bierflasche in der Hand, prostete ihr und Alois zu und setzte sich dann einfach neben Frieda auf den Baumstamm.

Frieda hatte Max seit ihrer Ankunft nicht mehr gesehen.

»Wirklich ein tolles Fest«, schob Max in Alois' Richtung hinterher. »Danke für die Einladung.«

»Ich hab's euch doch gesagt. Und jetzt kommt das Beste ... schaut ...« Alois nickte zum Feuer hin, das nicht mehr allzu hoch loderte, und Frieda sah zu ihrem Erstaunen, dass ein Mann Anlauf nahm und dann mit einem großen Sprung und Gejohle und Geklatsche der anderen Gäste über das Feuer setzte.

Frieda hatte kurz den Atem angehalten, aus Angst, der Mann könnte im Feuer landen, da sprang schon eine Frau als Nächstes drüber.

»Was machen die da?«

»Sie springen in die andere Jahreshälfte«, sagte Alois und stand auf. Er stellte den Schnaps vorsichtig ab und ging zum Feuer. Mit einem riesigen Sprung war er auf der anderen Seite. War ja klar, dass Alois so was mit links machte.

Als Alois zu Frieda und Max zurückkam, blieb er vor Frieda stehen. »Nur zu, trau dich. Es ist nicht schwer, du musst nur gut Anlauf holen und nicht zögern.«

Frieda überlegte einen kurzen Moment. Die Flammen waren durchaus noch hoch, und sie hatte das Dirndl an.

Aber warum nicht?

Frieda stand auf und trank mit einem Zug den Schnaps aus. Dann band sie sich ihren Rock einfach hoch, wie sie es vorhin bei einer anderen Frau gesehen hatte, hoffte, dass ihr Slip nicht komplett zu sehen war, und strich sich eine Strähne aus dem Gesicht.

»Nicht dein Ernst«, sagte Max und blickte sie verblüfft an. Oder vielleicht bedeutete sein Gesichtsausdruck auch etwas ganz anderes.

»Und ob«, lachte Frieda und ging zum Feuer.

»Brandwunden hinterlassen unschöne Narben«, rief Max ihr hinterher.

Frieda winkte ab.

Der Schnösel sollte seine Klappe halten.

Für einen Moment fragte Frieda sich, ob das hier wirklich eine gute Idee war, und dann dachte sie noch, dass es gut war, dass ihr Sohn sie so nicht sehen konnte – ziemlich angeschickert, mit hochgezogenem Rock und kurz davor, kompletten Unsinn zu machen – und dann nahm Frieda einfach Anlauf, und in der nächsten Sekunde war sie auch schon auf der anderen Seite.

Die Menge klatschte. Frieda strahlte. Sie fühlte sich wie mit zehn, als sie das erste Mal im Schwimmbad vom Fünfmeterbrett gesprungen war. Wie lange hatte sie so was nicht mehr gemacht? Über ihren eigenen Schatten springen?

Als Frieda mit klopfendem Herzen zu Max und Alois zurückkam, sagte eine Frau, die neben Alois auf dem Baumstamm saß, mit breitem Lachen zu ihr:

»So ein Sprung über das Feuer verspricht baldige Heirat und Schutz vor Hexen und Geistern. Also, falls du das noch nicht wusstest.«

Frieda schluckte.

Schutz vor Hexen und Geistern war ja gut, aber was sollte sie mit baldiger Heirat?

»Wenn ich das mit der Heirat gewusst hätte, wäre ich sicher nicht gesprungen«, verkündete Frieda.

»Gebranntes Kind?«, fragte Alois lachend.

»Eine Ehe. Seit über zehn Jahren glücklich geschieden.«

»Und du?«

Alois blickte Max fragend an.

Als Antwort stand Max auf.

»Ich glaube, ich sollte jetzt auch mal mein Glück versuchen. Böse Geister zu vertreiben kann ja nie schaden.«

Max grinste und drückte Frieda sein Bier in die Hand.

Dann ging er zum Feuer, und mit einem großen Sprung landete auch er auf der anderen Seite und erntete Applaus. Max verbeugte sich, aber er ging nicht zurück zu Frieda und Alois, sondern hinüber zur Schenke.

Frieda nahm noch einen Schluck von ihrem Bier. Es war wirklich eine besondere Nacht. Sie konnte sich plötzlich gut vorstellen, dass es hier oben auf dem Berg tatsächlich Geister gab. Normalerweise würde sie über so etwas lachen. Aberglaube, Unsinn, Esoterik – aber hier inmitten der Natur fühlte sich das anders an. Hier konnte man glauben, dass etwas existierte, das man nicht wirklich erfassen konnte und das trotzdem da war.

Vielleicht gab es tatsächlich böse Geister. Aber wenn es die geben würde, gäbe es sicher auch gute, dachte Frieda. Und außerdem war sie gerade eben über das Feuer gesprungen und hatte alles Ungute vertrieben. Was sollte ihr jetzt noch passieren?

Der Himmel war sternenklar.

Man sah unfassbar viele Sterne, da es rundum dunkel genug war. Es funkelte und glitzerte. In Berlin sah Frieda immer nur die Lichter der Stadt, die hatten ihren eigenen Reiz, aber das hier, das war majestätisch.

Frieda blickte nach oben und sah sogar eine Sternschnuppe. Oder war das doch nur ein Satellit?

»Wünsch dir was«, forderte Alois sie auf, der sie wohl beobachtet hatte.

Frieda lachte. »Ich bin wunschlos unglücklich.«

Dann schloss sie allerdings die Augen und wünschte sich, dass diese Nacht nie enden würde.

»Dann sollten wir tanzen. Tanzen macht glücklich«, meinte Alois, als Frieda die Augen wieder öffnete.

Alois stand auf und hielt ihr auffordernd die Hand hin.

»Ich kann nicht tanzen.«

»Quatsch. Jeder kann tanzen.«

»Ich will nicht tanzen.«

»Egal.«

Alois hielt ihr weiterhin die ausgestreckte Hand hin. Schließlich ergriff Frieda sie und ließ sich hochziehen und mit zum Tanzboden nehmen.

Die DJane, die ein schönes Vintage-Dirndl trug und kaum jünger als Frieda war, spielte seit über einer Stunde alten 80er-Jahre-Pop. Gerade lief *Sweet Dreams* von den Eurythmics. Das war hier auf dem Berg zwar irgendwie deplatziert, aber Frieda war froh, dass es keine Blasmusik gab.

Die Boxen wummerten vom Bass. Die Gämsen würden heute Nacht kein Auge zutun.

Alois zog Frieda auf die Tanzfläche und schleuderte sie hin und her.

Bei der nächsten Drehung, als sie nah an Alois dran war, hielt er sie einen Augenblick fest und fragte plötzlich:

»Läuft da eigentlich was zwischen dir und deinem Mitbewohner?«

Frieda nahm kurz Abstand von Alois, was gar nicht so einfach war, da die Tanzfläche völlig überfüllt war.

»Nein. Wie kommst du da drauf?«

»Er schaut dich so an«, sagte Alois und wirbelte Frieda wieder um sich herum.

»Das bildest du dir ein«, schrie Frieda gegen die Musik an.

»Das glaube ich nicht«, sagte Alois, und in diesem Augenblick fing Frieda den Blick von Max auf, der außerhalb der Tanzfläche stand, sich mit einer Frau unterhielt, die ihn etwas anhimmelte, und dabei gleichzeitig Frieda und Alois beobachtete.

Frieda hielt an.

Ihr schwirrte wirklich der Kopf. Vom Alkohol oder vom vielen Drehen, Frieda wusste es nicht, es war ihr auch egal.

»Ich glaube, ich brauche eine kleine Pause. Ich bin völlig aus der Puste.«

Alois ließ sie bedauernd los, wurde aber sofort von einer Frau mit Blumen im Haar geschnappt und zum Weitertanzen aufgefordert.

Frieda verließ den Tanzboden, nahm sich unterwegs ein Mineralwasser und suchte sich einen ruhigen Platz nah am Feuer, das nur noch leicht glühte.

muss ich dich ja nicht den Berg hochtragen, dann kann er das tun. Du bist nämlich ziemlich schwer.«

Unverschämtheit, dachte Frieda, aber gerade hatte sie auch etwas Mühe, Max' Ausführungen zu folgen.

»Genau das hat Alois mich vorhin auch gefragt.« Frieda stand auf und bemühte sich, nicht zu schwanken.

»Ihr seid beide Deppen«, verkündete Frieda entschlossen und wollte los, zurück zur Schenke.

»Bleib.« Max hielt sie am Arm fest.

Frieda zögerte einen Moment, dann setzte sie sich wieder hin. Nicht wegen Max.

Sie war zu wackelig zum Stehen und wollte nicht schwankend davonlaufen.

»Tut mir leid, ich wollte dich nicht ärgern.«

»Dann lass das doch.«

»Aber es macht manchmal Spaß. Und du teilst ja auch ganz schön aus. Ich hatte nie den Eindruck, dass du um eine Antwort verlegen bist.«

»Hmmmpf.« Frieda hatte keine Lust, ihm zu antworten.

»Ich habe dich übrigens neulich in dem kleinen See gesehen.«

»Was????« Jetzt war Frieda für eine Sekunde wieder nüchtern.

»Ich hab nicht wirklich was gesehen, beruhige dich wieder. Es war auch keine Absicht, ich bin da öfter zum Baden. Es ist eiskalt und großartig. Und mit dem Echo kann man sich gut unterhalten. Was essen die Studenten?«

»Enten. Enten. Enten«, echote Frieda und war sich nicht sicher, ob Max wirklich nichts gesehen hatte. Und wenn er was gesehen hätte? Nun, einiges an ihr hatte Max nicht nur gesehen, auch wenn das schon eine Ewigkeit her war.

Max lachte.

»Ich sage ja, du bist nie um eine Antwort verlegen.«

»Ich kann auch gut fragen«, meinte Frieda, drehte sich zu Max und blickte ihm direkt in die Augen. So eine Gelegenheit würde so schnell nicht wiederkommen.

»Was ich auf dem Berg suche, weiß ich oder zumindest ahne ich es, aber warum du wirklich hier bist, weiß ich nicht«, sagte Frieda und blickte Max weiter direkt an.

»Ich dachte, Chefärzte treiben sich im Urlaub auf dem Golfplatz rum oder in Luxushotels in Dubai oder so, aber auf keinen Fall hier alleine auf dem Berg.«

Frieda konnte förmlich sehen, wie es in ihm arbeitete. Sollte er antworten, oder sollte er lügen?

Frieda wusste von früher, dass meist kaum ein ernstes Wort aus ihm herauszubekommen war. Und jetzt wurde ihr auch klar, dass sein ganzes Clown- und Machogehabe eine Abwehr war. Aber von was?

Gerade erschien es Frieda die Frage aller Fragen zu sein: Was steckte hinter der Fassade des ewigen Womanizers Max Schröder? Oder war da nix, und Frieda wollte nur, wie so viele Frauen, dass da was Tolles, Verborgenes wäre, das nur sie entdecken konnte. Und somit verbrachten Frauen Jahre mit dem falschen Mann, ohne die Frage jemals beantworten zu können, und dabei war der Typ hohl wie Hummer und einfach wirklich nur hinter jeder Frau her, die er haben konnte.

Und dann sagte Max plötzlich mehr zum Feuer als zu Frieda:

»Meine Hände zittern. Bei den letzten drei OPs, die ich gemacht habe, fingen meine Hände plötzlich an zu zittern. Ich konnte die OP kaum beenden.«

Frieda hielt die Luft an. Das war jetzt etwas, mit dem sie wirklich nicht gerechnet hatte.

»Mein Gott. Und?«

»Ich habe alles durchgecheckt. Heimlich natürlich. Muss ja

nicht jeder wissen. Alles organisch abgeklärt. Nichts. Es ist nichts. Kein Befund. Mit mir ist alles in Ordnung.«

»Offensichtlich nicht.«

Max holte tief Luft.

»Wird schon wieder. Wahrscheinlich brauche ich einfach etwas Erholung. Ruhe. Schlaf. Ich habe mir das hier auf dem Berg selbst verordnet.«

Max warf ein kleines Stöckchen in die Glut. Das Feuer flammte noch mal kurz auf. Dann blickte er Frieda an.

»Und warum bist du hier?«

Frieda seufzte.

»Ich habe schon seit ewigen Zeiten Schlafstörungen und in Berlin völlig übermüdet fast eine meiner Currywurstbuden abgefackelt. Ich bin hier, damit ich wieder schlafen kann und weil Annie, meine beste Freundin, und mein Hausarzt mir eine Auszeit verordnet haben. Es war die Alm oder eine Kur.«

»Die Alm ist besser«, sagte Max.

»Viel besser«, meinte Frieda.

»Es gibt aber keine Kurschatten.«

»Aber Sonnwendfeuer.«

»Das ist besser.«

»Viel besser.«

»Es gibt hier die Berge.«

»Die sind echt großartig.«

»Und es ist ziemlich viel los. Mehr als in einer Kur.«

»Manchmal fast zu viel.«

»Da könntest du recht haben.«

»Und Zicke ist süß«, sagte Frieda, der das Spiel gefiel.

»Die kleinen Knödel, die sie hinterlässt, sind weniger süß.«

»Nichts ist perfekt auf dieser Welt.«

»Manche Dinge aber schon.«

»Was?«

»Dieser Abend. Diese Nacht.«

»Du hast recht.«

»Habe ich immer.«

»Hast du nie.«

»Meistens doch.«

»Meistens nicht. «

»Ich will dich küssen«, sagte Max und blickte Frieda direkt in die Augen.

Er war unglaublich nah. Er war warm, wärmer als das heruntergebrannte Feuer.

Frieda konnte trotz der Dunkelheit die kleinen goldenen Einsprengsel in seiner Iris sehen.

Er hatte wunderschöne Augen, großartige Augen, genauso schön wie vor über dreißig Jahren, und er war immer noch unglaublich attraktiv, und das heute war eine wahnsinnige Sommernacht. Und für einen Moment wusste Frieda nicht mehr, ob sie jetzt über fünfzig oder fünfzehn war, alles drehte sich und die Welt war wunderbar.

Max packte Frieda einfach und küsste sie.

Für eine Sekunde hörten die Sterne über ihr auf, sich zu drehen, und die Welt blieb stehen.

Die Zeit raste zurück in die Vergangenheit, und Frieda war tatsächlich wieder siebzehn, und der Junge, in den sie heimlich seit Monaten verliebt war, küsste sie – und wie er sie küsste.

Es war damals und auch jetzt ein Kuss voller Versprechen. Verdammt, war Max gut darin. Oder sie beide waren gut darin. Es passte einfach. Sie passten perfekt zusammen. Zumindest beim Küssen. Dachte Frieda, obwohl sie eigentlich gar nichts mehr dachte. Nur küsste, Max küsste.

Frieda hatte geglaubt, dass ihre Lippen nach all der Zeit des

Nicht-Küssens völlig vertrocknet waren, aber der Kuss bewies ihr das Gegenteil. Frieda hatte Schmetterlinge im Bauch. Ganze Schwärme von Schmetterlingen. Und die flatterten ziemlich heftig hin und her.

Verdammt noch mal, seit wann schlugen Schmetterlinge so heftig mit ihren zarten, bunten Flügeln?

Frieda drückte Max von sich weg.

»Ich ... ich ...«

»Hab ich was falsch gemacht?«, fragte Max besorgt.

»Nein ... ich ...«

Und dann erbrach Frieda sich auf die Lederhosen von Max.

Und auf sein Hemd. Und auf seine Schuhe.

Und das war so ziemlich das Letzte von dem wunderschönen Abend, an das Frieda sich erinnern konnte.

Oder wollte.

13

Am nächsten Tag wurde Frieda mit unfassbaren Kopfschmerzen wach. Es fühlte sich an, als würde jemand von innen mit einem schweren Hammer gegen ihre Schädeldecke schlagen. Wie hundert Zwerge im Bergwerk. Verdammt, wo war das Aspirin?

Irgendwo in ihrem Nachtkästchen hatte Frieda doch eine alte Packung Aspirin Direkt gesehen. Diese Kopfschmerzen mussten aufhören. Sofort. Frieda tastete neben sich und fühlte etwas Piksiges, was sich anfühlte wie hartes Gras, und dann fühlte sie Haut.

Frieda war mit einem Schlag wach und richtete sich auf. Ihr Kopf explodierte. Für einen Augenblick konnte Frieda nichts mehr sehen, so sehr tat es weh. Der Enzianschnaps war sicherlich keine gute Idee gewesen. Frieda blinzelte.

Wo war sie?

Nicht in Berlin.

Nicht auf der Alm.

Frieda bewegte vorsichtig ihren Kopf. Neben ihr lag Max leise schnarchend.

Max war fast nackt. Er trug nur ein T-Shirt und eventuell eine Unterhose. So genau wollte sich Frieda das überhaupt nicht anschauen.

Oh mein Gott.

Frieda überprüfte kurz, ob und was sie anhatte.

Das Dirndl war etwas zerknittert, aber sie hatte es immerhin noch an. Ihre Schuhe und Socken lagen ordentlich neben ihr, die Socken in die Bergstiefel gesteckt, damit man sie nicht suchen musste. Sonst hatte sie alles noch so an wie gestern.

Das war ein gutes Zeichen. Ein sehr gutes Zeichen. Aber wieso lag sie mit einem halb nackten Max im Heu?

Und wo überhaupt lag sie im Heu?

Langsam schlichen sich die ersten Erinnerungen durch die Kopfschmerzen. Das Sonnwendfeuer. Alois. Der Tanz. Der Schnaps. Ihr Sprung. Die Nacht. Max. MAX.

Weiter wollte Frieda nicht denken, ihr Kopf tat zu weh. Sie hoffte darauf, dass sie Teile ihres Gedächtnisses einfach verloren hatte. Weg. Für immer. So wie man Schlüssel verliert oder einen Ausweis.

Dem Licht nach zu urteilen, war später Vormittag. Frieda blickte sich um. Sie hatten offensichtlich in einer Art Heuboden geschlafen, über einem Stall.

Frieda hörte draußen Stimmen.

Vorsichtig versuchte sie, sich von Max zu befreien. Der hatte den Arm um sie gelegt. Behutsam hob sie seine Hand etwas an und rollte sich darunter zur Seite weg.

Max murmelte etwas, drehte sich um und schlief weiter. Frieda schnappte sich ihre Schuhe und stand leise, ganz leise auf. Sie befanden sich auf einem kleinen Heuboden, vorne war eine Öffnung mit einer Leiter. Frieda bewegte sich vorsichtig in Richtung dieser Öffnung, als Max plötzlich völlig wach zu ihr sagte: »Wo willst du denn hin?«

»Ich ... ähm ... ich muss mal Pipi.«

Frieda drehte sich um. Max hatte sich im Heu aufgerichtet.

»Gute Idee. Ich komm mit«, sagte er zu Friedas Entsetzen. Sie hätte gerne ein paar Minuten für sich allein gehabt, um sich und ihre umherschwirrenden Gedanken und Gefühle irgendwie zu sortieren. Und sich vielleicht nicht zu erinnern, was genau gestern Nacht passiert war.

Vorsichtig kletterte sie die wackelige Leiter hinunter.

Unten waren ein paar Leute gut gelaunt damit beschäftigt, die Reste des gestrigen Fests aufzuräumen und den Tanzboden abzubauen. Anscheinend hatte sie mit Max heute Nacht im Heuboden der Finsterbach-Alm geschlafen.

Frieda bewegte sich ihrem Kopf zuliebe wie in Zeitlupe und versuchte jede Art von Erschütterung zu vermeiden.

Max sprang einfach die letzten Stufen der Leiter runter. Er hatte Gott sei Dank wieder seine Lederhose an, wie Frieda zu ihrer Erleichterung mit einem Seitenblick bemerkte. Die Lederhose wies zwar ein paar Flecken auf, sah aber sonst ganz gut aus.

»Morgen. Waschen könnt's ihr euch dahinten – da ist ein kleines Bad«, sagte einer der Männer, der gerade dabei war, ein paar Bretter vom Tanzboden wegzutragen, und nickte ans andere Ende der Hütte. Die Finsterbach-Alm war bewirtschaftet, und sicher würden bald die ersten Wanderer für ein Mittagessen oder eine Brotzeit eintrudeln.

Alle grinsten äußerst anzüglich, als Frieda mit Max in Richtung Bad ging. Zumindest hatte Frieda das Gefühl.

Frieda versuchte, so viel Contenance zu bewahren, wie es nur irgendwie ging. Ihr Dirndl war zerknittert, sie war barfuß und ungeschminkt und hatte sicher irgendwo Heu im Haar.

Sie sah absolut grauenvoll aus, bemerkte Frieda, als sie endlich im winzigen Bad stand.

Max hatte ihr den Vortritt gelassen. Ganz Gentleman, der er nicht war.

Ein Kater mit siebzehn war blöd, hatte aber nicht die ruinösen Auswirkungen auf das Äußere wie ein Kater mit fünfzig. Sie hatte Augenringe und mindestens drei neue Falten, die sicher vorher noch nicht da gewesen waren.

Frieda fischte sich die Halme aus dem Haar, sprang kurz unter die kalte Dusche und überlegte, ob es irgendwie möglich wäre, sich einfach vom Berg runter direkt nach Berlin zu beamen.

Sie hatte keine Ahnung, wie sie ab jetzt mit Max umgehen sollte. Nicht nach dem Kuss. Nicht nach dem Rest. Es war ein absoluter Albtraum. Genauso wie damals mit siebzehn. Wie konnte sie ihn nur küssen? Was um alles in der Welt hatte sie sich dabei gedacht? Und was danach passiert war, daran wollte Frieda gar nicht erst denken.

Geschichte wiederholt sich eben doch, dachte Frieda, zumindest, wenn man nichts daraus gelernt hat.

Wenig später saß sie mit Max vor der Alm beim Frühstück und nahm zwei Kopfschmerztabletten, die ihr die Frau in der Wirtschaft wortlos zusammen mit einem riesigen Haferl Kaffee in die Hand gedrückt hatte.

Vielleicht hatte ja auch Max gestern zu viel getrunken und konnte sich nicht mehr so gut an alles erinnern. Das wäre doch auch eine Möglichkeit, oder nicht?

Diese Möglichkeit wurde allerdings von Max in der nächsten Sekunde sofort zunichtegemacht.

Er nippte völlig entspannt an seinem Kaffee, blickte Frieda direkt in die Augen und fragte:

»Und jetzt?«

Und jetzt – das konnte alles heißen oder nichts.

»Also ich denke, wir sollten zu Ende frühstücken und dann gehen wir zurück auf die Alm«, versuchte Frieda das verminte Gelände zu verlassen.

»An was von gestern kannst du dich erinnern?«, fragte Max, ohne auf ihr Ausweichmanöver einzugehen.

»Ich kann mich an nichts erinnern«, log Frieda und presste ihre Fingernägel so tief in die Handballen, dass sie wahrscheinlich gleich bluten würden, und versuchte dabei an tote Katzenbabys zu denken, was das Traurigste war, das ihr gerade einfiel. Vergeblich.

Frieda bemerkte, wie eine gewisse Hitze in ihr hochstieg, gleich würde sie rot werden. Sie war schon immer eine unfassbar schlechte Lügnerin gewesen.

Leider.

»Echt nicht?«, fragte Max und grinste sehr anzüglich.

»Ich hatte eigentlich den Eindruck, dass ich mehr Eindruck gemacht habe gestern.«

»Ich weiß nur noch, wie ich am Feuer saß und du dich unaufgefordert zu mir gesetzt hast. Danach – Filmriss – finito – alles schwarz«, behauptete Frieda und trank ihren viel zu heißen, sehr schwarzen Kaffee.

»Verstehe«, sagte Max knapp und ging nach drinnen, um sich noch einen Kaffee zu holen.

Eine halbe Stunde später waren sie schweigend auf dem Rückweg zur Alm.

Frieda ging es dank dem Aspirin und drei Haferln Kaffee deutlich besser. Zumindest körperlich.

Innerlich tobte ein Krieg in ihr. Wie hatte sie sich zu diesem

Kuss hinreißen lassen? Wie sollte sie die nächsten Tage mit Max oben auf dem Berg überstehen? Was um alles in der Welt hatte sie sich dabei gedacht? Ausgerechnet Max Schröder, der sie schon mal hatte abblitzen lassen nach einem Kuss.

Sie war offensichtlich verrückt geworden. Sie wollte ihre Ruhe und keinen Mann. Oder sie wollte einen Mann, aber nicht Max. Max war Gift. Sie war ja schließlich keine siebzehn mehr, sie wollte ... ja, was wollte sie überhaupt? Sie wollte die Sache klären.

Frieda blieb abrupt stehen. Max, der zwei Schritte hinter ihr ging, wäre fast in sie reingelaufen.

»Ich ...«, sagte Frieda.

»Ich ...«, sagte Max gleichzeitig.

»Du zuerst ...«, sagte Frieda.

»Du zuerst ...«, sagte Max.

»Der Kuss ... Ich ...« Frieda wusste plötzlich nicht mehr weiter.

Max blickte sie an, Frieda sah förmlich, wie es in ihm arbeitete.

»Du kannst dich also doch erinnern.« Max grinste schon wieder. Eigentlich grinste er ständig, zumindest kam es Frieda so vor. Besonders breit grinste er in Situationen, in denen es eigentlich nichts zu lachen gab, fand Frieda. So wie gerade eben.

»Ja. Leider«, gab Frieda widerwillig zu. »Und es tut mir leid, dass ich schon wieder ... ich meine ...«

»Kein Thema. Werfe ich nachher alles in die Waschmaschine, und eine echte Lederhose überlebt so was locker. Die sind dafür gebaut. Aber es war echt nicht einfach, dich auf den Heuboden hochzubekommen, aber immer noch einfacher als hoch zur Alm.« Max grinste immer noch.

Frieda holte tief Luft, aber sie musste ihn das jetzt fragen.

»Wir ... also wir ... ich meine, wir haben doch nicht?«

»Wir haben doch nicht was?«, fragte Max, und Frieda hätte schwören können, dass er sehr genau wusste, was Frieda gerade meinte.

»Ich kann mich nicht an alles erinnern.«

»Musst du auch nicht. Wir haben nicht.«

Frieda fiel ein Stein vom Herzen. Aber ein paar größere Brocken lagen da doch noch drauf rum.

»Es ... ich ... also ich ...«, sagte Frieda.

»Frieda, ich kann nicht ...«, unterbrach Max sie plötzlich sehr ernst.

»Ich kann auch nicht«, beeilte Frieda sich, ihm zu versichern.

»Das gestern Nacht war ein Fehler«, presste Max hervor, und Frieda meinte, ihm anzusehen, dass ihm ein ganzes Gebirge vom Herzen fiel.

»Und was für einer«, sagte Frieda und wusste gerade nicht, ob sie wirklich erleichtert war, dass Max das auch so sah.

»Das hätte nicht passieren sollen«, fuhr sie fort. »Ich hatte eindeutig zu viel getrunken.«

»Es ist nichts passiert. Das war nur ein Kuss«, sagte Max. »Schließlich sind wir mittlerweile zwei erwachsene Menschen und können damit umgehen.«

»Ja, klar, wir sind erwachsen und gehen damit erwachsen um«, sagte Frieda und dachte, dass es sich besser angefühlt hatte, als sie sich nicht so erwachsen gefühlt hatte.

»Aber Freunde?«, fragte Max zögernd und streckte seine Hand aus.

»Freunde, klar doch.«

Frieda schlug sehr schnell ein und ließ seine Hand sofort wieder los, so als hätte sie einen elektrischen Schlag bekommen.

Den Rest des Weges bis zur Alm hoch gingen sie weiter schweigend.

Frieda war erleichtert. Zumindest ein Teil von ihr. Ein anderer Teil von ihr, ganz weit hinten, war enttäuscht. Frieda schnauzte sich selbst an. Ruhe dahinten. Max ist nichts für dich. So nicht und überhaupt nicht. Da ist Alois besser. In Frieda tanzten die Gedanken immer noch wie wild herum. Gut, dass sie mit Max gesprochen hatte. Gut, dass das jetzt geklärt war.

Warum fühlte sie sich dann jetzt gar nicht so besonders gut?

Zu Friedas Erleichterung verschwand Max sofort zu einer Wandertour, nachdem sie die Alm erreicht hatten. Frieda versuchte, ihren Kater auszukurieren mit viel kaltem Wasser und viel Auf-der-Bank-hinter-dem-Haus-im-Schatten-Liegen. Später machte sie einen kurzen Spaziergang zur Kapelle, um mit Annie zu telefonieren und Neuigkeiten von ihrem Sohn abzufragen. Die Geschäfte in Berlin liefen bestens, und ihr Sohn hatte Anschluss an eine neue Truppe gefunden und war auf dem Weg nach Australien. Also alles wunderbar. Hier oben auch, behauptete Frieda.

Frieda ging sehr früh ins Bett. Zicke hatte sich mal wieder in ihr Zimmer geschlichen, und Frieda hatte nichts dagegen, dass sie da war. Ganz im Gegenteil. Frieda brauchte Trost.

Zum ersten Mal in ihrer langen Freundschaft mit Annie hatte sie das Gefühl gehabt, dass sie Annie etwas nicht erzählen wollte. Die Sache mit Max und dem Kuss hatte sie für sich behalten.

Aber Zicke, Zicke konnte man wirklich alles erzählen. Sie war wirklich gut darin, Geheimnisse zu bewahren.

Frieda putzte sich die Zähne über dem kleinen Waschbecken in dem kleinen Bad, das eine Verbindungstür zu ihrem Zimmer hatte. Zicke beobachtete sie neugierig.

»Isch mussch komplett densch Verschtand verloren schhaben.«

Frieda spuckte aus.

»Ich habe ihn geküsst«, sagte sie sowohl zu ihrem Spiegelbild als auch zu der kleinen Schwarzen.

»Oder mich von ihm küssen lassen.«

Zicke meckerte entsetzt. Das ging ja gar nicht.

»Ich bin verrückt.«

Zicke meckerte zustimmend.

Frieda spülte den Zahnputzbecher aus und trug noch etwas Creme auf, dann ging sie wieder in ihr Zimmer.

»Aber du magst mich trotzdem.«

Frieda ging zu Zicke hin und knuddelte sie heftig. Zicke war davon nicht so ganz begeistert und versuchte, sich den Liebesbezeigungen zu entziehen. Ein, zwei Leckerli wären ihr wohl lieber gewesen.

Frieda ließ von Zicke ab, legte sich ins Bett und war tatsächlich innerhalb von Sekunden eingeschlafen.

Und um drei Uhr mitten in der Nacht wachte sie wieder auf.

Am nächsten Morgen blieb Frieda extra lang im Bett, damit sie Max nicht begegnen musste. Als sie unten aus der Küche keine Geräusche mehr hörte, stand sie schließlich auf und ging hinunter.

Dort saß zu ihrem Verdruss Max ganz leise über einem Kaffee und einer alten Zeitung. Zu ihrer Überraschung war der Frühstückstisch für zwei gedeckt.

Max blickte auf. »Auch schon wach? Guten Morgen.«

»Morgen«, murmelte Frieda, wollte sich einen Kaffee holen und schnell wieder nach oben verschwinden.

»Setz dich doch, das Frühstück ist für dich, aber die Eier sind sicher kalt.«

Frieda blieb nicht viel anderes übrig, als sich hinzusetzen.

Max blickte sie an.

»Versuchst du, mir aus dem Weg zu gehen?«, fragte er.

»Wie kommst du da drauf?« Frieda fühlte sich ertappt und beugte sich betont konzentriert über ihren Kaffee.

»Ich dachte, zwischen uns ist alles in Ordnung?«, hakte Max nach.

»Ist es auch«, beeilte Frieda sich zu versichern.

»Dann ist ja gut.«

Ein etwas angespanntes Schweigen breitete sich aus. Schweigen mit Max war vor dem Kuss eindeutig viel einfacher und angenehmer gewesen.

Max rührte in seinem Kaffee. Frieda schmierte ein Brot mit Frischkäse und überlegte, wie sie am schnellsten wieder nach oben in ihr Bett kommen könnte. Oder sonst wo hin. Nur weg von diesem Küchentisch.

»Ich möchte, dass du heute mit mir auf den Berg kommst«, unterbrach Max plötzlich die Stille.

»Wir sind auf dem Berg.« Frieda war verwirrt.

»Nicht so.«

»Wie dann?«

»Richtig auf den Berg. So auf den Berg, wie du nicht alleine gehen solltest. Ich weiß, du hast etwas Höhenangst.«

»Hab ich n…« Frieda versuchte zu widersprechen, sah Max' hochgezogene Augenbrauen und ließ es lieber. Wer will schon in aller Herrgottsfrühe endlos diskutieren. Und die Klügere gibt immer nach. Oder zumindest manchmal.

»Brauchst du nicht zu haben, ich bin ja dabei. Aber Höhenangst verliert man am besten, indem man sich ihr stellt. Ich habe auch eine Tour rausgesucht, die nicht allzu schwer ist, aber trotzdem geht's bis zum Gipfel. Du wirst es mögen, du wirst sehen.«

»Ich weiß nicht, ich …«

»In einer halben Stunde gehen wir los. Beeil dich mit dem Frühstück, wir sind spät dran, mach dich fertig, ich habe schon alles gepackt, was wir brauchen. Heute Abend sind wir wieder da.«

Max stand auf und ging raus.

»Ich will aber gar nicht so hoch auf den Berg«, sagte Frieda, dann allerdings zur bereits geschlossenen Tür.

14

So hoch oben war Frieda noch nie in ihrem Leben gewesen. Zumindest außerhalb eines Flugzeugs. Es fühlte sich hier an wie das Dach der Welt, dabei waren es ja nur die Alpen und nicht der Himalaja.

Sie war überrascht von ihrer eigenen Kondition, allerdings bemerkte sie auch, dass Max durchaus Rücksicht auf sie nahm.

Sie hatten schon länger die Baumgrenze hinter sich gelassen, und Frieda war stolz auf sich selbst, dass sie halbwegs Schritt halten konnte mit dem ziemlich durchtrainierten Max.

Keine Ahnung, woher er die Zeit neben seinem Job nahm, um in diesem Alter noch so in Form zu sein. Frieda schwor sich zum x-ten Mal, seit sie hier auf dem Berg war, dass sie, zurück in Berlin, wirklich an ihrer Kondition und ihrer Sportlichkeit arbeiten würde.

Und dann standen sie plötzlich vor einer Felswand, und der Weg hörte einfach auf.

Frieda blickte sich um.

Tatsächlich, der Weg ging nicht weiter. Max stand einfach bei der Felswand und wartete darauf, dass Frieda zu ihm kam.

»Na, da hast du dich aber gründlich verlaufen«, meinte Frieda und konnte einen leichten Triumph in ihrer Stimme nicht verbergen. Max war doch nicht so ein Bergsteiger, wie er immer tat, sondern wohl eher ein kleiner Bergangeber.

»Wieso? Ich habe mich nicht verlaufen.«

»Aber der Weg geht hier überhaupt nicht weiter ...«

»Wir müssen da hoch. Oben geht er dann schon weiter. Du wirst schon sehen.«

Max nickte zu dem Felsen hin, und Frieda sah, dass da so komische winkelige Eisen in regelmäßigen Abständen in den Stein gehauen waren.

Frieda blickte nach oben. Sie hatte das Gefühl, vor einem zehnstöckigen Hochhaus zu stehen.

Da wollte Max hoch?

Aber doch auf keinen Fall mit ihr.

»Ich gehe da nicht hoch.«

»Das ist nur ein kleiner Klettersteig. So acht Meter geht es nach oben, und dann ist es wieder ganz flach, kein Klettern mehr. Du wirst schon sehen.«

»Du hast heute früh aber keinen Klettersteig erwähnt.«

»Sonst wärst du nicht mitgekommen«, meinte Max lässig, und Frieda sah zu ihrem Entsetzen, dass er Seile und Gurte und noch mehr Furcht einflößendes Zeug aus seinem Rucksack holte.

»Keine Angst, ich sichere dich und uns ab, es sind nur ein paar Meter. Du kannst dich an all diesen Eisen festhalten mit den Füßen und den Händen. Das ist wie eine Leiter hochklettern, und solltest du trotzdem fallen, fange ich dich auf. Es kann nichts passieren. Ich gehe vor, und du musst nur das Gleiche machen wie ich.«

»Nie im Leben.«

Frieda starrte den Wolkenkratzer vor sich an.

Max war vollkommen verrückt geworden. Dachte er, sie sei eine Bergziege wie Zicke?

Als Antwort hielt ihr Max einfach so einen Klettergurt hin.

»Du musst da einsteigen.«

Max hielt ihr das Ding hin, das aussah wie eine offene Windel.

Frieda zögerte. Sie wollte da nicht hoch. Ihr Magen war vor Angst zu einer kalten Faust zusammengeschrumpft. Sie wollte aber auch nicht einfach vor Max umdrehen und zugeben, wie viel Angst sie hatte.

Max blickte ihr in die Augen.

»Du musst mir einfach vertrauen, Frieda. Vertraust du mir?«

Frieda nickte zu ihrer eigenen Überraschung und stieg in das Teil ein.

Sie vertraute Max tatsächlich. Wenn auch nur in dieser Hinsicht, sagte eine kleine Stimme in ihr.

Max gurtete sie fest.

»Ich gehe vor, da sind überall Haken, wo ich uns einhängen kann. Du machst mir einfach alles nach, und schon sind wir oben. Das Einzige, das du nicht machen solltest, ist, nach unten zu blicken. Blick immer nur nach oben, nur auf mich.«

»Das hättest du wohl gern«, murmelte Frieda, während Max sich selbst anseilte und sich anschickte, tatsächlich da hochzuklettern.

Frieda schaltete ihr Gehirn aus und folgte ihm einfach. Sie kletterte tatsächlich Stück für Stück nach oben. Vor sich sah sie nur den Po und die Beine von Max. Sie passte genau auf, wie er sich bewegte, und machte ihm alles nach.

Noch bevor sie überhaupt weiter nachdenken konnte, war sie schon fast oben.

Max hatte das Plateau erreicht und hielt ihr die Hand entgegen für den letzten Meter.

Frieda griff danach, ließ sich von ihm hochziehen und bemerkte, dass sie sich tatsächlich sicher fühlte.

Sie hatte keine Sekunde wirklich Angst gehabt. Vielleicht auch, weil alles so schnell gegangen war.

Als Frieda oben war, setzte sie sich erst mal auf den Boden, und Max befreite sie aus allen Gurten.

Frieda bemerkte erst jetzt, dass ihre Hände leicht zitterten. Sie wusste nicht, ob das wegen der Anstrengung war oder doch wegen der Angst.

Max löste eines der Seile, bemerkte Friedas Zittern und sagte: »Falls du abgestürzt wärst, hätte ich natürlich doch das Seil gekappt. Das musst du verstehen, das wäre doch sicher auch ganz in deinem Sinne gewesen. Wir wollen ja nicht zusammenbleiben, bis dass der Tod uns scheidet.«

Frieda konnte dazu nur einen leichten Seufzer von sich geben.

Sie war froh, dass sie ihre Angst überwunden hatte und den Klettersteig mit seiner Hilfe bezwungen hatte. Das würde sie aber um keinen Preis der Welt zugeben. Nicht vor sich und nicht vor ihm.

Die nächste Dreiviertelstunde waren sie nur noch gemütlich über Geröllfelder gegangen. Frieda war immer noch unglaublich stolz auf sich, dass sie den Klettersteig vorhin gemeistert hatte.

Vor ihnen war deutlich der Gipfel mit einem großen Kreuz darauf zu erkennen.

Frieda blickte sich um. Auf einigen der anderen höheren Gipfel lag noch viel Schnee, obwohl unten im Tal Hochsommer war.

»Schau«, sagte Max und deutete auf ein Geröllfeld rechts von ihnen.

Frieda blinzelte in die Sonne, die hier oben gleißend war. Sie konnte nichts sehen außer jeder Menge Steine.

»Dort bei den großen Felsen«, sagte Max und nickte in die Richtung.

»Ich sehe nichts.« Frieda blinzelte. Vielleicht brauchte sie mittlerweile mehr als nur eine Lesebrille.

Max seufzte auf, dann stellte er sich hinter sie. Frieda spürte seinen warmen Atem in ihrem Nacken. Max wies ihr mit seinem Arm die Richtung. Frieda versuchte ganz normal weiterzuatmen. Wir sind Freunde. Einfach nur Freunde.

Und dann sah Frieda es auch – oder vielmehr ihn. Und vergaß darüber sogar Max, der direkt hinter ihr stand.

Etwa einhundert Meter entfernt war ein Steinbock zu erkennen, der völlig regungslos auf einem Felsen stand und fast mit der Landschaft verwachsen war.

Ein unglaublicher Anblick. Frieda hielt den Atem an. Sie hatte so etwas noch nie außerhalb eines Zoos gesehen.

Für eine Sekunde hob der Steinbock seinen Kopf, dann ertönte von irgendwoher ein Vogelschrei, und der Steinbock war mit ein paar großen Sprüngen aus Friedas Blickfeld entschwunden.

Frieda atmete wieder aus.

»Wunderschön«, flüsterte sie Max zu.

»Man bekommt sie auch nur sehr selten zu Gesicht. Du hattest Glück«, sagte Max und ging weiter vor bis hoch zum Gipfelkreuz.

Oben angekommen, hatte Frieda das Gefühl, sie könnte über die ganzen Alpen bis hinunter ans Meer blicken. Leider war es nur Dunst und noch nicht ganz das Mittelmeer, aber ein bisschen träumen war ja erlaubt.

Frieda setzte sich auf einen Felsen, der wie eine Bank einladend dastand, um das Panorama zu bewundern.

»Ich brauche eine Pause, bevor wir runtergehen.«

Max setzte sich neben sie.

»Hunger?«, fragte er.

Frieda nickte, und Max packte ein paar Brote und gekochte Eier aus.

»Ich werde das in Berlin vermissen«, sagte Frieda und biss in ein Brot.

»Sind meine Brote echt soooo lecker?«

»Von München aus bist du ja schnell hier«, antwortete Frieda und ließ sich von der Neckerei nicht beirren.

»Du könntest in Berlin auf Müllberge klettern.«

Das reichte, Frieda bewarf Max spielerisch mit einem kleinen Steinchen, dann wurde sie selbst plötzlich ernst.

»Ich finde es wunderbar hier, aber an meinen Schlafproblemen hat das bisher nichts geändert.«

»Vielleicht brauchst du einfach mehr Zeit. Schlaf ist eine sehr einfache und gleichzeitig eine sehr komplizierte Angelegenheit, und die Medizin hat da keine einfachen Antworten. Außer dass Schlaftabletten auf Dauer ganz sicher keine gute Idee sind«, sagte Max.

Frieda zuckte mit den Schultern.

»Vielleicht bin ich einfach schlaflos für den Rest meines Lebens und muss mich damit abfinden.«

»Abfinden ist nicht so mein Ding«, sagte Max jetzt auch ungewohnt ernst. Frieda wusste nicht genau, ob er zu ihr oder zu den Bergen sprach, die sich vor ihnen ausbreiteten.

»Mit dem Zittern kann ich mich nicht abfinden. Dann kann ich meinen Job nicht mehr machen. Niemand kann einen zitternden Chirurgen gebrauchen.«

»Wann genau hat es angefangen?«

»So vor ein paar Wochen.«

»Genauer. Denk nach, was ist vorher passiert?« Frieda insistierte. Und merkte, dass sie es wirklich wissen und Max mit seinem Problem helfen wollte.

Er überlegte.

Frieda war erstaunt. Es hatte sich etwas verändert. Es fühlte sich hier gerade tatsächlich irgendwie wie ein freundschaftliches Gespräch an. Max war vielleicht doch kein kompletter Vollidiot.

»Nichts ist passiert. Ich hab ja auch schon überlegt.«

»Das gibt es nicht. Irgendwas muss gewesen sein, irgendwas war anders. Erzähl mir einfach die letzten beiden Tage davor. Alles, was dir so einfällt.«

»Bist du jetzt meine Therapeutin?«, schnaubte Max.

»Nein, aber ich bin vielleicht eventuell deine Freundin. Wenn du dich nicht wieder allzu blöd anstellst.«

Max seufzte auf.

»Okay. Ich hatte eine Bypass-OP. An einer älteren Frau – sie ist während der OP gestorben, aber das passiert, ich kann nicht alle retten, ich bin ja nicht der liebe Gott, und ich habe mir das auch noch nie eingebildet. Und ich habe deshalb auch noch nie gezittert.«

»Das glaube ich. Aber was ist noch passiert?«

»Ihr Mann. Ich musste ihrem Mann erzählen, dass seine Frau gestorben ist. Das ist immer furchtbar. Das wird nie Routine. Aber diesmal war es besonders schlimm. Der Mann war drei Tage später auch auf meinem OP-Tisch. Broken-Heart-Syndrom oder Stress-Kardiomypathie. Das Herz verändert sich innerhalb kürzester Zeit. Es war nichts mehr zu machen. Da stirbt jemand tatsächlich an einem gebrochenen Herzen.«

Max schwieg und blickte in die Berge.

Für ein paar Momente saßen beide schweigend nebeneinander. Frieda dachte nach, sie war berührt von der Geschichte.

»Oder vielleicht konntest du das viel zu gut verstehen«, sagte Frieda schließlich in die Stille. »Vielleicht bist du doch nicht so ein Arsch, wie du früher versucht hast zu sein. Vielleicht ist hinter dem Max Schröder noch ein ganz anderer Max Schröder, der dringend rausmuss.«

»Du meinst wie Doktor Jekyll und Mister Hyde?«, sagte Max, und Frieda konnte geradezu sehen, wie er sich wieder in den Griff bekam und dabei war, die kleine Öffnung zu seinem Herzen wieder zu verschließen.

»Nun, Doktor bist du ja schon, und wenn Mister Hyde derjenige ist, der raussoll, wird es blöd, der ist, soweit ich weiß, der Böse«, versuchte Frieda die Situation etwas aufzulockern.

»Nun, dann lassen wir ihn lieber drin. Außerdem glaube ich nicht, dass das was mit dem Zittern zu tun hat. Ich denke, ich war einfach nur furchtbar überarbeitet und hatte zu viele Nachtschichten.«

Max packte die Reste der Brotzeit ein und stand auf.

»Wir müssen los. Sonst wird es dunkel, bevor wir zurück sind.«

Frieda stand auch auf. Sie warf einen letzten Blick auf den Gipfel und das Kreuz, während Max sich schon einige Meter von ihr entfernt hatte.

15

Als Frieda und Max nach einem ziemlich schweigsamen Rückweg kurz vor der Alm waren, sah Frieda zwei Gestalten gemütlich vor der Alm sitzen. Ein Mann und eine Frau.

Im ersten Moment dachte Frieda, es seien einfach nur Wanderer, die sich etwas ausruhen wollten, und dann sah sie, dass der Mann Alois war und die Frau rote Haare hatte.

Annie. War das Annie?

Das konnte jetzt nicht sein. Wie kam Annie, die über sechshundert Kilometer weit weg war, hier hoch auf die Alm? Sie hatte doch erst gestern mit ihr telefoniert, und da war Annie in Berlin. Noch bevor Frieda weiter überlegen konnte, was hier los war, wurde sie schon von etwas Rotem und Stürmischem umarmt und dabei fast umgerissen.

»Überraschung!«, schrie Annie zu Friedas Verwunderung.

»Und das muss der berühmte Max sein«, sagte Annie, als sie Frieda schließlich wieder losgelassen hatte, und streckte Max strahlend die Hand entgegen, die der geschmeichelt nahm. Frieda hatte einen Moment den Verdacht, Max würde vollkommen übertreiben und Annies Hand küssen, und war sehr froh, als es beim Händeschütteln blieb.

»Nett, Sie kennenzulernen. Wer sind Sie?«

Frieda blieb nichts anderes übrig, als zu sagen: »Max, das ist meine Freundin Annie. Annie, du weißt ja schon, wer Max ist.«

»Ich wusste gar nicht, dass ich so berühmt bin«, grinste Max, der eine solche Vorlage wohl nicht einfach so stehen lassen konnte.

»Und ich bin die berühmte Annie«, sagte Annie ungerührt zu Max und schüttelte seine Hand. »Sehr erfreut. Alois habe ich ja schon kennengelernt. Ich sitze mit ihm schon seit einer Weile auf der Bank. Wir haben beschlossen, wir bekochen euch heute Abend. Ich habe Leckereien aus Berlin mitgebracht.«

»Manchmal weiß ich nicht, ob das ein Berg hier ist oder ein Jahrmarkt«, sagte Max in einem ziemlich unhöflichen Ton, wie Frieda fand. »Ich muss erst mal aus den Schuhen raus. Wir sehen uns später.«

Max ging mit großen Schritten zur Hütte, nickte Alois kurz zu und verschwand durch die Tür.

Annie hakte sich bei Frieda unter, sie schlenderten hinüber zu Alois.

Annie flüsterte Frieda ins Ohr: »Ist der immer so unhöflich?«

Frieda nickte. »Meistens ja, aber meistens trifft es nur mich.«

Annie seufzte auf: »Ach egal, er ist trotzdem attraktiv. Mein Gott, wenn ich gewusst hätte, was es hier oben für Kerle gibt, ich wäre schon vor Wochen hergekommen.«

»Wieso hast du mir nicht gesagt, dass du kommen willst?« Frieda war ziemlich überrumpelt von Annies Anwesenheit. Wenigstens konnte Max nichts gegen Annie als Gast einwenden. Schließlich hatte ja auch seine Tochter Leonie hier übernachtet.

Aber irgendetwas stimmte hier nicht.

Soweit Frieda wusste, war Annie noch nie ein Fan der Bergwelt gewesen. Einen Berg hochzuklettern, um dann wieder runterzuklettern, war für Annie, die ein Kind des flachen Landes war, eine absolut sinnlose und sehr anstrengende Beschäftigung. Und Frieda und Annie hatten auch nie über einen möglichen Besuch von Annie hier oben gesprochen.

»Ich wollte dich einfach nur überraschen. Freust du dich denn gar nicht?«, fragte Annie zu Recht fast eingeschnappt.

»Doch. Tu ich. Ich habe nur nicht mit dir hier oben gerechnet«, sagte Frieda und nahm Annie in den Arm. »Aber schön, dass du hier bist. Und schön, dass ihr kocht.«

Das Abendessen zu viert wurde zu Friedas Überraschung ziemlich locker und lustig. Annie hatte tatsächlich Currywurst und Friedas berühmte Soße mitgebracht, nur Fritten konnten sie aus Ermangelung einer Fritteuse hier oben auf der Alm nicht machen. Dafür gab es die besten Bratkartoffeln, die Frieda jemals gegessen hatte und die Alois in einer kleinen gusseisernen Pfanne herstellte.

Der Mann konnte eindeutig gut kochen, und Frieda sah, dass das auch Annie auffiel.

Max hatte sich wieder eingekriegt, erzählte Anekdoten aus dem Krankenhaus, und Alois versuchte ihn mit Geschichten vom Berg zu übertrumpfen.

Max erwähnte beiläufig, wie er im Krankenhaus täglich unter unglaublichem Einsatz Leben rettete, und Alois erzählte, welche Leute er gerade noch rechtzeitig vor einer Lawine oder einem Steinschlag gerettet hatte.

Die Geschichten der beiden wurden immer unglaubwürdiger und wurden von beiden immer fantasievoller ausgeschmückt. Max hatte irgendeinem Promi das Leben gerettet, und Alois hatte eine Schlagersängerin beim Skifahren vor einem unbeabsichtigten Sprung in den Abgrund bewahrt.

Frieda und Annie blickten sich derweil nur verschwörerisch an und verdrehten heimlich die Augen. Männer! Schlimmer als kleine Jungs.

Später verabschiedete Alois sich mit dem Hinweis, dass die Kühe am frühen Morgen nicht begeistert wären, wenn er nicht da wäre, um sie zu melken.

Annie ging schließlich mit in Friedas Zimmer, um in dem kleinen Doppelbett neben ihrer Freundin zu schlafen.

Kaum war die Tür zu, sagte Annie:

»Also, was läuft da zwischen dir und Max?«

»Wie kommst du da drauf, dass da was läuft? Da läuft gar nichts.«

»Wenn da gar nichts läuft, ist es aber sehr viel nichts.«

Annie blickte Frieda mit ihrem No-bullshit-Blick an.

Frieda wurde rot. Sie fühlte sich ertappt. Sie hatte ihrer besten Freundin noch nie was vormachen können.

Annie grinste.

»Wusste ich es doch. Du warst so komisch am Telefon. Du wärst auch verrückt, wenn du die Gelegenheit nicht nutzen würdest. Du hast zwei unglaubliche Männer hier auf dem Berg, auch wenn sie es beim Abendessen etwas übertrieben haben – also ich wüsste da gar nicht, wie ich mich entscheiden sollte. Das ist ja gar nicht so einfach ... wer hätte gedacht, dass hier oben mehr los ist als auf einer Kur, war doch gut, dass du nicht an die Ostsee ...«

»Was ist wirklich los, Annie?«, unterbrach Frieda ihre Freundin und versuchte nun selbst, ihren besten No-bullshit-Blick aufzusetzen, auch wenn ihr das nie so gut gelang wie Annie. »Du kommst doch nicht einfach so über siebenhundert Kilometer gefahren, nur um mir Hallo zu sagen.«

Annies Redefluss verstummte.

Frieda blickte Annie streng an.

Annies Oberlippe fing plötzlich an zu zittern.

Oje – kein gutes Zeichen. Frieda hatte Annie erst zweimal in ihrem Leben weinen gesehen, und das Oberlippenzittern war der Vorbote davon, und dann kam auch schon die erste Träne und lief über Annies sommersprossengesprenkelte Wange.

»Ich lass mich scheiden«, brach es aus Annie heraus, und sie sackte auf dem Bett zusammen. Frieda war für einen Moment sprachlos. Annies Ehe war schon immer schwierig gewesen, aber Annie hatte immer gesagt, sie wolle sich nicht scheiden lassen, sondern ihren Mann lieber genauso betrügen wie er sie. Offensichtlich war das ein Konzept, das nicht mehr so wirklich funktionierte, falls dieses Konzept jemals überhaupt funktioniert hatte, was Frieda sehr stark bezweifelte.

Sie setzte sich neben ihre Freundin und nahm sie einfach erst mal nur in den Arm.

Drei Stunden später waren Annies Tränen mehr als getrocknet, und Frieda machte sich Vorwürfe, dass sie nicht früher gemerkt hatte, dass es Annie schon länger mit ihrem seltsamen Ehearrangement nicht mehr so gut gegangen war.

Aber Annie war unglaublich gut darin, Gefühle, die ihr nicht passten, in eine kleine Schachtel zu pressen und die Schachtel dann wegzuwerfen.

Annie hatte vor zwei Tagen ihren Mann in ihrem gemeinsamen Ehebett mit einer anderen Frau erwischt. Das war selbst für Annie etwas zu viel des Schlechten gewesen, denn wenn Annie auch die Seitensprünge von Fred jahrelang geduldet hatte, so hatten sie doch immer eine stillschweigende Übereinkunft gehabt, dass es dezent ablaufen sollte. Aber vielleicht war es auch einfach der letzte Tropfen gewesen, der das Fass zum Überlaufen gebracht hatte.

Annie war nach diesen drei Stunden des Ausweinens schon über die Tränen hinweg und voll in der Planung ihrer Scheidung. Nichts würde der Mistkerl von ihr bekommen. Keinen Cent. Dafür würde sie sorgen.

Annie war zu fünfzig Prozent an »Friedas Fritten« beteiligt und damit zwar keine reiche, aber auch keine ganz arme Frau. Und Annie war sehr stolz darauf, auch in ihrer Ehe immer finanziell unabhängig gewesen zu sein.

Frieda glaubte ihr jedes Wort. Annie war herzensgut und langmütig, aber wenn es jemand mal bei ihr vergeigt hatte, gab es keinen Weg zurück in Annies Herz. Da war sie konsequent.

Frieda schlief ein, während Annie noch in Selbstgesprächen Kriegspläne schmiedete.

16

Am nächsten Morgen war Max schon unterwegs, und Frieda machte Frühstück für Annie.

Die saß auf der kleinen Eckbank und starrte derweil frustriert auf ihr Handy. »Tatsächlich. Hier gibt es keinen Empfang. Ich habe ja am Anfang geglaubt, du behauptest das nur so, damit du mal deine Ruhe hast. Aber das hier ist anscheinend echt – wir sind am absoluten Arsch der Welt.«

Frieda lachte und schenkte Annie Kaffee ein. Heiß und schwarz und ohne alles.

»Der Anruf bei deiner Anwältin zur Ausarbeitung des Schlachtplans kann sicher noch einen Tag warten. Und ja, wir sind hier am Arsch der Welt, und genau das ist ja das Gute daran. Du wirst schon sehen. Nach dem Frühstück machen wir eine kleine Wanderung und ...«

»Ich kann nicht wandern!« Annie schreckte von ihrem Handy hoch.

»Deine Füße reichen doch bis auf den Boden, oder nicht?«

»Frieda, du kennst mich, ich bin ein absoluter Großstadtmensch. Ich gehöre auf den Asphalt und zwischen Beton, ich kann mit der Natur nicht so wirklich was anfangen und die auch nicht mit mir. Ich würde sogar so weit gehen und sagen, dass Mutter Natur mir manchmal sogar feindlich gesinnt ist. Erinnerst du dich noch, als mich das Kaninchen im Tiergarten angefallen und gebissen hat?«

»Keine Angst. Hier oben gibt es keine Kaninchen, nur Kühe, und die umgehen wir. Du wirst sehen, es wird dir gefallen, wir gehen auch nicht weit. Aber es gibt kaum etwas, das so gut bei Sorgen hilft, wie über die Berge zu laufen, glaub mir.«

Annie starrte Frieda an. Ihr wurde wohl klar, dass Frieda das mit dem Wandern ernst meinte.

»Ich habe keine richtigen Schuhe dabei. Nada. Keine Ausrüstung. Gar nichts«, sagte Annie triumphierend. Sie hatte sich wohl gerade an Friedas Ausrüstungsmarathon erinnert.

Frieda grinste, ging raus in den kleinen Flur und holte ein paar Bergschuhe. Sie hielt sie Annie vor die Nase:

»Hier, meine Liebe, Größe 38 – was für ein Zufall aber auch, dass wir beide die gleiche Schuhgröße haben und dass ich zwei von diesen Dingern dabeihabe.«

Annie schnaufte empört auf.

»Ich will einfach nur draußen auf der Bank in der Sonne liegen. Meine Seele ist im Moment wegen dieser ganzen Scheidungssache sehr empfindlich, meine Liebe. Ich brauche absolute Ruhe und Pflege, und ich darf auf keinen Fall durch die Gegend gescheucht werden.«

Frieda lächelte und schob Annie ein Spiegelei mit Speck auf den Teller. »Alles wird gut«, sagte sie.

Annie schüttelte den Kopf und machte sich über das Ei her.

Zwei Stunden später saß Annie in der Sonne auf der Bank einer bewirtschafteten Alm und hatte gerade die beste Erbsensuppe ihres Lebens gegessen. Sie blinzelte glücklich durch halb geschlossene Lider und hatte ihre Füße in Friedas Bergschuhen professionell auf der gegenüberliegenden Bank hochgelegt.

»Ich habe dir gesagt, es ist großartig«, sagte Frieda mit einem zufriedenen Seitenblick auf die Freundin.

Die beiden waren sehr gemütlich eine Stunde unter Umgehung jeglicher Kuhweiden und Kaninchen bis zur nächsten bewirtschafteten Alm gelaufen. Von Wandern konnte man dabei nicht wirklich sprechen, dafür war die Strecke eigentlich viel zu kurz.

»Du hattest leider recht. Ich muss es zugeben.« Annie öffnete ihre Augen. »Es ist hier ziemlich anders als in Berlin, das muss ich jetzt leider sagen, ich vermisse etwas die Abgase, aber es hat durchaus was.«

Frieda gab Annie einen kleinen Stups in die Seite.

»Gut. Ich gebe es zu, es ist schön hier. Es hat sich gelohnt, und ich konnte sogar in deinen Schuhen laufen. Aber was mich wirklich interessiert, ist, was die in die Erbsensuppe machen, dass die so verdammt gut schmeckt.«

»Da sind 1.800 Höhenmeter und jede Menge frische Luft drin. Deshalb schmeckt das Essen hier anders.«

»Wir sollten das in Flaschen abfüllen und in Berlin über die Currywürste streuen.«

»Das wäre eine gute Idee.«

»Ich hätte mich schon vor Jahren scheiden lassen sollen«, sagte Annie unvermittelt und nahm noch einen Schluck von dem Weißbier, das Annie sich zur Feier der ersten Wanderung ihres Lebens gegönnt hatte.

»Wenn du ehrlich bist, meine Liebe, bist du eigentlich schon seit Jahren geschieden. Das ist jetzt nur noch eine Formalität.«

»Ich fürchte, du hast recht.«

Annie setzte sich auf. Sie blickte Frieda an.

»Du solltest dringend was mit Max anfangen. Schließlich bist du schon ewig geschieden.«

»Auf gar keinen Fall.« Jetzt setzte sich auch Frieda auf.

Annie blickte sie ernst an.

»Laufen tut wirklich gut. Man kann dabei wunderbar nachdenken. Ich weiß jetzt, was mich jahrelang davon abgehalten hat, mich scheiden zu lassen. Ich war zu faul und zu bequem und hatte es mir gemütlich gemacht in einer nicht funktionierenden Beziehung. Besser den Shit, den man kennt, als den Shit, den man nicht kennt. Tatsächlich kann es selbst im tiefsten Beziehungsmorast ganz gemütlich sein. Da weiß man, was man hat. Das weiß ich jetzt, und das wird ab sofort anders. Aber warum du seit Jahren keine richtige Beziehung auf die Reihe kriegst, das weiß ich nicht, obwohl ich behaupten würde, dass ich dich besser kenne als du dich selbst.«

»Ich weiß es auch nicht«, sagte Frieda, obwohl sie ganz hinten in ihrer Seele eine vage Ahnung hatte, warum sie über ein paar Affären seit Jahren nicht wirklich rausgekommen war.

»Du solltest dir Max schnappen.«

»Kein Bedarf.«

»Und was ist mit Alois?«, blinzelte Annie unschuldig in die Sonne, und Frieda wusste, was Annie eigentlich wissen wollte.

Frieda schüttelte den Kopf. »Nicht mein Fall.«

Annie grinste und stand auf.

»Na dann. Wollen wir zurückgehen? Und können wir unterwegs kurz noch mal bei der kleinen Kapelle haltmachen, damit ich mich ganz kurz mal wieder mit der Zivilisation verbinden kann?«

Am nächsten Tag reiste Annie schon wieder zurück nach Berlin. Frieda fand ja, dass das keine wirklich gute Idee war. Eine längere Auszeit und noch ein paar Wanderungen würden im Moment sicher auch Annie ganz guttun, aber die war nicht davon zu überzeugen.

»Willst du nicht doch noch ein, zwei Tage hierbleiben? Max wird es sicher überleben, und ich würde mich freuen.«

»Nein, nein, ich muss zurück. Ich muss alles Mögliche regeln, und ich brauche einen guten Anwalt.«

»Bist du sicher, dass du das gerade alles alleine packst?«, fragte Frieda und blickte Annie prüfend an.

»Du machst dir gerade mehr Sorgen um mich, als ich mir selbst mache.« Annie war wieder ganz die Alte. Gefühlsausbrüche hielten bei ihr nie allzu lange an.

Frieda seufzte und umarmte Annie fest.

»Ich bin ja auch bald wieder in Berlin. Bis dahin halt die Ohren steif, und wenn was ist, schick mir eine Nachricht, ich geh einmal am Tag hoch zur Kapelle, und wir telefonieren.«

Annie nickte, packte ihren Rucksack und schaute auf die Uhr.

»Wartest du auf etwas?«, fragte Frieda neugierig.

In diesem Augenblick klopfte es auch schon an die Tür, und Alois stand mit frischer Milch und selbst gemachtem Käse da, was er beides feierlich Annie überreichte. »Guten Morgen allerseits. Hier. Wie versprochen. Proviant vom Berg für die Reise.«

Annie nahm alles dankend an. »Das wäre doch nicht nötig gewesen«, kicherte sie wie ein Teenager, und Frieda blickte ihre Freundin irritiert an. Sie flüsterte Annie zu: »Wann hast du das denn eingefädelt?«

Annie grinste. »Er hat mir neulich abends seine Nummer zugesteckt, und ich habe ihn angerufen, als wir bei der kleinen Kapelle kurz Empfang hatten. Da hast du gerade mit Jakob telefoniert.«

Alois räusperte sich, damit das Getuschel der beiden Damen endlich aufhörte.

»Das habe ich doch gern gemacht. Ich bring dich noch runter bis zu deinem Auto. Ich muss sowieso ins Tal, Werkzeug besorgen, die Kühe haben mal wieder die Tränke kaputt gemacht«, sagte Alois, und die beiden marschierten los.

Frieda sah noch, wie Annie über irgendwas lachte, das Alois ihr erzählte.

Vielleicht würde Annie ihre Scheidung doch sehr gut wegstecken. Besser als sie damals ihre eigene.

Annie war wohl wirklich unverwüstlich, und wahrscheinlich war die Scheidung sowieso das Beste, was ihr passieren konnte.

Auf dem Tisch stand noch das Geschirr vom Frühstück, das darauf wartete, gespült zu werden. Frieda drehte sich um und wollte gerade in die Küche gehen, da stand plötzlich Max vor ihr.

»Das war heute aber eine sehr kurze Wanderung«, sagte Frieda verblüfft. Sie hatte das Gefühl gehabt, dass Max wie schon gestern den ganzen Tag am liebsten allein sein wollte.

»Ich muss nach München zurück«, verkündete Max.

»Jetzt?«

»Ja.«

»Wieso das denn?« Frieda fühlte sich irgendwie überrumpelt. Max musste zurück nach München?

»Die Klinik hat gerade angerufen. Eine komplizierte OP. Die brauchen mich dringend, sonst ist gerade niemand da, ein Kollege ist krank geworden. Ich muss gleich packen«, sagte Max und ging in die Hütte.

Frieda folgte ihm.

Max fing damit an, ein paar Sachen in seinen Rucksack zu werfen.

»Ich würde auch gerne noch die paar Tage bleiben. Aber ich kann nicht jemanden sterben lassen, während ich hier auf dem Berg rumtolle.«

»Verstehe ich«, sagte Frieda und verstand eigentlich überhaupt nichts. Sie fühlte sich plötzlich verlassen. Gerade erst war Annie den Berg runter, und jetzt wollte Max zurück nach München.

Max packte weiter, und Frieda reichte ihm automatisch ein Hemd, das noch an der Tür hing.

»Wirst du wiederkommen?«, fragte Frieda vorsichtig.

Max unterbrach für einen Augenblick die Packerei und blickte Frieda an. »Keine Ahnung. Es sind dann ja auch nur noch ein paar Tage, dann ist meine Auszeit hier oben sowieso vorbei. Freu dich doch. Jetzt hast du das, was du doch von Anfang an wolltest: die Alm für dich ganz allein.«

Die Alm für sie ganz allein? War das jemals etwas, das Frieda gewollt hatte? Sie konnte sich nicht mehr daran erinnern.

»Ja, dann hab ich die Alm für mich allein«, sagte sie, und der Satz blieb seltsam in der Luft hängen.

»Ich bin sicher, Alois kommt öfter mal vorbei.«

»Das glaub ich auch.«

»Und Zicke wirst du sowieso nicht mehr los.«

»Das fürchte ich auch.«

»Also wird's dann doch nichts mit dem Ganz-allein-Sein«, sagte Max und verstummte.

Frieda hatte das Gefühl, er wollte noch etwas sagen, aber dann fing er wieder an zu packen.

»Ich geh mal in die Küche, schauen, ob da noch was von dir

liegt«, sagte Frieda, ging aus dem Zimmer und ließ Max weiterpacken. Allein.

Eine halbe Stunde später stand sie mit Max draußen vor der Tür. Mittlerweile war es früher Nachmittag, die Sonne schien, ein paar Bienen summten, als wäre alles wie immer.

Max hatte seinen schweren Rucksack neben sich gestellt.

»Wenn ich was vergessen habe, lass es einfach liegen, ich komme ja immer wieder hier in die Berge und kann es dann irgendwann abholen. Die Alm ist sicherlich bis in den Herbst, wenn die hier oben sowieso alles dichtmachen, dauernd vermietet.«

»Ich könnte es dir auch auf meiner Rückfahrt nach Berlin in München vorbeibringen. Liegt ja auf dem Weg«, schlug Frieda vor.

»Das ist echt nicht nötig«, sagte Max abwehrend.

»Na dann.«

Frieda hatte keine Ahnung, wie sie sich passend von Max verabschieden sollte. Ein Kuss auf die Wange? Schulterklopfen? Hand reichen? Nichts von alledem?

»Also. Ich muss jetzt los«, sagte Max, und Frieda hatte zum ersten Mal, seit sie Max überhaupt kannte, das Gefühl, dass auch er etwas unsicher war.

»Gute Fahrt. Und gute Operation.«

»Das wird schon. Ich fühl mich echt erholt«, sagte Max zuversichtlich. »Und du – pass auf dich auf. Jetzt hast du keinen mehr, der dich rettet.«

»Brauche ich nicht. Ich muss nicht gerettet werden«, sagte Frieda trotzig und stolz.

»Nein. Brauchst du sicher nicht«, sagte Max und beugte sich vor, im Versuch, Frieda einen Kuss auf die Wange zu geben. Auch

Frieda versuchte es mit einem Wangenkuss, hatte aber die falsche Seite im Visier, sodass sich fast ihre Lippen aus Versehen berührt hätten.

Frieda zuckte zurück. Max ließ genauso abrupt ihren Arm los.

»Also alles Gute dann. War nett, dass wir uns nach all den Jahren mal wiedergetroffen haben«, sagte Max leise.

»Fand ich auch.«

»Vielleicht gibt es ja irgendwann ein Klassentreffen.«

»Vielleicht.«

Betretenes Schweigen machte sich breit.

»Nun denn – auf geht's. Die warten sicher schon alle auf mich, und eine Herzklappe baut sich nicht von allein ein.« Max nickte ihr noch mal kurz zu, schwang dann seinen Rucksack auf den Rücken, drehte sich um und ging mit schnellen Schritten den Berg runter.

Frieda blieb vor der Hütte stehen, bis sie ihn nicht mehr sehen konnte.

Einen Moment lang dachte sie, er würde sich noch mal umdrehen. Aber er tat es nicht.

Schließlich zwang Frieda sich, sich selbst umzudrehen und in die Küche zu gehen.

Dort wartete schließlich jede Menge Geschirr auf sie.

Und sonst nichts und niemand.

17

Er hatte schließlich ihre Nummer. Er könnte sich ja mal melden, ob er gut angekommen war, dachte Frieda. Schließlich waren sie ja jetzt so was wie Freunde, und Freunde meldeten sich ab und zu, um einen wissen zu lassen, wie es ihnen so ging. Das war ganz normal unter Freunden, zumindest sollte das doch so sein, fand Frieda.

Sie saß seit über einer Stunde auf der kleinen Bank neben der Kapelle und hatte ihr Handy in der Hand. Mit Annie hatte sie in der letzten Stunde schon dreimal telefoniert. Der ging es bestens, sie war weiterhin im Kampfmodus, hatte eine der besten Scheidungsanwältinnen Berlins engagiert und wollte jetzt ihrerseits von Fred die vergangenen, ihrer momentanen Meinung nach völlig vergeudeten Jahre zurückhaben. In Form von viel Geld.

Jakob war genervt von ihren vielen E-Mails und Anrufen seit gestern. Frieda konnte sich aber immer noch nicht entschließen, wieder runter zur Alm zu gehen. Dort gab es schließlich keinen Empfang.

Frieda schalt sich selbst eine Vollidiotin.

Wie konnte sie schon seit über einer Stunde hier sitzen und auf eine Nachricht von jemandem warten, den sie eigentlich gar nicht leiden konnte?

Max war ein Vollidiot.

Und sie war noch eine größere Idiotin.

Obwohl? Frieda könnte sich ja auch mal bei Max melden. So ganz unverbindlich. So wie das Freunde machen. Einfach so. Da war ja nichts dabei.

»Wie geht es dir?? Wie war die OP??«, tippte Frieda in ihr Telefon.

Und dann tippte sie: »Du spinnst wohl, Frieda!!!!«

Frieda löschte das alles wieder. Sie seufzte.

Es war absolut albern, jemanden zu vermissen, den man vor wenigen Tagen noch zur Hölle gewünscht hatte.

Frieda hatte, nachdem Max weg war, eine kleine Wanderung unternommen. Die Alm erschien ihr plötzlich viel zu groß für nur eine Person. Wie hatte sie jemals auf den Gedanken kommen können, hier sechs Wochen mutterseelenallein zu verbringen?

Als sie Schritt für Schritt berghoch und bergrunter kraxelte, ertappte sie sich dabei, wie sie immer wieder auf ihr Handy starrte. Die Balken waren manchmal voll, und manchmal gab es überhaupt keine. Drei Nachrichten von Annie plingten irgendwann auf. Alle mit Kampfansagen. Dann erhielt sie noch ein Foto von ihrem Sohn auf einem Segelschiff im Südchinesischen Meer auf türkisem Wasser. So türkis wie der kleine See, an dem Frieda gerade vorbeikam. Heute war ihr nicht nach Schwimmen zumute. Aber sie rief laut in die Berge: »Ich bin hier.«

» ...ier, ...ier, ...ier«, antwortete das Echo.

»Allein«, schrie Frieda.

» ...lein, ...lein, ...lein.«

»Soll so sein.«

» … sein, … sein, … sein«, antworteten die Berge.

Frieda hörte auf zu rufen.

Das war für heute und die nächsten Tage wahrscheinlich die letzte Unterhaltung, die sie führen würde, dachte sie und machte sich auf den Weg runter zur Alm.

Am Abend ließ Frieda Zicke in ihrem Bett schlafen.

Die kleine Schwarze war hocherfreut darüber. Bisher hatte sie das noch nie gedurft.

So fühlte sie sich wenigstens heute Nacht nicht so allein.

Frieda war doch keine Eremitin.

Sie überlegte, morgen den roten Schal rauszuhängen und Alois so um sein Kommen zu bitten, verwarf den Gedanken aber gleich wieder.

Sie war eine starke Frau, das Alleinsein machte ihr gar nichts aus, sagte sie sich und kuschelte sich an Zicke, die heute sehr gut roch. Frieda hatte sie unter schwerem Gemecker unter die Dusche gestellt, bevor sie die kleine Ziege in ihr Bett ließ. Gewisse hygienische Standards mussten schon eingehalten werden, hatte sie Zicke versichert, während sie die Ziege mit teurem Shampoo einseifte und hinterher unter noch mehr Gemecker trocken föhnte.

Außerdem könnte sie ja jederzeit wieder nach Berlin zurückfahren, redete Frieda sich gut zu. Hier oben konnte sie nicht schlafen. In Berlin konnte sie nicht schlafen. Im Grunde genommen war es dann doch egal, wo sie nicht schlief. Und mit diesen Gedanken war Frieda dann gestern endlich eingeschlafen.

Am zweiten Tag nach der Abreise von Annie und Max war Frieda immer noch dabei, sooft es ging, auf ihr Handy zu blicken. Schließlich befand Annie sich in einer sehr schwierigen emotionalen Situation, und man konnte ja nie wissen, wann sie die Hilfe ihrer besten Freundin dringend gebrauchen könnte.

Und sie wanderte. Das lenkte sie ab von schrägen Gedanken und dem Gefühl von Einsamkeit. Aber eine große Tour würde sie sich alleine nicht mehr trauen. Vielleicht könnte sie Alois fragen, ob er mit ihr einen der anderen Gipfel besteigen wollte? Beim Gedanken an Gipfel musste sie an Max denken und an ihre letzte gemeinsame Tour, und das wollte sie nun gerade nicht. Vielleicht sollte sie auf weitere Gipfelstürmereien einfach verzichten, noch ein paar Tage kleine Wanderungen unternehmen und dann nach Berlin abreisen. Genug geklettert war sie ja wirklich in den letzten Wochen.

Frieda machte sich mit diesen Gedanken runter auf den Weg zurück zur Alm. Schon von Weitem hörte sie das laute Begrüßungsgemeckere von Zicke.

Die kleine Ziege verwandelte sich immer mehr in eine Art Hund und wäre Frieda am liebsten überallhin gefolgt. Bei dem Gedanken, Zicke allein hier oben am Berg zurückzulassen, wenn sie nach Berlin fahren würde, spürte Frieda einen Stich im Herzen. Aber sie hatte keine Ahnung, wie sie Zicke in ihrer Berliner Wohnung halten sollte, und der Bauer würde sie sicher nicht hergeben.

Frieda schüttelte den Kopf über sich selbst. Sie wurde hier oben immer verrückter. Was sollte Zicke überhaupt in Berlin? Die Ziege gehörte auf den Berg und sonst nirgendwo hin. Hier waren Gras, Sonne, Wind und andere Ziegen. Hier war Zicke glücklich. Sie gehörte nicht in eine Großstadt. Aber trotzdem würde sie die Kleine vermissen. Sehr sogar.

Frieda war so in ihre Gedanken vertieft, dass sie erst wieder aufblickte, als sie schon unten an der Hütte war.

Dort vor der Tür stand Max.

In voller Pracht.

Grinsend bis über beide Ohren.

Frieda blinzelte.

Das bildete sie sich doch nicht etwa ein, weil sie sich einsam fühlte?

Aber nein. Auch nach dem Blinzeln war Max noch da.

In Lederhosen. Wie gehabt. Neben ihm stand sein großer Rucksack.

Und so ein unverschämtes Grinsen konnte auch keine Fantasie erschaffen. Noch nicht mal Friedas Fantasie.

»Na, hast du mich die letzten Tage sehr vermisst?«, fragte Max dann auch gleich, als sie die Hütte erreichte.

»Nein. Wieso sollte ich?«, sagte Frieda und versuchte ihre Gesichtszüge unter Kontrolle zu bekommen, um Max nicht allzu deutlich zu zeigen, dass sie sich blöderweise wahnsinnig freute, ihn zu sehen.

Gott sei Dank war Zicke da, meckerte leise, drängte sich an Frieda und steckte ihre Nase in Friedas Hosentaschen auf der Suche nach einem Leckerli.

»Zicke und ich hatten eine wunderbare Zeit alleine hier. Niemand mehr hier weit und breit, der irgendwie nerven konnte. Es war ganz großartig. Nicht wahr?«, sagte Frieda und gab Zicke ein Alpenkräuterbonbon.

»Ich wette, sie durfte in deinem Bett schlafen, damit du nicht so alleine bist«, sagte Max.

Frieda bemerkte, wie sie leicht rot wurde.

»Ich lass doch keine Ziege in mein Bett, das ist doch total unhygienisch«, log sie und konterte gleich, um vom Thema abzulenken: »Wieso bist du doch wieder hier hochgekommen?«

Frieda blickte Max neugierig an.

Max antwortete lächelnd: »Schließlich habe ich das hier gebucht und bezahlt, und drei Tage gehören noch mir, soweit ich das in Erinnerung habe. Die wollte ich dir nicht kampflos überlassen. Das wäre doch zu einfach.«

»Wäre es durchaus«, sagte Frieda. Jetzt musste sie auch lächeln.

»Gemeinsames Abendessen? Ich hab auch was aus München mitgebracht«, verkündete Max. »Und morgen noch mal zusammen auf den Berg? Ich hätte da eine Tour, die du noch nicht kennst und die nicht allzu schwer ist.«

»Mal sehen«, sagte Frieda, während Max ihr und Zicke den Vortritt in die Hütte ließ.

In dieser Nacht schlief Frieda nach einem üppigen Abendessen für ihre Verhältnisse gar nicht schlecht. Max war wieder hier. Frieda freute sich darüber mehr, als sie vor sich selbst zugeben wollte. Aber schließlich war es doch normal, sich als Mensch darüber zu freuen, hier oben nicht so ganz alleine zu sein. Menschen sind schließlich soziale Wesen, dachte Frieda, zumindest meistens, ab und an, hin und wieder.

Zicke allerdings war über die Rückkehr von Max nicht gerade erfreut. Sie musste zu ihrem Missvergnügen wieder auf dem kleinen bunten Flickenteppich vor Friedas Bett übernachten und meckerte darüber sogar ein wenig im Schlaf.

18

»Du kannst zwar überhaupt nicht kochen, aber du kannst gut einkaufen«, sagte Frieda, wickelte eine Scheibe Parmaschinken um ein Grissini und schob sich alles genüsslich in den Mund.

Sie war mit Max heute relativ spät gestartet, die neue Tour, die Max rausgesucht hatte, war nicht sehr groß, und als erstes Etappenziel machten sie ein kleines Picknick an dem kleinen See. Dagegen hatte Frieda überhaupt nichts einzuwenden. Es war sehr heiß und schwül heute, selbst hier oben auf über tausendfünfhundert Metern, und Frieda bereute gerade sehr, dass sie keine Badesachen dabeihatte. Sie war vorhin kurz mit den Beinen im Wasser gewesen, aber das war nur eine kurze Erfrischung bei dieser Hitze.

Frieda hatte eine Decke auf dem Moos ausgebreitet, es gab Käse, frisches Obst, Grissini und Parmaschinken. Und dazu den unglaublichen Blick auf die Berge.

Max hatte in München wohl den Viktualienmarkt leer gekauft. Das war mit einem Chefarztgehalt wahrscheinlich auch nicht allzu schwer, dachte Frieda und musste für einen Moment an die erste schwere Zeit denken, als sie alleinerziehend und oft knapp bei Kasse gewesen war, bevor sie mit Annie »Friedas Fritten« gegründet hatte.

»Ich kann auch sehr gut essen gehen«, sagte Max.

»Das ist hier oben aber etwas schwierig.«

»Da könntest du recht haben. Ausnahmsweise.«

Frieda zog eine Augenbraue hoch. Sie war gut darin, recht zu haben, das müsste Max doch mittlerweile gemerkt haben.

»Ich geh ins Wasser. Kommst du mit?« Max stand auf.

»Ich hab keine Badesachen dabei«, sagte Frieda bedauernd.

»Ist doch egal, stell dich nicht so an. Kannst du dich erinnern, wie wir früher ab und zu ins Maria-Einsiedel-Bad eingebrochen sind? Da hattest du auch keinen Bikini an, wenn ich mich recht erinnere.«

»Da war ich mehr als dreißig Jahre jünger.«

Sie waren damals wirklich mit der ganzen Clique manchmal mitten in der Nacht nackt baden gegangen. Bis der Bademeister sie einmal erwischt hatte. Frieda hatte schon ewig nicht mehr dran gedacht.

»Ich auch«, sagte Max und hatte zu Friedas Entsetzen schon angefangen, sich auszuziehen.

Er wollte doch jetzt nicht wirklich splitterfasernackt vor Friedas Augen ins Wasser springen? Das war typisch Mann. Keine Frau wäre auf so eine Idee gekommen. Zumindest keine Frau in ihrem Alter. Männer fühlten sich auch mit fünfzig wie mit fünfzehn – und dachten auch, sie würden noch genauso aussehen.

»Nein, ich verzichte. Und ehrlich gesagt, es wäre mir lieber, wenn du auch nicht splitterfasernackt da jetzt ...«

Max unterbrach Frieda verständnislos. »Es kann uns niemand sehen. Hier ist keine Menschenseele weit und breit. Und die Gämsen halten sich die Augen zu. Versprochen.«

»Trotzdem.« Frieda war das peinlich, und es war ihr peinlich, dass es ihr peinlich war. Sie war nicht prüde, aber sie konnte sich nicht mehr erinnern, wann sie sich das letzte Mal vor einem Mann nackt ausgezogen hatte, und sich vor Max hier mitten am Tag einfach so auszuziehen, das ging auf gar keinen Fall.

»Okay.« Max seufzte, zog zu Friedas großer Erleichterung nur die Wanderhose aus und sprang in Unterhose ins Wasser.

»Komm rein. Es ist so heiß, da ist es egal, ob du später nasse Wäsche anhast.«

Frieda schielte zu Max rüber. Sie traute sich nicht, ihn direkt anzusehen, aber das, was sie sah, sah gar nicht so schlecht aus ... Frieda rief sich zur Vernunft. Das Wasser sah mehr als einladend aus, und Max schüttelte sich und spritzte um sich wie ein kleiner Junge.

Was sollte schon passieren?

Frieda stand auf. Ihr liefen kleine Schweißperlen den Rücken runter, selbst im Sitzen hatte sie geschwitzt.

Frieda hatte schließlich Unterwäsche an – wenngleich auch nicht gerade ihre beste. Mehr die praktische Abteilung, beige-bequem. Niemals hätte sie in Berlin mit so einer Situation gerechnet. Aber wenn sie Spitzenunterwäsche anhätte, wäre es wohl noch peinlicher, sich jetzt auszuziehen, dachte Frieda. Max würde einen BH mit Spitze sicher als Reizwäsche interpretieren.

Dann besser hautfarben und bequem und alles andere als sexy. Sie holte tief Luft und zog T-Shirt, Shorts und Socken aus und rannte schnellstmöglich ins Wasser.

Sie wollte nicht, dass Max ihren kleinen Bauchansatz sah. Oder die Dellen an den Oberschenkeln und ihren Busen, der mittlerweile etwas tiefer gerutscht war. Und den ganzen Rest ihres nicht mehr ganz so jungen Körpers.

Das kalte Wasser versetzte ihr erst einen Schock, dann fühlte es sich herrlich an. Max spritzte sie nass, und Frieda tauchte unter. Es war egal, wie sie aussah. Das hier war großartig.

Wenig später lagen sie auf der Decke in der Sonne, um sich vorm Weitergehen etwas zu trocknen.

»Das war schön«, sagte Max.

»War es.«

»Ich bin froh, dass ich zurückgekommen bin.«

Frieda schwieg.

Max richtete sich einen Moment auf.

»Das wäre der Moment, an dem du zum Beispiel sagst: Ich bin auch froh, dass du wieder zurückgekommen bist.«

»Ich bin froh, dass ich gerade im Wasser war, es ist recht heiß heute«, sagte Frieda.

Max legte sich mit einem lang gezogenen Seufzer wieder hin.

Frieda starrte in die Wolken, die über sie hinwegzogen. Eine sah aus wie ein Mann mit einem riesigen Hut.

»Wie war eigentlich die OP? Hast du gezittert?«, fragte Frieda in die Luft.

»Nein. Die OP lief bestens. Der Patient hat überlebt.«

»Da hat er ja Glück gehabt.« Frieda versuchte nicht allzu glücklich zu klingen. Dabei freute sie sich aufrichtig, dass es Max anscheinend wieder besser ging.

»Meine Hand hat nicht eine Sekunde gezittert. Diese Auszeit hier oben, das war genau das, was ich gebraucht habe. Deshalb bin ich auch wieder hier. Die Berge tun einfach unglaublich gut«, sagte Max.

Frieda fühlte einen kleinen Stich.

Also hatte es überhaupt nichts mit ihr zu tun, dass Max wieder zurückgekommen war. Wie töricht von ihr, sich da etwas einzubilden. Sie kannte Max doch lange genug. Seine Welt drehte sich immer um Max. Und nur um Max. Andere Personen waren da eher Statisten.

Max richtete sich wieder auf und sagte zu Friedas Überraschung: »Und du hast mir gutgetan. Die Gespräche mit dir. Dafür wollte ich dir Danke sagen.«

Wow. Wo kam das denn plötzlich her?

Mit so einer Danksagung hatte Frieda jetzt nicht gerechnet.

Frieda richtete sich auch auf. Sie war jetzt trocken genug, und es wurde ihr langsam wieder heiß, so direkt in der Sonne.

Max blickte Frieda an.

»Frieda, ich …«

»Ja?«, fragte Frieda. Max war seltsam ernst. Was würde jetzt kommen? Frieda fühlte, wie sie etwas nervös wurde, da sie Max' Anspannung förmlich spüren konnte.

»Was ist?«

»Ich …« Max holte tief Luft.

»Ja?«

Frieda konnte sehen, wie etwas in Max arbeitete, die Frage war nur, was das war.

Dann sagte Max: »Ich glaube, wir können nicht auf den Gipfel. Tut mir leid. Wir sollten los. Das Wetter schlägt um.«

Max zeigte auf eine Wolkenwand, die von Westen herankam und fast aussah, als wäre sie ein eigenes Gebirge.

»Oh. Das sieht echt nicht gut aus.« Frieda blickte auf die Wolken, überzeugt davon, dass sie gerade etwas verpasst hatte.

Max war schon aufgesprungen und dabei, sich wieder anzuziehen.

»Lass uns runter zur Alm gehen. Ich hoffe, wir schaffen es, bevor es richtig losgeht.«

In diesem Augenblick schlug auch schon irgendwo am Berg ein blendender Blitz ein, direkt gefolgt von einem Donner.

Frieda zuckte zusammen.

»Beeil dich. Das Wetter kippt hier oben manchmal schlagartig«, wies Max sie an, während er alles in Windeseile zusammenpackte.

Das mit dem Beeilen musste er Frieda allerdings nicht zweimal sagen, sie hatte als Kind furchtbar Angst vor Gewittern gehabt und diese Angst nie vollständig verloren.

Sie rannten fast den Berg runter.

Trotzdem wurden sie unterwegs von dem Unwetter eingeholt. Frieda hatte so was noch nie erlebt, das Gewitter kam mit einer unglaublichen Geschwindigkeit.

Mit einer Wucht kamen Wassermassen aus dem Himmel, Windböen peitschten durch die Bäume, und es blitzte und donnerte so Furcht einflößend um sie herum, dass Frieda am liebsten nach der Hand von Max gegriffen hätte.

Aber da waren sie schon fast unten an der Alm.

Frieda behielt ihre Hand bei sich.

In der Hütte wäre es sicher eher gemütlich, diesem Unwetter zuzusehen. Den kleinen Ofen anmachen, eine Tasse heißen Tee trinken. Frieda versuchte, sich mit positiven Gedanken von dem um sie herum tobenden Unwetter abzulenken, und beschleunigte noch mal ihren Schritt, um mit Max mithalten zu können.

Die Alm ein paar Hundert Meter unter ihnen sah mehr als einladend und sicher aus.

Max war schon in der Tür, als Frieda einen Moment stutzte.

Sie war klatschnass, und der Wind peitschte ihr den Regen ins Genick.

Vor ihr lag die Sicherheit und Wärme der Hütte. Zum Greifen nah.

Aber irgendetwas war anders.

Frieda hatte ein komisches Gefühl.

Max schrie sie an, um das Tosen des Gewitters zu übertönen.

»Willst du da stehen bleiben, bis du vom Blitz getroffen wirst, oder kommst du vorher noch rein?«

»Nein. Warte!«

Und dann wurde Frieda klar, was anders war.

Kein Gemecker. Keine Begrüßung.

Die Ziegen! Zicke!

Ohne ein weiteres Wort zu Max drehte sich Frieda einfach um und rannte hinter die Hütte zum Stall.

Dort standen statt der üblichen kleinen Herde nur noch zwei verängstigte Ziegen eng aneinandergedrückt und versuchten so dem Wind und Regen zu trotzen.

Der Rest der Herde und mit ihr Zicke waren verschwunden.

Frieda blickte suchend zur Almwiese – soweit sie durch den starken Regen überhaupt etwas erkennen konnte.

Von den Ziegen keine Spur.

Das Gatter war sperrangelweit offen und wurde vom Wind hin- und hergeschlagen. Eine starke Windböe hatte bestimmt das Tor geöffnet, oder vielleicht hatte eine der Ziegen aus Angst vor dem Gewitter dagegengedrückt.

Egal.

Zicke war allein unterwegs. Irgendwo da draußen.

In diesem Unwetter. Sie hatte sicher furchtbare Angst. Ziegen haben doch sicher genauso Angst vor Gewitter wie wir Menschen, dachte Frieda. Sonst wären sie nicht abgehauen.

Sie musste sie suchen, und vor allem musste sie sie finden.

Frieda drehte sich um und wollte gerade in Richtung des Waldrandes losstapfen, als Max vor ihr stand.

»Hast du jetzt völlig den Verstand verloren? Oder vorhin einfach zu viel Sonne abbekommen?«

»Zicke!«

»Was?«

»Die Ziegen und Zicke sind weg.«

»Die kommen auch wieder. Spätestens wenn das Unwetter vorbei ist und sie Hunger haben.«

»Ich muss sie suchen.«

»Du bist völlig verrückt.«

»Ich kann sie nicht alleinlassen.«

»Das ist gefährlich. Ich bin froh, dass wir es heil bis zur Alm geschafft haben.«

»Zicke ist meine Freundin«, schrie Frieda und wollte hoch zum Waldrand. Max stellte sich vor sie und versperrte ihr den Weg.

»Frieda, ich bitte dich!«

»Lass mich!«

»Lass uns Alois rufen! Der ist hier zuständig.«

»Wie denn? Es gibt hier keinen Empfang, hast du das vergessen? Und überhaupt, bis er hier ist, dauert es ewig.«

»Egal. Du bleibst hier!«

»Ich lasse keine Freundin in der Not im Stich!«

»Das ist eine Ziege!«

»Das ist mir egal!«, schrie Frieda, wand sich aus Max' Griff und wollte hoch zum Waldrand rennen. Sie hoffte, dass die Ziegen dort Schutz gesucht hatten. Vielleicht hatten Ziegen ein zu kleines Hirn, um immer die richtige Entscheidung zu treffen, dachte sich Frieda. Aber Menschen haben ein viel größeres Gehirn und treffen auch oft falsche Entscheidungen, also daran konnte es wohl nicht liegen.

»Wenn du wegen einer Ziege sterben willst – meinetwegen, lass dich nicht aufhalten. So einen Blitzschlag überlebt man nicht unbedingt«, sagte Max und ließ Frieda zu ihrer eigenen Überraschung plötzlich los.

Frieda rannte einfach los. In den Regen und den Wind hinein. Sollte Max doch machen, was er wollte. Zicke war ja auch nicht seine Zicke.

»Ach, verdammt«, rief Max dann doch, und Frieda hörte selbst durch das Tosen des Sturms, wie er in tiefstem Bayerisch fluchend hinter ihr herrannte.

Frieda hatte gar nicht gewusst, dass Max so perfekt Bayerisch sprechen konnte.

Frieda hatte schon den Waldrand erreicht und lief laut rufend durch das Unterholz, als Max noch abgeschlagen auf der Almwiese hinter ihr herstapfte.

Hier im Wald waren Wind und Regen nicht mehr ganz so schlimm.

In diesem Augenblick war allerdings ein Donner zu hören, den Frieda bis ins Zwerchfell fühlen konnte.

Sie wischte sich das Wasser aus dem Gesicht. Von ihrer Wimperntusche war sicher jetzt überhaupt nichts mehr übrig, auch wenn die eigentlich wasserfest war. Erst der See und jetzt das Wasser von oben. Egal. Jetzt war wirklich nicht der richtige Zeitpunkt für Eitelkeiten.

»Zicklein, Zicklein ... kleine Zicke ... komm, komm zu mir ...« Frieda rief lockend in das Gebüsch hinein, während sie sich weiterkämpfte. Sie suchte in den Taschen ihrer Jacke nach einem Alpenkräuterbonbon und fand tatsächlich noch zwei – wenn auch schon ziemlich aufgeweicht.

Frieda nahm sie heraus und ging weiter durch den Bergwald. Die Tannen rauschten und raunten im Wind, es war schattig, nass, dunkel und geheimnisvoll, und Frieda fühlte sich wie in einem von Grimms Märchen. Sie hoffte allerdings, jetzt nicht dem bösen Wolf zu begegnen.

»Du bist komplett verrückt«, sagte plötzlich Max hinter ihr.

Frieda zuckte zusammen.

»Wir werden die Ziegen hier nie finden. Die können überall und nirgends sein, vielleicht in einem anderen Waldstück, vielleicht sind sie aber auch schon wieder im Stall und lachen sich tot über uns beide.«

»Wir werden sie finden, wir müssen sie einfach finden«, sagte Frieda viel zuversichtlicher, als sie sich fühlte. Der Himmel wurde kurz von einem Blitz erleuchtet, und der Donner folgte sogleich. Das Gewitter schien direkt über ihnen zu sein. Aber wenigstens waren die Bäume viel höher als Menschen, und Frieda hoffte, dass der Blitz in die Tannen einschlagen würde und nicht in sie.

Frieda und Max gingen weiter durch den Wald. Von den Ziegen war nichts zu sehen, und Fährten lesen konnte Frieda leider nicht.

Der Regen prasselte herunter, und Frieda bemerkte, dass ihre Funktionsjacke dabei war, ihre teuer bezahlte Regenfestigkeit aufzugeben. Wasser rann ihr kalt den Rücken runter. Max war weiterhin von der Suchaktion nicht begeistert. Er war gerade auf dem feuchten Moos ausgerutscht und fast gestürzt. Als er damit fertig war, ein paar bayerische Flüche rauszuhauen, von denen Frieda zu ihrem Glück kein Wort verstand, sagte er: »Frieda, jetzt im Ernst: Bitte lass uns umdrehen, das Schlimmste am Unwetter ist sicher bald vorbei und …«

In diesem Augenblick hörte Frieda von rechts ein leises Meckern.

Zicke!

Und da sah Frieda auch schon die kleine Schwarze, die ihrerseits auch Frieda entdeckt hatte und mit ein paar großen Sprüngen zu ihr kam und sich klatschnass an sie drängte. Die vier anderen Ziegen standen dicht nebeneinander unter den überhängenden Zweigen einer Tanne.

Frieda beugte sich runter und umarmte Zicke.

»Da bist du ja, du Ausreißerin. Was machst du denn für Sachen!«

Sie gab ihr ein Alpenkräuterbonbon und hob die zitternde Zicke einfach auf ihre Arme.

Frieda drehte sich zu Max.

»Nimmst du die anderen bitte?«

»Auf meine Arme? Du spinnst, das sind vier Stück von denen.«

»Dann treib sie runter in den Stall.«

»Ich bin doch kein Ziegenhirte.«

»Stell dich nicht so an. Nimm einfach einen kleinen Ast, und los geht's. Du bist doch sonst so gerne der Bestimmer. Jetzt wäre der Moment, wo du dich in dieser Hinsicht mal so richtig austoben könntest.«

Max blickte sie an, als würde er ihr und Zicke gerade gerne einfach den Hals umdrehen.

Dann schüttelte er den Kopf, ging zum nächsten Baum und brach einen verdammt großen Ast ab.

»Der wird wohl reichen. Auf geht's, auf geht's, ihr Zimtzicken!« Max wedelte mit dem Ast, und tatsächlich rotteten die Ziegen sich zusammen.

Frieda ging, ohne sich noch mal umzublicken, mit Zicke auf dem Arm los.

Das Unwetter hatte mittlerweile leicht nachgelassen, aber Wind und Regen peitschten immer noch so stark, dass Frieda kaum Sicht hatte. Ihre beiden Arme hielten Zicke ganz fest, die sich auch völlig willig tragen ließ und nur leicht zitterte.

Ein Blitz schlug ein paar Hundert Meter entfernt in einen Felsen ein, und Frieda rannte schneller, als sie es jemals selbst für möglich gehalten hatte. Schließlich erreichten sie den Schutz der Hütte.

Frieda drückte die Tür mit der Schulter auf und ließ die kleine Schwarze runter auf den Boden in der Küche.

Zicke meckerte erleichtert, schüttelte sich leicht, sodass die Wassertropfen flogen.

Frieda zog ihre triefend nasse Jacke aus.

Untendrunter war es nicht besser.

Frieda war nass bis auf die Haut, so als wäre sie in voller Montur in den See gesprungen. Frieda hing die Jacke an den Haken an der Tür, da kam Max auch schon von draußen rein. Auch er war klatschnass und schüttelte sich.

»Die anderen Ziegen sind im Stall, und ich habe das Gatter mit einer Schnur fest verschlossen. Bist du jetzt zufrieden?«, fragte Max. Aus seinen Haaren liefen kleine Rinnsale runter bis zu seinem Hals.

Er sah jämmerlich aus, aber er hatte ihr geholfen.

»Ja. Danke! Du warst großartig. Und wir haben überlebt und Zicke auch«, sagte Frieda und gab Max, ohne eine Sekunde nachzudenken, einen Kuss auf die Wange.

Sie war einfach so erleichtert, im warmen und trockenen Innern der Hütte zu sein und Zicke und die anderen Ziegen in Sicherheit zu wissen.

Irgendwie – und Frieda hätte hinterher nicht sagen können, wie genau das passiert war und wer wie wann warum als Erster angefangen hatte. Sie bemerkte nur, dass sie und Max sich plötzlich richtig küssten.

Friedas Mund war auf den Mund von Max gewandert. Oder war es umgekehrt gewesen? Egal.

Frieda küsste Max, so wie sie ihn am Sonnwendfeuer geküsst

hatte. Ohne nachzudenken, denn es fühlte sich an wie die natürlichste Sache der Welt. Es fühlte sich so an, als hätten sie eigentlich nie aufgehört, sich zu küssen, damals nicht mit siebzehn und vor ein paar Tagen nicht nach dem Sonnwendfeuer.

Ganze Flüsse liefen weiterhin an Frieda runter, von ihren Haaren über ihre Arme, ihre Beine entlang.

Es machte daher absolut Sinn, diese komplett nassen Sachen auszuziehen. Schließlich musste sie ja irgendwie trocken werden.

Max half ihr beim Ausziehen. Frieda warf einfach alles von sich. Max tat es ihr nach.

Und noch bevor Frieda wirklich nachdenken konnte oder wollte, landete sie nackt mit Max in dessen Bett in dem kleinen Zimmer neben der Küche.

Draußen blitzte und donnerte es ein letztes Mal.

Frieda richtete sich auf. Max versuchte, sie zurück in seine Arme zu ziehen.

»Warte! Ich ...«

»Frieda! Was um alles in der Welt ist jetzt schon wieder los?«

»Das hier war nicht geplant!«

»Von mir auch nicht.«

»Ich weiß gar nicht mehr, wie das geht.«

»Das ist wie Fahrrad fahren, das verlernt man nicht.«

»Ich glaube, ich bin schon wieder Jungfrau!«

»Das ist medizinisch unmöglich, glaub mir.«

»Aber seelisch ... seelisch ist das durchaus möglich, und wer weiß ...«

Jetzt richtete sich auch Max im Bett auf. Er blickte Frieda mit einem Grinsen an.

»Frieda, ich denke, jetzt ist es an der Zeit, einfach mal die Klappe zu halten, meine Liebe.« Max verschloss Friedas Mund mit einem neuen Kuss und zog sie zu sich unter die Bettdecke.

Draußen hörte der Regen langsam auf, das Unwetter hatte sich verzogen, und die ersten Sonnenstrahlen wagten sich wieder hinter den Wolken hervor. Aber Frieda bemerkte nichts mehr davon.

Das Wetter war ja so was von egal.

19

Zwölf Stunden später wurde Frieda von einem leisen Gemecker geweckt.

Sie hatte nicht einfach nur geschlafen.

Sie war in einem völlig anderen Land gewesen.

Im Land der friedvollen und völlig entspannten bunten Dunkelheit.

Sie hatte noch nie so lange in ihrem Leben geschlafen oder zumindest in den letzten Jahren nicht. Sie hatte so tief und fest geschlafen, dass sie sich überhaupt nicht daran erinnern konnte, geschlafen zu haben. Sie hatte geträumt und wusste nicht mehr, was. Sie war hier gewesen und doch nicht hier.

Sie war völlig fassungslos.

Das also war Schlaf.

Echter, richtiger Schlaf.

Frieda hatte nach dieser Nacht das Gefühl, sie könnte tatsächlich Berge versetzen. So hatte sie sich seit ewigen Zeiten nicht mehr gefühlt.

Frieda war sehr angetan.

Vom Schlafen und von dem ganzen Rest.

Der Rest lag neben ihr.

Max.

Nackt und trocken und ziemlich laut schnarchend.

Wieder ertönte das leise Meckern aus der Küche.

Zicke! Sie hatte die kleine Ziege völlig vergessen. Die hatte sicher Hunger und Durst, und der Küchenboden war sicher übersät mit kleinen Kügelchen.

Frieda blickte noch mal auf Max.

Schlief sie vielleicht doch noch?

Träumte sie?

Max schnarchte laut auf, drehte sich zur Seite, und sein Arm landete mit Schwung schwer auf Frieda.

Das war kein Traum.

Frieda hob vorsichtig den Arm von Max hoch, legte ihn zur Seite und stand schnell auf. Zicke meckerte laut und empört, und das völlig zu Recht.

In der Küche sah es ziemlich wüst aus. Zicke hatte ein paar Zeitungen angeknabbert, es irgendwie geschafft, eine Dose mit Reis zu öffnen und umzuwerfen, und überall waren ihre kleinen Knödel verteilt.

Frieda seufzte auf im Angesicht des Chaos, das würde dauern, hier wieder Ordnung reinzubringen. Aber Frieda schimpfte nicht, sie hatte ein schlechtes Gewissen, schließlich hatte sie die Kleine gestern Nacht nach ihrer Rettung total vernachlässigt. Frieda gab Zicke ein Stück trockenes Brot und ließ sie raus in den Stall zu den anderen.

Dann machte sie sich daran, die Küche aufzuräumen und Frühstück zu machen.

Frühstück für zwei.

Wenig später war der Küchenboden sauber, Speck brutzelte auf dem Herd, Brot röstete im Backofen, die Kaffeekanne blubberte vor sich hin, und Frieda wollte gerade ein paar Eier in die Pfanne rühren, als die Tür aufging.

Frieda drehte sich freudig um, aber im Türrahmen stand nicht Max, sondern eine fremde Frau.

Deutlich jünger als Frieda und sehr chic gekleidet in diesem typischen etwas übertriebenen Münchner Bling-Bling-Chic, den Frauen mit viel zu viel Geld in der bayerischen Landeshauptstadt gerne tragen. In jedem Fall war es absolut unpassende Kleidung für die Berge, die Bundfaltenhose und die Seidenbluse hätten besser in ein Büro gepasst, und mit den schicken Stiefeletten würde die Dame hier oben auch nicht weit kommen. Sicher eine Touristin, die sich komplett verlaufen hatte.

»Guten Morgen«, sagte die Touristin.

»Guten Morgen. Kann ich Ihnen irgendwie weiterhelfen? Haben Sie sich verlaufen?«, fragte Frieda neugierig.

»Ich glaube nicht. Das hier ist doch die Geisser-Alm, oder nicht?«

»Ja. Das ist sie«, antwortete Frieda irritiert. »Ich hoffe, Sie haben die Alm nicht gerade über Airbnb gemietet, denn sie ist schon doppelbelegt. Da ist schon bei meiner Buchung etwas komplett schiefgelaufen.«

»Dass die Alm doppelbelegt ist, kann ich sehen.« Die Frau blickte Frieda seltsam an, und Frieda bemerkte erst jetzt, dass sie nur Unterwäsche und ein Pyjamaoberteil von Max anhatte. Vorhin hatte sie einfach keine Lust gehabt, nach oben zu gehen, Zicke musste ja dringend raus, und ihre Kleidung war überall auf dem Boden verstreut und immer noch etwas klamm gewesen.

»Entschuldigen Sie meinen Aufzug, aber ich habe ja keinen Besuch erwartet«, sagte Frieda ziemlich spitz, die Frau war mehr als merkwürdig, und Frieda wollte sie am liebsten schnell wieder loswerden. »Schließlich sind Sie ja gerade einfach hier unangemeldet in eine Almhütte eingedrungen und ...«

»Und ich würde gerne meinen Mann sprechen ...«

In diesem Augenblick ging die Tür der Küche erneut auf, und ein völlig verschlafener Max stand, nur mit Pyjamahosen bekleidet, in der Tür.

»Das riecht aber ...« Weiter kam Max nicht, dann starrte er die Frau an.

Die Frau blickte Max an.

Und Frieda wusste nicht, zu wem sie jetzt eigentlich gucken sollte.

»Da bist du ja«, sagte die Frau endlich zu Max.

»Was machst du hier?«, fragte Max, und Frieda konnte sehen, wie erschrocken er über die Anwesenheit der Frau war.

»Ich wollte nur mal sehen, wo und vor allem mit wem sich mein Mann so rumtreibt, wenn er wochenlang nicht mehr nach Hause kommt.«

»Julia, ich ... wir ... du solltest nicht hierherkommen.«

»Und du solltest nach Hause kommen. So löst man in jedem Fall keine Eheprobleme.«

»Eheprobleme?«, fragte Frieda, die sich fühlte, als wäre sie in dichten Nebel geraten, was daran liegen konnte, dass hinter ihr auf dem Herd gerade der Speck anbrannte und erste Rauchwolken aufstiegen.

»Frieda, das ... es tut mir leid, ich hätte ...«, sagte Max.

»Ich hätte es mir denken können«, sagte Julia mit einem kurzen Seitenblick zu Frieda.

»Ich hätte es mir auch denken können«, sagte Frieda und zog mit einer Bewegung die schwere gusseiserne Pfanne vom Herd, bevor die Hütte in Flammen aufgehen würde.

Für eine Millisekunde überlegte sie, die Pfanne Max einfach überzuziehen. Verdient hätte er es.

Dann ließ sie die Pfanne doch auf dem Herd, drehte sich um und ging an Max vorbei zur Tür.

»Frieda, ich …«, hörte Frieda Max noch sagen, bevor sie die Tür ganz langsam hinter sich zuzog.

Dann ging sie nach oben und zog sich in Windeseile an.

Egal was.

Sie musste raus hier.

Sofort.

Unten begann gerade ein Krieg, bei dem keine Gefangenen gemacht wurden.

Max und seine Frau schrien sich so laut an, dass die Berge rundherum anfingen zu wackeln.

Oder war es nur Friedas kleine Welt, die gerade gefährlich ins Wanken geraten war?

20

Frieda hatte sich noch nie in ihrem Leben so schnell angezogen.

Irgendeine Hose, ein T-Shirt, die Bergschuhe. Frieda griff noch schnell nach einer Jacke, dann rannte sie auch schon die kleine Holztreppe hinunter und zur Tür raus.

Gerade als sie draußen losstürmen wollte, hielt Max sie plötzlich am Arm fest. Er trug immer noch nur seine Pyjamahose – ein Detail, das sich irgendwie in Friedas Augen festbrannte.

»Wo willst du hin?«

Frieda versuchte seinen Arm abzuschütteln. Vergeblich.

»Lass mich.«

»Frieda, ich ...«

»Ich will nichts hören.«

»Aber du musst mir ...«

»Du musst mich loslassen. Sofort.«

»Du kannst in diesem Zustand nicht auf den Berg rennen.«

»Ich kann machen, was ich will.«

»Frieda, ich ... es ...«

»Es ist besser, du sagst jetzt nichts mehr.«

»Frieda, bleib bitte, ich … wir …«

Frieda blickte Max direkt in die Augen. Etwas, das sie im Moment unglaubliche Kraft kostete. Wenn Blicke töten könnten, würde Max jetzt einfach tot umfallen.

Leider passierte das nicht. Frieda war eben nicht eine von diesen Comicfiguren mit übernatürlichen Kräften, auch wenn sie sich gerade unfassbar lächerlich fühlte. Aber unfassbar lächerlich sein war anscheinend keine so tolle Superkraft.

»Wenn du mich nicht sofort loslässt …«

»Ich …«

Max hielt ihren Arm immer noch fest. Hinten vom Stall hörte Frieda das Meckern von Zicke und den anderen.

»Arsch. Du hast nicht nur deine Frau betrogen, sondern auch mich«, sagte Frieda sehr leise und blickte Max weiterhin in die Augen.

Max ließ plötzlich kraftlos ihren Arm los.

Frieda drehte sich um und lief, so schnell sie konnte, den Berg hoch.

Nur weg von hier.

Weit, weit weg von hier.

Von der Alm.

Und vor allem von Max.

Frieda war vollkommen außer sich.

Wie konnte er!

Wie konnte sie!

Sie stürmte den Berg hoch, ohne darauf zu achten, wohin sie überhaupt lief. Nur weg von diesem ganzen verdammten blöden Scheiß.

Steinchen kullerten den Berg runter. Frieda trampelte, taumelte, rannte und wütete regelrecht den Berg hoch.

Gerade wusste sie überhaupt nicht, auf wen sie mehr sauer war. Auf Max, diesen Arsch, oder auf sich selbst, diese blöde Kuh, die mal wieder auf Max reingefallen war.

Was hatte sie sich nur gedacht?

Dass es in ihrem Alter mit ihrem alten Schwarm ein Happy End geben würde? Mit Musik und Sonnenuntergang und ewiger Liebe wie in den Filmen? Mit einem Mann wie Max, der schon damals alles flachlegte, das nicht bei drei auf den Bäumen war. Und der damit auch offensichtlich nie aufgehört hatte und immer wieder Frauen fand, die auf ihn hereinfielen. Wahrscheinlich würde Max selbst im Altersheim noch jedem Rollator mit Rock nachjagen.

Einmal Womanizer, immer Womanizer.

So bescheuert konnte doch selbst sie nicht sein.

Doch, konnte sie. So vollkommen bescheuert war sie ganz offensichtlich.

Scheißkerl, dachte Frieda und schrie es laut in die Berge.

»Scheißkerl!!!«

» ...kerl, ...kerl, ...kerl«, schallte das Echo zurück und ließ leider den wichtigsten Teil des Wortes aus.

Frieda war gerade an dem kleinen See angekommen, wo sie vor ein paar Stunden in einem anderen Leben mit Max gebadet hatte.

Der Anblick des türkisfarbenen Wassers, das wie immer einladend in der Sonne glitzerte und so tat, als wäre seit Friedas Eintauchen gar nichts, aber auch überhaupt gar nichts passiert, brachte Frieda noch mehr aus der Fassung. Erinnerungsfetzen an gestern, an das Picknick, das Gewitter und die Nacht rannten wild durch ihren Kopf.

»Arsch!«, schrie Frieda wieder in die Berge.

Das Echo schwieg.

Arsch war offensichtlich kein gutes Wort für ein Echo.

Aber ein gutes Wort für Max.

»Depp!«

» ...epp, ...epp, ...epp.«

»Wixxxxxer!«

» ...er, ...er, ...er«, antworteten die Berge.

»Idiot!«

» ...ot, ...ot, ...ot.«

»Wie blöd kann man sein?«, fragte Frieda das Echo, obwohl sie die Antwort ja kannte.

» ...ein, ...ein, ...ein, ...ein«, sangen die Berge.

Frieda schrie vor Wut und Enttäuschung alles raus, und das Echo schrie und schallte zurück, als ob die Berge ihre Wut und ihre Enttäuschung verdoppeln und verdreifachen würden.

Irgendwann hatte Frieda genug geschrien.

Sie war schon fast heiser, aber immer noch vollkommen aufgewühlt.

Frieda holte tief Luft. Sie musste weiter. Weiter nach oben. Sich wieder bewegen. Sie brauchte noch mehr frische Luft und noch mehr Höhe. Sie brauchte Klarheit. Über sich selbst, über Max und darüber, wie es weitergehen würde. Also, mit Max würde natürlich nichts weitergehen, aber ihr Leben würde weitergehen. Ohne Max. War ja vorher auch ohne Max gegangen.

Und vielleicht würde sie einfach weitergehen und die Alpen überqueren, bis sie unten in Italien rauskommen würde. Das machten doch manche Menschen, laufen, einfach laufen, bis man den ganzen Scheiß, den ganzen Ballast hinter sich gelassen hat.

Frieda marschierte los.

Im Moment war es ihr völlig egal, dass sie weder einen Rucksack noch eine warme Jacke oder sonst etwas für eine Wandertour dabeihatte.

Unten auf der Alm schrien Max und Julia sich weiter an.

»Du warst die ganze Zeit mit deiner Geliebten hier oben. Wie unfassbar geschmacklos. Und mir erzählst du was von wegen, du brauchst eine Auszeit und musst mal für dich alleine sein.«

»Frieda ist nicht meine Geliebte.«

»Was ist sie dann?«

»Sie ist ... sie ist ...« Max konnte diese Frage nicht beantworten, er hatte sie sich selbst ja noch nie gestellt.

»Hast du mit ihr geschlafen? Ja oder nein?« Julia starrte ihn an, und zum zweiten Mal an diesem Tag erntete Max einen mehr als tödlichen Blick.

»Ja«, sagte Max einfach.

Julia starrte ihn mit aller Verachtung in ihrem Blick an, die sie aufbringen konnte.

Max drehte sich um und ging zur Tür raus.

Julia blieb alleine in der Küche zurück.

Die Eier waren kalt.

Der Speck und das Brot im Ofen total verbrannt.

Frieda lief und lief und lief und lief.

Es war, als ob ihre Beine auf Autopilot waren.

Sie wusste nicht, wie lange sie schon so gelaufen war oder wo sie überall gewesen war. Sie war über Almwiesen gegangen, durch Wald und sogar über eine Kuhweide, ohne dass die Kühe ihr zu nahe gekommen waren.

Frieda war immer noch außer sich. Die Kühe wussten, bei wem sie besser auf Abstand blieben.

Hauptsache laufen, damit ihre Gedanken und Gefühle sie nicht einfach überrannten.

Irgendwann bemerkte Frieda, dass es schon Nachmittag war und sie Hunger hatte. Sie hatte aus einem Bach getrunken und einmal sogar aus einer Viehtränke. Aber jetzt brauchte sie langsam was zu essen. Der Rucksack und ihr Handy lagen in der Hütte. Sie hatte noch nicht mal Geld dabei. Frieda durchwühlte die Taschen ihrer Jacke und fand zu ihrer Erleichterung noch einen Zwanzigeuroschein in einer der Innentaschen. Das würde für eine warme Mahlzeit auf einer bewirtschafteten Alm reichen.

Zu ihrer eigenen Überraschung stand sie irgendwann an dem Grat, den sie schon einmal auf allen vieren überquert hatte. Sie hatte keine Ahnung, wie sie hierhergekommen war, ihre Beine waren einfach immer weiter gelaufen, während in ihrem Kopf Chaos herrschte.

Frieda zögerte einen Augenblick. Der Weg vor ihr sah immer noch beeindruckend aus. Rechts und links ging es ziemlich in die Tiefe. Aber Frieda wusste, dass kurz hinter dem Grat ein kleines Stück den Berg runter eine bewirtschaftete Alm auf sie wartete, mit Semmelknödelsuppe und Kaiserschmarren. Friedas Magen knurrte beim Gedanken an das Essen.

Frieda blickte ans Ende des Weges, dort, wo der Grat zu Ende war und sich wieder in einen normalen Weg verwandelte, der sich langsam den Berg nach unten zurück zur Alm schlängelte.

Frieda holte tief Luft.

Diesmal würde sie einfach so über den Grat gehen.

Aufrecht und gerade.

Furchtlos.

Eine Frau, die wusste, was sie wollte – also zumindest wusste Frieda, dass sie runter auf die Hütte und was essen wollte.

Was sie dann wollte, würde sie beschließen, wenn ihr Magen

wieder voll war und ihr Gehirn leer. Oder war es besser umgekehrt?

Frieda konnte nicht mehr denken. Sie fühlte sich seltsam leer. Sie hatte so viel geschrien, sie war so weit gelaufen, und sie hatte solchen Hunger.

Also ging sie einfach los. Es fühlte sich ein wenig so an, wie auf einem Seil zu gehen, um Frieda herum war viel Luft und Himmel. Zumindest fühlte sich das so an.

Als sie ungefähr in der Mitte des Grats angekommen war, wurde Frieda etwas schwindelig. Kein Wunder, dachte sie, schließlich hatte sie noch nicht mal gefrühstückt, und mittlerweile war es sicher schon fast vier Uhr. Sie musste einfach noch ein Stückchen weiter gehen, dann hätte sie es geschafft. Frieda versuchte sich mit dem Gedanken an Kaiserschmarren von dem Schwindel abzulenken. Ihr Blutzucker war einfach unten, und im Notfall könnte sie ja wieder den Rest des Wegs auf allen vieren ...

In diesem Augenblick machte Frieda einen falschen, unsicheren Schritt. Ihre Welt geriet ins Wanken, Frieda verlor den Halt, ihre Füße knickten ein oder weg, oder es waren ein paar lockere Steine, die sich unter Friedas Füßen lösten.

Frieda ruderte noch etwas mit den Armen, um sich irgendwo festzuhalten, aber da war nur Luft und kein Seil, und die Luft ließ sich einfach nicht festhalten. Und dann fiel Frieda den Berg runter, fiel in ein tiefes schwarzes Loch.

21

Als Frieda wieder wach wurde, gab ihr jemand Zungenküsse mit einer sehr rauen Zunge mitten auf die Wange und zupfte an ihren Haaren herum.

Frieda öffnete vorsichtig die Augen. Sie bekam kaum Luft, jeder Atemzug tat entsetzlich weh.

Sie blickte direkt in die Augen von Max. So ein schönes warmes Braun mit goldenen Sprenkeln. Wie konnte so ein Mistkerl so schöne Augen haben?

Max' Augen waren allerdings gerade das Letzte, was sie sehen wollte.

War sie tot?

War das jetzt die Hölle oder der Himmel?

Frieda konnte sich nicht so richtig entscheiden.

»Gott sei Dank, du bist wach«, sagte Max, und Frieda konnte sich überhaupt nicht daran erinnern, dass sie geschlafen hatte. Sie war doch auf dem Berg gewesen. Sie hatte Hunger. Max war ein Arsch. Das war alles, was sie wusste.

Frieda stöhnte auf, als ihr ein paar Dinge wieder einfielen. Ihr war nicht ganz klar, was ihr gerade mehr wehtat, ihr Körper oder ihr Kopf oder ihr Herz.

Sie hörte wieder ein leises Meckern. Wieso war Zicke hier? Hatte sie die nicht vorhin in den Stall gebracht? War die kleine Schwarze schon wieder ausgebüxt?

Und dann wurde sie einfach hochgehoben von starken Männerhänden und wieder abgelegt. Es tat verdammt weh.

Max war immer noch neben ihr und hielt ihre Hand. Frieda machte einen vergeblichen Versuch, ihm ihre Hand zu entziehen, aber sie war viel zu schwach dafür.

Und dann ertönte ein furchtbarer Lärm und Frieda flog.

Sie drehte ihren Kopf zur Seite – sie flog tatsächlich. Sie fühlte, wie sie langsam nach oben schwebte. Es war wie in ihrem Traum, den sie gehabt hatte, bevor sie fast »Friedas Fritten« in Brand gesteckt hatte.

Sie war wohl doch tot und jetzt ein Engel, denn nur Engel konnten so schön fliegen. Der Wind rauschte um sie herum, sie hörte das Schlagen von Flügeln.

Frieda schwebte erst ein paar Meter über dem Boden, und dann höher und höher und höher. Sie konnte die Almwiesen sehen, den Wald, sie flog direkt über ihre kleine Alm hinweg, und die Ziegen sahen aus, als wären sie kleine Schleichtiere, die sie früher für ihren Sohn gekauft hatte.

Ihr Sohn! Frieda erschrak für einen Augenblick. Sie durfte nicht tot sein, das ging doch gar nicht, Jakob brauchte sie doch noch, er tat immer nur so erwachsen, und dabei war er doch noch ein Kind.

Frieda versuchte einen Moment lang, sich zu wehren, aber dann pikste sie etwas, und Frieda schwebte weiter über der Welt und den Dingen, und Max hielt weiter ihre Hand und tauschte viele Worte mit anderen Menschen aus. Frieda war das alles egal.

Eine wohlige Wärme breitete sich in ihr aus, und Frieda war sich für einen Moment sicher, dass das hier jetzt doch der Himmel sein musste.

Ihr armer Sohn! Annie würde sich hoffentlich gut um ihn kümmern.

Frieda warf einen letzten Blick auf die Erde, sie flog langsam ins Tal, der Wind rauschte und raunte weiter, und dann schlief Frieda einfach ein.

Im Himmel gab es offensichtlich keine Schlafstörungen.

Wenigstens ein wirklich positiver Aspekt, dachte Frieda noch, und dann war sie vollkommen weg.

Als sie wieder wach wurde, strahlte helles Licht in ihre Augen. Alles war weiß. Genauso hatte sie sich den Himmel als Kind immer vorgestellt. Alles war weiß, und der liebe Gott trug ein Nachthemd und hatte einen langen weißen Bart.

Und dann sah Frieda sich um. Das war nicht der Himmel, auch wenn sie selbst ein Nachthemd trug.

Das hier war ein Krankenzimmer.

In diesem Augenblick kam auch schon eine Krankenschwester rein.

»Guten Morgen! Schön, dass Sie wach sind. Wie fühlen Sie sich?«

»Guten Morgen. Wo bin ich? Und wieso bin ich hier?«

»Sie sind in der Kreisklinik Berchtesgaden. Sie sind gestern mit dem Rettungshubschrauber eingeflogen worden. Ein Herr Max Schröder, der offensichtlich auch Arzt ist und schon auf dem Berg erstklassige Erste Hilfe geleistet hat, hat Sie gefunden und die Bergrettung gerufen. Sie sind abgestürzt und haben verdammtes Glück gehabt. Eine heftige Gehirnerschütterung, ein paar Rippen gebrochen, deshalb tut das Atmen weh, jede Menge

Prellungen, aber das wird alles wieder, wie durch ein Wunder ist nichts Schlimmeres passiert. Aber ein paar Tage behalten wir Sie schon noch hier. Nachher ist Visite, die Ärztin wird Ihnen alles Weitere erklären.«

Abgestürzt? Frieda versuchte sich an die letzten Stunden zu erinnern, aber da waren keine klaren Gedanken. Das Letzte, was ihr einfiel, war das Echo. Und dass sie wütend auf Max war. Und auf sich selbst.

»Ich kann mich nicht so richtig erinnern.«

Die Krankenschwester schüttelte ihre Bettdecke auf.

»Das kann vorkommen nach einer starken Gehirnerschütterung. Das wird wieder. Wir haben Ihren Notfallkontakt in Berlin angerufen, sie ist schon auf dem Weg, und draußen wartet ein Freund darauf, dass Sie wach werden.«

»Ich habe keinen Freund«, sagte Frieda schnell.

Dieser Freund konnte ja nur Max sein, und der letzte Mensch, den sie im Moment sehen wollte, war Max. Frieda richtete sich auf, es tat verdammt weh. Das also waren ein paar gebrochene Rippen. Es fühlte sich eher an, als wäre ihr ganzer Oberkörper gebrochen.

»Aber natürlich hast du einen Freund. Und eine kleine schwarze Freundin, wie sich herausgestellt hat.« Alois kam mit großen Schritten zur Tür rein. Frieda war froh, dass es nicht Max war.

Alois hatte tatsächlich einen kleinen Strauß Almblumen in der Hand. Hier in der etwas sterilen Umgebung wirkte Alois mit all seiner Kraft, den Muskeln, den Lederhosen und den klobigen Bergschuhen ziemlich deplatziert. Aber Alois schien das noch nicht mal zu bemerken, und selbst wenn, war es ihm wahrscheinlich vollkommen egal. Alois steckte die Blumen einfach in das

Wasserglas, das neben Friedas Bett stand, und schnappte sich einen Stuhl.

»Du machst echt Sachen, meine Liebe!«

»Das war ja keine Absicht!«

»Das war in jedem Fall ziemlich knapp. Du hast mir einen ziemlichen Schrecken eingejagt. Es gibt Menschen, die kommen nicht mehr runter vom Berg. Also nicht mehr so ganz, in einem funktionierenden Stück. Wie bist du auf die Idee gekommen, ganz allein da entlangzulaufen – völlig ohne richtige Bergerfahrung. Du hättest mich fragen können, wenn du dich in Lebensgefahr begeben wolltest. Ich kenne da ein paar Wege, da würden sie dich gar nicht mehr finden. Egal, ob lebendig oder tot.«

»Ich wollte nur etwas frische Luft schnappen«, presste Frieda halbherzig hervor.

Alois blickte sie streng an.

»Ich hab übrigens gestern die Frau von Max kennengelernt. Ließ sich leider nicht vermeiden. Ich schätze mal, so viel frische Luft, wie du gestern hättest gebrauchen können, gibt's in den ganzen Alpen nicht.«

Frieda seufzte auf. Bald würde wohl ganz Berchtesgaden wissen, was für eine naive Kuh sie war.

»Was weißt du sonst noch so?«, fragte Frieda etwas kläglich.

»Nichts. Mehr muss ich auch nicht wissen. Ich bin froh, dass dir nicht wirklich was passiert ist.«

»Ich bin eine dämliche Kuh.«

»Hör auf, Kühe zu beleidigen. Das sind ganz intelligente und warmherzige Tiere und ganz sicher alles andere als dämlich. Und im Übrigen hat dich im Grunde genommen eine Ziege gefunden, die kleine Schwarze. Sie ist ausgebüxt und Max hinterhergelaufen, als er dich gesucht hat. Und sie hat Max die Stelle gezeigt, wo du lagst. Wer weiß, ob sie dich sonst so schnell gefunden hätten.

Und so eine Nacht verletzt auf dem Berg allein zu verbringen ist kein Vergnügen, glaub mir.«

»Ich werde nie wieder alleine so auf dem Berg rumkraxeln, ich geh sowieso überhaupt nie wieder auf irgendwelche Berge. Ich habe die Nase gestrichen voll davon. Von Bergen und Gipfeln und frischer Luft und Almen und überhaupt. Das war alles von Anfang an eine Schnapsidee.«

Alois lächelte bloß.

»So schnell wird man die Berge nicht mehr los, meine Liebe, das wirst du auch noch bemerken. Übrigens habe ich dir ein paar Sachen mitgebracht.«

Alois öffnete seinen Rucksack und zauberte ihr Handy, das Aufladekabel, einen Schlafanzug, zwei BHs und ein paar Slips hervor.

Frieda wusste nicht genau, ob ihr das peinlich sein sollte. Ihr rosa Spitzenslip sah etwas seltsam aus in Alois' kräftigen Händen. Passenderweise verfärbten sich auch Friedas Wangen in ein sanftes Rosa.

Alois packte alles ganz pragmatisch in die Schublade des Nachtkästchens, ganz so, als würde er jeden Tag die Unterwäsche einer doch eher fremden Frau aufräumen.

»Ähm, danke. Sehr lieb von dir«, sagte Frieda.

»Ich dachte, du kannst das alles gebrauchen, du willst ja nicht unbedingt im Krankenhaushemd allen deinen süßen Po zeigen.«

»Wieso weißt du, wie mein Po aussieht und wie süß der ist?«, fragte Frieda erstaunt.

»Du kannst dich nicht mehr so gut an die letzten Stunden vom Sonnwendfeuer erinnern, oder?«

Frieda schüttelte den Kopf, und aus dem Rosa wurde ein kräftiges Rot. Knallrot.

Sah bestimmt gut aus zum weißen Krankenhausnachthemd.

22

Am nächsten Tag hatte Frieda immer noch verdammte Schmerzen im Brustkorb, und das würde wahrscheinlich noch eine ganze Weile so bleiben. Bei gebrochenen Rippen konnte man leider nicht viel machen, außer abwarten und Schmerzmittel nehmen.

Frieda sollte allerdings laut ärztlichem Rat die nächsten Wochen möglichst auf Lachen und Husten verzichten.

Kein Problem.

Nach Lachen war Frieda sowieso nicht zumute.

Wenigstens hatte sie keine allzu starken Kopfschmerzen mehr. Die behandelnde Ärztin war bei der Visite zufrieden mit ihr gewesen, wollte sie aber wegen der Gehirnerschütterung doch noch etwas länger zur Beobachtung im Krankenhaus behalten.

Das passte Frieda so gar nicht.

Sie wollte am liebsten sofort aus dem Krankenhaus raus und zurück nach Berlin. Dorthin, wo sie hingehörte.

In eine Großstadt, in der man auf einem breiten Bürgersteig einfach geradeaus gehen konnte, völlig ohne Hoch und Runter, ohne Abgründe, ohne Steinschlag, ohne Schwindelanfälle, mit viel frischer Abgasluft und mit einer Dönerbude oder einem kleinen Vietnamesen alle paar Hundert Meter.

Ach! Wie sehnte sich Frieda gerade nach Berlin.

Frieda blickte aus dem Fenster.

Sie konnte von ihrem Bett aus die Berge sehen.

Frieda hätte am liebsten die Vorhänge zugezogen.

Aber die Ärztin hatte ihr strenge Bettruhe verordnet. Möglichst wenig Bewegung, damit ihr Kopf wieder zur Ruhe kommen konnte.

Also blickten die Berge weiterhin zu Frieda ins Zimmer hinein.

Frieda versuchte, sie zu ignorieren, und griff nach einer Zeitschrift, die ihr die Krankenschwester netterweise vorbeigebracht hatte.

Ihr Handy klingelte. Ihr Sohn war dran. Videoanruf.

Frieda zögerte einen Moment. Was sollte sie Jakob sagen?

Schließlich ging Frieda doch ran. Ihr Sohn war weit genug weg, er musste ja nicht alles wissen, Frieda konnte zwar nicht gut lügen, aber sie konnte ganz gut nicht die ganze Wahrheit sagen. Nichts schien Frieda unpassender, als mit ihrem Sprössling ihre Liebesprobleme zu besprechen.

»Gott sei Dank, endlich gehst du ran. Ich habe es gestern schon versucht, aber ich hatte keine gute Verbindung, ich bin gerade auf einer kleinen Insel in Malaysia, aber ich kann in sechsunddreißig Stunden bei dir sein«, sagte Jakob, der offensichtlich gerade an einem Strand war. Hinter ihm sah Frieda eine palmgedeckte Strandbar. Jakob war braun gebrannt und hatte sich einen Bart wachsen lassen, Frieda hatte Mühe, in dem kleinen Bild auf ihrem Handy ihren Jungen wiederzuerkennen. Er sah aus wie ein fremder Mann mit einer vagen Ähnlichkeit mit dem Kind von früher.

»Du bleibst, wo du bist. Mir geht es gut, in drei Tagen komm ich raus. Es macht also keinen Sinn, wenn du die halbe Welt umrundest. Bis du hier bist, haben die mich schon wieder rausgeworfen«, sagte Frieda, die überhaupt nicht wusste, wann genau sie entlassen werden sollte.

»Aber Mama, du liegst im Krankenhaus«, sagte der junge Mann und nahm einen Schluck von etwas, das wie ein Drink aussah. Alkohol mitten am Tag bei über dreißig Grad im Schatten – Friedas Mutterseele versuchte sich gerade etwas bemüht aufzuregen. Wenigstens war es kein Joint.

»Woher weißt du, dass ich hier bin?«

»Annie hat mich angerufen.«

»Ich hab ihr gesagt, sie soll das lassen. Es ist nur eine kleine Gehirnerschütterung.«

Die Diskussion ging noch eine Weile hin und her, aber Frieda hatte das Gefühl, dass Jakob doch ganz erfreut war, seine Reise jetzt nicht abbrechen zu müssen. Allerdings endete das Gespräch mit einem »Mama, ich liebe dich« von Jakobs Seite.

Frieda war verblüfft, das hatte sie jetzt ungefähr die letzten acht Jahre nicht mehr gehört. Was ein echter Junge war, der gab spätestens ab vierzehn nicht mehr zu, dass er seine Mutter liebte. Darauf musste man als Mutter eines Jungen dann ein paar Jahre, Jahrzehnte oder Jahrhunderte warten, aber dann kam es mit voller Wucht zurück. Frieda hatte das bei anderen männlichen Wesen schon erlebt.

Männer taten sich einfach schwer mit dem ganzen Gefühlszeug, daran war wohl nicht wirklich was zu ändern.

Frieda legte auf. In diesem Moment ging die Tür auf. Frieda blickte neugierig auf, sie dachte, es sei Alois. Der wollte ihr noch eine ihrer Hosen vorbeibringen.

Aber da im Türrahmen stand Max.

Frieda konnte nicht fassen, dass er sich überhaupt hier ins Krankenhaus in ihr Zimmer traute.

Frieda richtete sich unter Mühen und Schmerzen im Krankenbett auf und versuchte, dabei nicht das Gesicht zu verziehen. Max zu zeigen, wie elend sie sich gerade fühlte, kam auf keinen Fall infrage.

»Was willst du hier?«, fragte Frieda.

»Ich wollte nach dir sehen.«

»Raus.«

»Frieda, ich ... wir müssen miteinander reden.«

»Das müssen wir ganz sicher nicht«, sagte Frieda und versuchte sich noch etwas gerader hinzusetzen, was in diesem blöden Krankenbett nicht einfach war. Am liebsten wäre sie aufgesprungen, um ihn zu vertreiben. Aber sie wusste, wie weh es schon tat, sich zur Toilette zu schleppen. Wenn sie aufstand, wurde ihr schwindelig und ihr Kopf fing gemein an zu pochen.

»Frieda, es tut mir leid, das hätte so nicht passieren sollen. Ich hatte keine Ahnung, dass Julia auf die Alm kommen würde und ...«

Als Antwort warf Frieda einfach ein Buch nach ihm, das sie heute Morgen aus der mobilen Klinikbibliothek ausgeliehen hatte. Eine ehrenamtliche Mitarbeiterin war mit einem Wägelchen voller Bücher von Station zu Station gegangen.

Frieda hatte sich in der nicht besonders großen Auswahl »Die Sennerin vom Rosenhof« ausgesucht. Totaler und vollkommener Bergroman-Kitsch. Die Sennerin war in den Jäger verliebt, musste aber den reichen Bauern heiraten, unterhielt daher eine heimliche Affäre mit dem Mann mit dem Gewehr und war gerade schwanger, ohne zu wissen, von wem jetzt genau. Frieda hatte das Buch in den letzten Stunden verschlungen. Es war so kitschiger Herzschmerz – dabei konnte Frieda wenigstens wunderbar weinen und sich von ihrem eigenen Liebeskummer ablenken. Hoffentlich hatte sie von der ganzen Heulerei keine roten Augen mehr. Sonst würde Max sich noch einbilden, sie würde wegen ihm heulen.

Max duckte sich, als das Buch angeflogen kam. Aber das wäre überhaupt nicht nötig gewesen, das Buch landete weit von seinem Kopf entfernt über dem Türrahmen. Frieda war noch nie eine gute Werferin gewesen.

»Frieda, ich bitte dich …«, sagte Max und machte einen vorsichtigen Schritt auf sie zu.

Frieda griff neben sich nach ihrer Kulturtasche.

Die Tasche klatschte knapp an Max vorbei und knallte auf den Boden. Es klirrte, und ein angenehmer Duft breitete sich aus. Frieda nahm an, dass gerade der Flakon mit dem sauteuren Parfüm kaputtgegangen war, das Annie ihr zum Geburtstag geschenkt hatte.

Aber das war es wert.

Frieda schnappte nach Luft. Mit gebrochenen Rippen tat Werfen verdammt weh.

Aber Max blieb auf der Stelle stehen und starrte irritiert auf den Beutel.

Schon besser.

»Spinnst du? Ich habe dir das Leben gerettet, und jetzt versuchst du mich umzubringen.«

»Das war Zicke, die mich gerettet hat, Alois hat es mir erzählt«, meinte Frieda und griff nach ihrem Handy – das Ding war zwar ziemlich neu, aber auch das war es wert.

Frieda zielte, warf und traf Max tatsächlich am Kopf. Ein absoluter Zufallstreffer.

»Autsch!« Max hielt sich die Stirn. Frieda hoffte auf eine dicke Beule. Und darauf, dass ihr Handy überlebt hatte.

»Raus hier. Hau ab. Ich will dich nie mehr wiedersehen«, schnauzte Frieda ihn an.

»Frieda, bitte, ich …«

Als Antwort griff sie nach dem Wasserglas mit den Alpenblümchen von Alois, das neben ihrem Bett stand. Sie überlegte einen Moment, ob sie mit oder ohne Blumen werfen sollte. Sie entschied sich schließlich, die Blümchen vorher zu entfernen. Was konnten die armen Blumen dafür, dass Max so ein Arsch war.

Frieda holte die Blumen aus dem Glas, legte sie vorsichtig auf den Nachttisch und hob das Glas.

Max blickte sie entgeistert an.

Frieda holte aus.

Max drehte sich um und schloss schnell die Tür hinter sich. Friedas Arm sank langsam wieder an ihre Seite.

Verdammt. Ihr tat alles weh.

Frieda schossen wieder Tränen in die Augen. Sie versuchte sie wegzublinzeln.

Sie war allein im Krankenzimmer.

Alles war weiß und friedlich.

Nur in Frieda drin, da war alles rot und wütend.

»In der Ostsee kann man ertrinken«, sagte Frieda wenig später zu Annie.

Annie war zwei Stunden nach Max in Friedas Zimmer geschneit. Annie war außer sich vor Sorge, und seit sie hier war, war sie dabei, Frieda den Kopf zu waschen. Also nur im übertragenen Sinne, obwohl ihre Haare eine Wäsche dringend nötig gehabt hätten. Aber das war derzeit unmöglich mit der Gehirnerschütterung – Frieda hatte seit dem Besuch von Max fette Kopfschmerzen und wollte eigentlich nur allein sein. Aber Annie war über sechshundert Kilometer von Berlin hierhergefahren, und das sicher nicht, um Frieda schnarchen zu sehen. Sondern um sich wie Friedas Mutter aufzuführen, dachte Frieda gerade undankbarerweise.

»Du kannst ganz hervorragend schwimmen. Du wärst sicher nicht ertrunken, wenn du die Kur gemacht hättest, wie ich dir gesagt habe, stattdessen musst du in die Berge, und du bist abgestürzt. Was um alles in der Welt hast du dir dabei gedacht, alleine da oben rumzulaufen? Das ist die Wildnis, meine Liebe, pure Wildnis. Du hättest einem Bären begegnen können, dann wärst du jetzt nicht mehr identifizierbar, und ich müsste dich in Einzelteilen begutachten.«

Annie saß bei Frieda auf der Bettkante, schüttelte ihre roten Locken und schnaubte regelrecht. Es war ein Wunder, dass keine kleinen Flammen aus ihren Nasenlöchern kamen.

»Jetzt übertreibst du aber. Es gibt gar keine Bären in den bayerischen Alpen«, versuchte Frieda Annie zu beruhigen.

»Max als Raubtier reicht auch. Du hast doch gewusst, dass er Frauen als Beute betrachtet, wie konntest du dich auf ihn einlassen? Hast du denn in deinem Leben bisher nichts gelernt?«

»Du hast doch immer gesagt, ich soll nichts anbrennen lassen, und mich in Berlin ständig in irgendwelche Kneipen geschleppt, damit ich endlich Männer kennenlerne.«

»Ja, aber doch nicht so einen Mann. Den muss man nicht kennenlernen, den kennt man, wenn man ihn einmal gesehen hat. Ich weiß, wie beschissen es ist, wenn man ständig betrogen und belogen wird, das kannst du mir glauben. Wobei Fred mich ja nicht wirklich belogen hat, er hat mir immer genau gesagt, was er so treibt, aber das macht es auch nicht besser, glaub mir. Aber das weiß ich auch erst jetzt, und ich kann nicht verstehen, wieso gerade du, die meine Ehe mit den ganzen offenen Betrügereien immer furchtbar fand, was mit Max anfangen kann. Du bist doch sonst nicht so naiv.«

»Du hast ja recht«, stimmte Frieda kleinlaut zu. Sie war zu müde, um weiterzustreiten, und Annie hatte ja wirklich einen Punkt.

»Was macht deine Scheidung?«, fragte sie Annie, um vom nervigen Thema Max abzulenken.

Annie fing tatsächlich zu Friedas Überraschung an zu strahlen.

»Läuft. Meine Anwältin ist ein Bluthund. Ich liebe sie. Ich hätte das alles schon viel früher machen sollen. Ich fühle mich großartig.«

»Das habe ich dir immer gesagt.« Diesen Hinweis konnte Frieda sich jetzt doch nicht verkneifen. Annie ging nicht auf Friedas Bemerkung ein. Sie war schon immer eher der Typ gewesen, der gute Ratschläge gern verteilt, aber nie selbst welche annimmt.

»Ich habe mich übrigens in einer Pension in Berchtesgaden eingemietet. Ich bleibe hier, bis sie dich entlassen«, verkündete Annie. »Wir können dann zusammen nach Berlin zurückfahren. Ich bin extra mit dem Zug gekommen, dann können wir dein Auto nehmen. In deinem Zustand solltest du nicht Auto fahren.«

Frieda war für einen Augenblick von so viel Fürsorge erschlagen. So kannte sie Annie gar nicht. Annie war zwar ein Fels in der Brandung und Frieda konnte sich immer zweihundertprozentig auf sie verlassen, aber sie war nicht so der überfürsorgliche, mütterliche Typ. Wenn Frieda eine starke Erkältung hatte, brachte Annie Medizin vorbei und kochte Hühnersuppe, verschwand aber dann möglichst schnell wieder. Kranke machten sie angeblich sehr nervös, dieses Rumliegen und Nichts-tun-Können war nichts für Annie.

»Annie, das musst du alles nicht machen. Und wer kümmert sich solange um die Geschäfte in Berlin?«, fragte Frieda.

»Mach dir keine Sorgen – alles geregelt. Wofür haben wir Mitarbeiter?« Annie strahlte regelrecht.

In diesem Augenblick ging erneut die Tür zum Krankenzimmer auf. Frieda befürchtete oder hoffte einen völlig irrationalen Moment lang, es sei noch mal Max, und schalt sich sofort wegen des absurden Gedankens.

Aber es war Alois.

Und dann wurde Frieda klar, wieso Annie gerade so überfürsorglich war.

Annie leuchtete regelrecht auf beim Anblick von Alois. Und auch Alois erschien hocherfreut, Annie zu sehen. Und er war keineswegs überrascht, dass sie hier war.

Frieda hatte das Gefühl, die beiden bemühten sich redlich, vor ihr so zu tun, als wären sie nur entfernte Bekannte.

Frieda war zwar vor zwei Tagen auf den Kopf gefallen, aber sie bemerkte durchaus, dass da eine gewisse Spannung zwischen den beiden herrschte.

»Ich glaube, Frieda braucht jetzt etwas Ruhe«, entschied Annie dann auch nach kaum zwei Minuten.

Und wie Frieda jetzt etwas Ruhe brauchte.

Und wie Annie jetzt was anderes brauchte.

»Geht nur, ich habe sowieso Kopfweh.«

»Ich habe einen solchen Hunger«, sagte Alois.

»Ich auch«, flötete Annie in einer Tonlage, die Frieda noch nie von ihr gehört hatte und die sie sehr erstaunte.

»Wollen wir was essen gehen? Ich kenne da ein sehr nettes kleines Lokal am See«, tönte jetzt auch Alois, und auch seine Stimme schien plötzlich irgendwie eine Tonlage höher zu sein.

Das oder der Sturz hatte nicht nur Friedas Gehirn, sondern auch ihr Gehör beschädigt, was sie aber eher bezweifelte.

Die beiden Turteltäubchen verschwanden flirtend und ratschend aus Friedas Krankenzimmer.

Endlich Ruhe.

Frieda hätte am liebsten die Augen verdreht, als sie den beiden nachsah, aber das war im Moment mit ihrem wehen Kopf keine gute Idee. Stattdessen machte Frieda die Augen einfach zu und schlief sofort ein. Im Krankenhaus gab es wenigstens keine Schlafstörungen, da gab es nette kleine bunte Pillen.

Zwei Tage später wurde Frieda zu ihrer Freude endlich entlassen.

Sie musste nur noch einmal zum Röntgen, dann war sie frei.

Annie wartete schon unten in der Cafeteria auf sie.

Frieda würde mit Annie noch einmal kurz zur Alm hochfahren. Nicht wegen ihrer Sachen, die hatte ihr Alois schon gebracht. Nein, Frieda wollte und musste sich von Zicke verabschieden. Schließlich war Zicke nicht nur ihre Lebensretterin, sondern auch ihre Freundin. Frieda wäre es immer noch am liebsten gewesen, Zicke mit nach Berlin zu nehmen, aber Annies energisches »Spinnst du jetzt total?« und ein letzter Rest ihres eigenen Verstandes hielten sie davon ab.

Zicke wäre in Berlin sicher todunglücklich, und Friedas Mietvertrag sah, soweit sie sich erinnern konnte, keinerlei Ziegenhaltung vor.

Max hatte die Alm Gott sei Dank schon verlassen. Das hatte Alois in Erfahrung gebracht. Die Alm würde sowieso in drei Tagen über Airbnb neu vermietet werden. Frieda bekam netterweise vom Bauern die letzten drei Wochen ihrer sechswöchigen Miete zurückbezahlt. Der Bauer war sehr froh, dass Frieda nicht mehr passiert war.

Frieda stand gerade mit freiem Oberkörper in der Radiologie und hatte untenrum so eine dämliche Strahlenschutzschürze an, als ein Arzt reinkam, der Frieda seltsam bekannt vorkam.

In dem weißen Arztkittel steckte Max.

So als Arzt verkleidet hatte Frieda ihn tatsächlich auf den ersten Blick nicht erkannt. Er sah aus wie ein richtiger Arzt. Er war ja auch ein richtiger Arzt. Nur eben nicht in diesem Krankenhaus, dachte Frieda noch, bevor die Alarmsirenen in ihr losgingen.

Bevor Frieda etwas sagen konnte, wandte sich Max charmant lächelnd an die Krankenschwester:

»Würden Sie uns bitte für einen Augenblick allein lassen? Ich muss mit dieser Patientin etwas Vertrauliches besprechen.«

Die Krankenschwester nickte, lächelte und verließ zu Friedas Entsetzen einfach so den Raum.

Arbeitete Max jetzt hier? Er hatte doch was vom Klinikum Großhadern in München gesagt? Frieda war verwirrt und halb nackt. Beides keine Zustände, in denen sie Max gegenübertreten wollte. Überhaupt wollte sie ja Max gar nie mehr gegenübertreten.

Frieda griff nach dem Erstbesten, was sie zu fassen bekam, um ihren Busen züchtig zu bedecken. Und das waren leider zwei Röntgenbilder von anderen Patienten. Einmal Torso, einmal Hüfte. Die Hüfte hatte offensichtlich ein künstliches Gelenk. Das konnte sogar Frieda mit einem flüchtigen Blick erkennen.

Frieda hoffte, dass die Röntgenbilder jetzt nicht allzu durchsichtig waren, und hielt sie schützend vor ihren Oberkörper.

Max hatte das zwar alles schon gesehen, aber Frieda würde dafür sorgen, dass er es nie wieder zu Gesicht bekam.

»Arbeitest du jetzt seit Neuestem auch hier?«, platzte es aus Frieda heraus, kaum dass die Krankenschwester die Tür hinter sich geschlossen hatte.

»Nein, ich bin immer noch in Großhadern, aber ich habe einen Arztkittel, da reicht es aus, etwas wichtig dreinzuschauen. Dann stellt keiner Fragen, und schon springen die Krankenschwestern. Wir beide müssen dringend miteinander reden.«

»Ich rufe die Security.«

»Tu dir keinen Zwang an. So was gibt's nur in amerikanischen Fernsehserien.«

»Du lügst.«

»Probier es aus.« Max grinste, setzte sich auf den Schreibtisch und hielt ihr den Telefonhörer hin.

»Willst du dir nicht etwas anziehen? Also nicht, dass die Röntgenbilder dir nicht gut stehen würden, manche Frauen können eben einfach alles tragen, aber es wird vielleicht etwas kühl und unbequem auf die Dauer.«

Frieda schnaubte, ging aber hinter den Paravent, entledigte sich der dämlichen Strahlenschutzschürze und zog sich ihren BH und ihre Bluse an.

So vollständig angezogen fühlte sie sich doch gleich etwas selbstsicherer.

Als Frieda hinter dem Paravent hervorkam, sagte sie: »Ich fasse es nicht, dass du noch mal hergekommen bist. Ich habe dir doch gesagt, ich will dich nie wiedersehen.«

»Aber ich wollte zumindest noch einmal mit dir sprechen«, erwiderte Max.

»Warum? Um mir irgendwelche Geschichten aufzutischen? So wie du es früher mit all meinen Freundinnen gemacht hast? Es tut mir leid, blablabla ... ich kann nicht anders, ich habe dir schließlich nichts versprochen. Du hast immer gewusst, worauf du dich bei mir einlässt, blubblubblub, und so weiter und so fort. Das kannst du dir sparen.«

»Ich hätte dir sagen sollen, dass ich verheiratet bin. Ich ...«

»Nein, Max, das hättest du gar nicht machen müssen.« Frieda unterbrach Max einfach. »Ich hätte einfach die Finger von dir lassen sollen, ich weiß ja, wie du bist, Männer wie du ändern sich nie, und ich kenn dich ja auch schon etwas länger. Du wirst noch im Altersheim den Frauen hinterhersteigen.«

»Frieda, ich wollte dich nicht verletzen.«

Frieda blickte Max direkt an, und dann kam zu ihrer Überraschung die größte Lüge aus ihr raus, die sie je von sich gegeben hatte. Und dabei wurde sie noch nicht einmal rot. Nicht mal ein sanfter Rosastich zeigte sich auf ihrem Gesicht.

»Du hast mich nicht verletzt. Ich habe mich wieder eingekriegt, es ist ja nichts passiert, ich habe irgendwie überreagiert, zu viel Höhenluft wahrscheinlich. Das war doch nur ein kleiner Flirt zwischen uns beiden, damit wir uns richtig verstehen. Nichts, worüber man sich in unserem Alter noch groß den Kopf zerbricht. Wir sind doch keine Teenies mehr, Max, die beim ersten Kuss sofort an die große Liebe denken, ich bitte dich. Wir sind erwachsen und haben schon ganze Ehen mit allen Versprechungen hinter uns gebracht. Bis dass der Tod oder die Anwälte euch scheiden. In unserem Alter weiß man doch, dass Romantik völliger Unsinn ist und Schmetterlinge im Bauch nur von zu viel Alkohol kommen oder eventuell vom Norovirus. Wir waren zufällig zur gleichen Zeit am gleichen Ort und haben die Gelegenheit genutzt, uns etwas abzulenken und etwas Spaß zu haben. Das dient der Entspannung und ist vollkommen okay. Ob du verheiratet bist oder nicht, ist dabei im Grunde genommen egal. Also zumindest ist es nicht mein Problem, aber so wie ich deine Frau erlebt habe, ist es wohl dein Problem, aber das kannst du sicher wieder aus der Welt schaffen. Es wird ja für deine Frau nicht das erste Mal gewesen sein, dass sie dich mit einer anderen erwischt.«

Max wirkte ziemlich verunsichert. Damit hatte er wohl nicht

gerechnet, der große Frauenheld, der immer gebrochene Herzen hinterließ.

Ha!, triumphierte Frieda innerlich. Nicht mit ihr! Nicht mit ihrem Herzen! Er würde ihr nie wieder wehtun.

»Und warum warst du dann so außer dir und bist völlig kopflos auf den Berg gerannt?«, fragte Max leise.

»Zugegeben, ich war etwas überrascht, als deine Frau so plötzlich vor mir stand. Aber kann passieren. Ich brauchte dann etwas frische Luft, das war alles. Ich hatte Kopfschmerzen, die Nacht davor wenig geschlafen, wie du weißt, und deine Frau ist nicht so der Typ beste Freundin für mich. Ich wollte euch einfach Zeit geben, euch in Ruhe zu streiten.«

»Frieda, das ist doch Unsinn.«

»Max, hör auf, mir zu sagen, was für mich Sinn oder Unsinn ist oder was ich denke oder was ich fühle.«

»Frieda, ich ...«

»Du gehst jetzt besser, bevor die merken, dass du hier gar nicht praktizieren darfst.«

Max stand vom Schreibtisch auf. Er wirkte wie ein Luftballon, aus dem die Luft entwichen ist. Kraftlos.

»Gut. Dann war es das.«

»Ja, das war es. Ich fahre in zwei Stunden zurück nach Berlin.«

Max blickte Frieda an. Frieda hatte das Gefühl, als würde er versuchen, sich einzuprägen, wie sie hier gerade vor ihm stand. Wahrscheinlich machte er das mit all seinen Liebschaften, für die Galerie. Damit er sich später an alle Frauen seines Lebens erinnern konnte. Das mussten ja in Anbetracht seines nicht mehr ganz so jugendlichen Alters schon ein paar Dutzend sein, wenn nicht sogar ein paar Hundert.

Frieda blickte Max direkt in die Augen, ohne mit der Wimper zu zucken. Sie war gerade viel zu wütend, um sich verletzt zu fühlen. Und sie war erstaunlicherweise in der Lage, ihre Gefühle vollkommen für sich zu behalten.

Max nickte.

»Dann gute Fahrt.«

»Dir auch.«

»Vielleicht sehen wir uns ja mal auf einem Klassentreffen.«

»Ganz sicher«, sagte Frieda, rang sich ein Lächeln ab und dachte: »Sicherlich nie mehr in diesem Leben.«

Schließlich verließ Max den Raum.

Frieda stand die nächsten Minuten einfach nur da, bis die Krankenschwester reinkam und Frieda bat, sich doch wieder auszuziehen, schließlich waren die Röntgenbilder ja noch gar nicht fertig.

Den ganzen Weg zurück nach Berlin kämpfte Frieda mit den Tränen, während Annie schweigend und souverän Friedas kleines Auto durch den dichten Verkehr steuerte.

Das war sicherlich wegen Zicke. Ganz sicher war dieses Geheule wegen der kleinen großartigen Ziege, redete sich Frieda ein und ließ dann zweihundert Kilometer vor Berlin ihren Tränen schließlich freien Lauf.

Sie hatte Zicke endlos hinter den Ohren gekrault, ihr Zärtlichkeiten und Dank ins Ohr geflüstert und ihr viel zu viele Alpenkräuterbonbons gegeben. Hoffentlich bekam die Kleine keine Bauchschmerzen davon.

Sie hatte auch den anderen Ziegen noch was zu fressen gegeben und ein letztes Mal in die Berge geblickt. Die leuchteten wie immer in ihrer ganzen Pracht. Völlig unerschütterlich, als wäre nie was gewesen. Menschen waren nur wie kleine Insekten auf ihnen, die sie nicht weiter bekümmerten. Es war immer noch unglaublich friedlich gewesen oben auf der Alm. Die Insekten summten, die Wiese blühte, der Himmel war weißblau, wie sich das für Bayern gehörte. Eine Postkartenidylle, die nicht ganz so idyllisch geendet hatte.

Frieda warf einen letzten Blick auf die Berge und auf Zicke, so wie man einen letzten Schluck nahm. Und dann ging sie mit Annie zusammen den Berg runter bis zu dem kleinen Parkplatz, wo ihr kleines Auto und ihr altes Leben auf sie warteten.

Neben Annie konnte man ganz wunderbar weinen, dachte Frieda. Annie reichte ihr ein Taschentuch nach dem anderen und fuhr stumm und sicher weiter nach Berlin. Zurück in ihr altes Leben. Zurück zu Currywurst und Pommes.

Annie war einfach die beste Freundin der Welt.

Neben Zicke.

Frieda heulte wieder auf und nahm dankbar das frische Taschentuch, das Annie ihr schweigend hinhielt.

Noch fünfzig Kilometer bis Berlin.

23

War es schon immer so laut hier gewesen? So schmutzig?

Und dann diese Mengen von Leuten, die wie ferngesteuerte Ameisen hin und her hasteten, ohne sich gegenseitig eines Blickes zu würdigen. Und erst die U-Bahn! Menschenmassen quetschten sich in unterirdische Röhren, um von A nach B zu kommen, statt zu Fuß in Gottes freier Natur zu ihrem Ziel zu wandern. Wie verrückt war das denn, wenn man da mal wirklich drüber nachdachte?

Alleine der Geruch nach Schweiß und ungewaschenen Menschen trieb Frieda nach ihrer ersten U-Bahn-Fahrt von der Uhlandstraße bis zum Wittenbergplatz wieder an die Oberfläche und brachte sie dazu, sich nur noch zu Fuß, mit dem Fahrrad oder mit einem dieser Mietelektroroller durch Berlin zu bewegen. Wie hatte sie es hier nur die letzten Jahre aushalten können?

Frieda fühlte sich plötzlich wie ein Alien.

Als hätte sie nicht den größten Teil ihres Lebens mitten in Berlin verbracht, und das doch auch noch gerne, soweit sie sich erinnern konnte.

Frieda hatte sich in Berlin immer wohl und heimisch gefühlt, und die Berliner Schnauze kam ihr normalerweise mehr als entgegen. Vor zwölf Uhr mittags war es Frieda wegen ihrer Schlafstörungen schon immer schwergefallen, freundlich zu ihren Kunden zu sein, und bisher hatte ihr das nie jemand übel genommen. Die Berliner waren einfach an einen etwas raueren und ruppigeren Umgangston gewöhnt.

Aber seit Frieda zurück von der Alm war, war nichts mehr normal. So fühlte es sich jedenfalls an.

Berlin war ihr so fremd, als wäre sie plötzlich auf den Mars gebeamt worden.

Annie meinte, das seien bloß Assimilationsschwierigkeiten. Frieda würde sich in Nullkommanichts wieder an alles gewöhnen und Berlin dann so toll wie früher finden.

Und damit das noch schneller ging, schleppte Annie sie jede Nacht in eine andere Kneipe.

Frieda wollte sich zwar abends nur noch vor die Glotze werfen und an nichts mehr denken, aber Annie duldete keinen Widerspruch.

Heute waren sie bei einem Griechen. Frieda schob appetitlos eine Olive auf dem Teller von rechts nach links und nahm noch einen kräftigen Schluck Retsina.

Essen konnte sie im Moment nicht so gut. Trinken dafür umso besser. An Schlafen war allerdings überhaupt nicht mehr zu denken, seit sie von der Alm zurück war. Die Rippen taten ihr immer noch verdammt weh, und wenn sie der Ärztin in der Klinik Glauben schenken durfte, würde das auch noch eine ganze Zeit lang so bleiben. Mit mindestens sechs Wochen sollte sie wohl rechnen, bis sich ihr Brustkorb wieder normal anfühlen würde. Ihr Herz würde sicher deutlich länger brauchen, um zu heilen.

Frieda hatte sich schon überlegt, den Taxiführerschein zu machen. So könnte sie ihre schlaflosen Nächte wenigstens sinnvoll nutzen, hätte immer Unterhaltung und würde nebenbei auch noch Geld verdienen. Im Moment bearbeitete Frieda zwischen drei und fünf Uhr nachts die Steuer der letzten zwei Jahre. Todlangweilig und absolute Routine, aber nichts, was sie in den Schlaf wiegte. Frieda hatte ironischerweise schon Bammel davor, dass irgendwann die Belege zu Ende gehen würden – denn dann hätte sie ein gewaltiges nächtliches Problem.

Die nächtliche Internetnutzung hatte sie sich nämlich untersagt, aus lauter Angst, in völliger Übermüdung wieder so einen Unsinn zu machen, wie zum Beispiel für sechs Wochen eine Alm zu buchen. Netflix schauen war erlaubt, surfen durchs WWW strengstens verboten. Frieda hatte Annie gebeten, eine Kindersicherung für Airbnb und ein paar Shoppingseiten einzugeben, und Annie weigerte sich seither standhaft, Frieda den Code zu verraten.

Frieda wusste nicht, ob sie sich im Moment selbst über den Weg trauen konnte. Sie fühlte sich seltsam und fremd und irgendwie durcheinandergewirbelt. Und wenn sie denn mal schlief, hatte sie wilde Träume. Annie hatte ihr vorsorglich auch den Umgang mit Grill und Fritteuse verboten. Sie wollte nicht noch mal ein Risiko eingehen, obwohl sie die Brandversicherung für »Friedas Fritten« erhöht hatte, und so war Frieda neben der Buchhaltung zum Bedienen und Schnippeln verbannt, etwas, das sie früher wütend gemacht hätte, aber ihr im Moment total egal war.

»Wenn man vom Pferd fällt, muss man wieder aufsteigen, das gilt auch für Männer«, sagte Annie gerade und nickte einem fremden Mann an der Bar zu, der dabei war, einen Ouzo zu kippen.

»Ich soll also auf einen Mann steigen und nicht mehr auf einen Berg. Ist es das, was du mir mit diesem Spruch sagen willst?«, fragte Frieda genervt.

Es war ja lieb, dass Annie sich um sie sorgte, aber dass sie sie sofort und ganz dringend neu verkuppeln wollte, ging Frieda doch eher auf den Zeiger. Das Letzte, woran Frieda im Moment dachte, waren Männer – ein bestimmter Mann war davon leider ausgenommen. Obwohl Frieda sich sehr bemühte, ließen sich die Gedanken an Max nicht so einfach abstellen. Es waren kleine Flashbacks, die sie immer und überall zu überfallen drohten. Frieda hatte schon mal überlegt, ob es so was wie eine posttraumatische Liebeskummerstörung gab. Wahrscheinlich litt sie gerade darunter, und die Psychologen dieser Welt hatten diesen Zustand noch gar nicht entdeckt.

Gestern zum Beispiel war sie im Supermarkt plötzlich in Tränen ausgebrochen. Vor dem Kühlregal mit Milchprodukten, ganz einfach deswegen, weil auf dem Joghurt, den sie gerade in der Hand hielt, ein paar Ziegen und ein paar Berge abgebildet waren. Es war ein glücklicher Joghurt aus Milch von glücklichen Kühen und glücklichen Ziegen. Allerdings machte Frieda dieser Anblick traurig. Das war doch wirklich nicht normal. Frieda machte sich langsam Sorgen um ihre geistige Gesundheit. Vielleicht war in ihrem Kopf doch etwas kaputtgegangen bei dem Sturz?

Ja, du dumme Kuh, das war dein Herz, das kaputtgegangen ist, und das hat mit dem Sturz nichts zu tun, sondern mit Max, flüsterte eine Stimme in Frieda, die sie gerne zum Schweigen gebracht hätte. Stimmen hören war ja auch definitiv nicht so ganz normal.

»Du weißt genau, was ich damit sagen will, du willst es nur nicht hören«, sagte Annie und riss Frieda damit aus ihren Gedanken über ihre geistige Gesundheit.

Frieda kam zurück zum Griechen in die Berliner Realität.

»Du warst doch noch nie reiten«, konterte Frieda.

»Und ob ich schon geritten bin. Auf einem Kamel in Tunesien am Strand. Und du sollst nicht vom Thema ablenken.«

»Tu ich nicht. Was läuft da übrigens genau zwischen dir und Alois?«, fragte Frieda. Sie wusste genau, dass sie mit der Erwähnung von Alois eine reelle Chance hatte, das Thema wirklich zu wechseln.

»Nichts«, sagte Annie. »Da läuft nichts, da lief nichts, und da wird nie was laufen. Alois lebt auf dem Berg, und ich lebe in Berlin.«

»Das kann man ändern«, meinte Frieda.

Annie schüttelte ihre roten Locken. »Kann man nicht. Ich kann nicht auf dem Berg leben und er nicht in Berlin. Das wäre, als würde man jeweils einen Fisch in die Wüste setzen. Einer von uns müsste vertrocknen. Ich will das nicht sein, und ich will das Alois nicht antun. Ich denke nicht, dass wir eine gemeinsame Zukunft haben, und so lass ich besser gleich die Finger von dem Ganzen, beziehungsweise ich lasse die Finger von Alois.« Annie seufzte mit verklärtem Blick auf. »Auch wenn es mir das letzte Mal, als wir uns in Berchtesgaden gesehen haben, verdammt schwergefallen ist, das muss ich leider zugeben. Er ist schon ein ziemlicher Kerl.«

»Das ist er. Und ihr könntet euch ja auch in der Mitte treffen, in Hessen zum Beispiel. Thüringen soll auch sehr nett sein.«

Annie starrte Frieda jetzt ungläubig an.

Frieda bemerkte, dass sie ihre Freundschaft zurzeit etwas auf die Probe stellte. Sie war wirklich nicht sehr umgänglich gerade, aber sie war sicher, dass Annie das richtig einordnen konnte.

»Wenn du wieder normal bist, zünde ich in der nächsten Kirche eine Kerze an, obwohl ich nicht so besonders gläubig bin, wie du weißt.«

»Vielleicht werde ich nie wieder normal«, fauchte Frieda und trank noch einen Schluck vom Retsina.

Annie nahm Friedas Hand.

»Frieda, das ist einfach nur Liebeskummer, und der geht vorbei. Das solltest du in deinem Alter doch mittlerweile wissen.«

»Und was, wenn es kein Liebeskummer ist, sondern ein Lebenskummer, der nie wieder weggeht, was mach ich dann?«

Das brach jetzt einfach so aus Frieda heraus. So verloren, wie sie sich gerade fühlte, hatte sie sich noch nie gefühlt, und sie hatte wirklich Angst, dass sich das nicht mehr ändern würde.

Annie grinste und prostete ihr zu.

»Kein Problem, meine Liebe, dann kommst du mit mir und Alois ins Sauerland. Wir braten dort zu dritt Bratwürste und päppeln dich wieder auf.«

Frieda verzog ihren Mund, aber es war fast schon ein Lächeln.

»Wenn du schon von Würsten sprichst: Weißt du, ich habe mir überlegt, wir könnten unser Konzept von ›Friedas Fritten‹ erweitern. Wir machen kleine Almen überall in Berlin auf, so richtig aus Holz und ganz urig und mit rot-weiß karierten Vorhängen, dort gibt es echte Weißwürste und Brezeln und Krautsalat, so richtig bayerisch, ich glaube, das könnte hier in Berlin ganz gut funktionieren. Wäre total exotisch. Ich habe mir auch schon einen Namen überlegt.« Frieda strahlte Annie jetzt regelrecht an, die Arbeit war für sie wirklich eine gute Ablenkung. »Annies Alm« – na, wie findest du das?«

Annie reagierte nicht ganz so begeistert auf die geniale Idee, wie Frieda sich das erhofft hatte.

Stattdessen schüttelte sie energisch den Kopf.

»Ich denke, das mit einer Alm hier in Berlin ist gerade kein so guter Plan für dich. Du würdest bei jeder verkauften Weißwurst wahrscheinlich in Tränen ausbrechen.«

Frieda überlegte kurz. Annie hatte einen Punkt.

»Da hast du auch wieder recht. Vielleicht sollten wir damit noch etwas warten. So fünfzig, sechzig Jahre.«

»Ganz sicher«, sagte Annie. »Aber es ist eine gute Idee.«

»Das ist es«, nickte Frieda.

»Und ein toller Name. Annies Alm.« Annie ließ die beiden letzten Worte über ihre Zunge gleiten wie Nougatschokolade.

»Wohl wahr.«

Und dann prosteten die beiden Freundinnen sich zu und tranken noch drei Ouzos. Wenigstens dieser Abend war für Frieda gerettet.

Leider rettete das die Nacht nicht gleich mit. Frieda war kurz nach zwölf ins Bett gegangen, und um drei Uhr dreizehn war sie wieder wach. Es war, als ob sie mittlerweile einen inneren Wecker hätte, der sie jede Nacht, seit sie von der Alm zurück war, um die gleiche Uhrzeit wach machte. Es war immer drei Uhr dreizehn. Außer einmal, da hatte sie tatsächlich ganze zwei Minuten verschlafen und war erst um drei Uhr fünfzehn wach geworden.

Frieda blickte auf ihren Wecker, seufzte und stand auf. Jetzt weiter im Bett zu bleiben würde überhaupt nichts bringen. Frieda sortierte gerade ein paar letzte Belege in die Steuerunterlagen, als ein Skypeanruf von ihrem Sohn reinkam.

Frieda blickte auf die Uhr. Es war fünf Uhr zweiunddreißig hier in Berlin, also drei Uhr zweiunddreißig in Sydney, wo Jakob sich gerade aufhielt.

Dass Jakob mitten in der Nacht anrief, war normal. Erstens kannte er ja die Schlafprobleme seiner Mutter, und zweitens war es ihm ziemlich egal, wie viel Uhr es in Berlin war. Er war es gewohnt, dass Frieda, wenn möglich, immer auf ihn reagierte, ganz Muttertier eben. Vielleicht war Jakob auch etwas verwöhnt, dachte Frieda, er hätte sie ja auch aus dem Bett klingeln können mit diesem frühen Anruf.

Trotzdem nahm Frieda den Anruf an.

Mit ihrem Sohn zu quatschen sorgte immer für Ablenkung, außerdem hatte sie sich gestern überlegt, dass sie ihn in Australien besuchen könnte. Das wäre nun wirklich die ultimative Ablenkung. Aber Jakob wusste noch nichts von seinem Glück, und auch Annie hatte Frieda nichts von ihren Reiseplänen erzählt. Vielleicht weil sie sich selbst nicht wirklich sicher damit war.

Der Bildschirm blinkte auf, und sie erblickte ihren braun gebrannten Sohnemann mit einem immer länger werdenden Bart. Seine Haare waren ausgeblichen, er mutierte langsam zu einem Surfertyp, und das stand ihm gar nicht schlecht. Frieda war erstaunt, wie attraktiv er war. Das hatte sie noch nie so an ihm wahrgenommen. Und neben ihm stand zu Friedas Überraschung ein nicht minder braun gebranntes, verdammt hübsches Mädchen und lächelte etwas schüchtern in die Kamera.

»Mama, hi, ich wollte nur mal kurz checken, wie es dir geht ... das ist übrigens Caitlyn, wir haben uns in Bali kennengelernt, sie ist aus Sydney, und ich darf gerade bei ihr wohnen.«

»Hi.« Das Mädchen winkte Frieda verlegen zu.

Frieda winkte zurück und verfluchte ihr altes Schlaf-T-Shirt mit den Kaffeeflecken drauf, das sie anhatte. Aber wer hätte ahnen können, dass ihr Sohn ihr morgens um halb sechs ein Mädchen vorstellen wollte.

»Mir geht es gut. Danke. Die Rippen verheilen langsam. Du weißt schon, dass es hier in Berlin gerade erst halb sechs ist?«, fragte Frieda. Ihr Sohn grinste nur und erzählte von dem Surfkurs, den er gerade machte, und dass er einen Hai gesichtet hatte. Frieda verkniff sich, ihn zu ermahnen, vorsichtig zu sein. Schließlich stand da ein Mädchen daneben, und Frieda wusste, ihr Sohn würde das vollkommen peinlich finden, von seiner Mutter wie ein kleines Kind behandelt zu werden. Sie und Jakob redeten noch über ein paar belanglose Sachen, Frieda erzählte von Annies Scheidung, Annie war Jakobs Patentante, und während sie über das Wetter sprachen, wurde Frieda auch über die paar Tausend Kilometer Entfernung klar, dass das Mädchen neben Jakob seine neue Freundin war und Jakob das offensichtlich ernst meinte. Sonst hätte sie sie nie zu Gesicht bekommen.

Frieda beendete schließlich den Anruf und winkte Jakob und Caitlyn noch mal zu. Frieda klickte wieder zurück auf ihre Mails.

Das war's in jedem Fall mit der Idee, sich nach Australien davonzuschleichen. Sie könnte jetzt nicht runterfliegen, sie würde einfach nur das junge Glück furchtbar stören. So hatte sie ihren Sohn noch nie mit einem Mädchen gesehen. Vielleicht war es die Art, wie Jakob das Mädchen anschaute. Oder vielleicht war es die Art, wie die beiden zusammen aussahen. So als wären sie schon ewig zusammen und würden sich nicht erst seit drei Wochen kennen.

Frieda wandte sich wieder den Resten ihrer Steuererklärung zu. Es waren nur noch zwei Monate übrig, und dann wäre Frieda des Nachts arbeitslos. Vielleicht sollte sie doch den Taxiführerschein machen, dachte sie. Da klingelte es erneut über Skype. Jakob strahlte sie an. Diesmal alleine.

»Mama, ich muss dir noch etwas sagen.«

»Was denn?«

Für eine Sekunde rasten ein paar Schreckensszenarien durch Friedas Kopf. So einen Tonfall legte ihr Sohn nur an den Tag, wenn er ihr etwas beichten musste, von dem er wusste, dass es seine Mutter umhauen würde.

»Wie findest du Caitlyn?«

»Etwas weit weg.«

»Mam, bleib bitte ernst. Also wie findest du sie?«

»Nett. Sie ist sehr hübsch.«

»Ich bin verlobt.« Jakob strahlte über beide Ohren. So hatte er früher unterm Tannenbaum ausgesehen, wenn er die ersten Geschenke auspackte.

Frieda spürte, dass sie sich besser hinsetzen sollte, als sie bemerkte, dass sie ja schon auf ihrem alten Bürostuhl saß. Dann hatte sie sich wieder gefangen und sagte: »Wow, das ging aber schnell. Aber ich freu mich für dich. Aber das heißt doch jetzt nicht, dass du in Australien bleibst?«

Einen Augenblick lang überfiel Frieda Panik, auch wenn sie sich wirklich für ihren Sohn freute. Aber Jakob hatte nicht vor, in Australien zu bleiben. Caitlyn wollte nach Europa zum Studieren. Das beruhigte Frieda jetzt doch. Ihren Sohn für den Rest ihres Lebens ans Ende der Welt abzugeben hätte Frieda jetzt doch furchtbar gefunden. Wenig später legte sie erneut auf.

Jetzt war sie wohl bald Schwiegermutter.

Frieda fühlte einen Stich in ihrem Herzen. Auch wenn sie ihrem Sohn diese Liebe mehr als alles andere gönnte, machte Frieda sich keine Illusionen. Wenn Jakob es wirklich so ernst meinte, wie es aussah, würde er in den nächsten Monaten wenig Zeit für seine Mutter übrig haben. Das war eben der Lauf der Dinge, dachte sie und ging wieder ins Bett, um vielleicht doch noch eine halbe Stunde Schlaf zu erwischen.

Vielleicht würde sie ja auch bald Großmutter werden, das wäre ja gar nicht so schlecht. Großmutter war viel besser als Mutter. Sie würde ihre Enkelkinder verwöhnen, und für den ganzen anderen nervigen Rest wären dann einfach Jakob und Caitlyn zuständig. Frieda würde ihrem Sohn ein paar richtige Rabauken als Kinder gönnen, so wie Jakob als Kleinkind gewesen war. Fünf Minuten in einem Raum, und irgendwas war zerstört gewesen.

Das würde ihm recht geschehen, immer schön auf Trab gehalten werden. Und mit diesen Gedanken fand Frieda tatsächlich in den Schlaf.

24

Arbeiten war für Frieda auch in den nächsten Wochen die beste Ablenkung von allem. Wenn sie geschäftig hin und her rannte, sich Bestellungen oder der Zubereitung von Soßen widmete, grübelte sie wenigstens nicht über alles nach. Wie gut, dass es bei »Friedas Fritten« immer zu viel zu tun gab. Annie war ganz dankbar darüber, dass Frieda sich im Moment so reinhängte, schließlich hatte sie ja die ganze Zeit, in der Frieda oben auf der Alm gewesen war, den Laden alleine geschmissen. Jetzt konnte sich Frieda wenigstens etwas revanchieren und sich dabei auch noch großartig von ihren Gefühlen ablenken. Mittlerweile traute Annie ihr auch wieder zu, am Grill zu stehen. Ihr Verstand war anscheinend also wenigstens teilweise wieder zurückgekommen. Vielleicht heilte die Zeit doch alle gebrochenen Herzen. Wenn man etwa hundert Jahre wartet, tut wahrscheinlich nichts mehr weh, dachte Frieda und hängte eine neue Ladung Süßkartoffelpommes in das heiße Fett, als sie hinter sich eine Stimme hörte, die ihr mehr als bekannt vorkam.

»Kann ich bitte einmal richtige Pommes haben mit Currywurst und der berühmten Frieda-Soße?«

Frieda drehte sich um.

Vor ihr stand Alois.

Sie konnte es kaum glauben. Alois in Bergschuhen, Lederhose und kariertem Hemd hier mitten in Berlin auf dem Savignyplatz.

Alois strahlte sie an, und Frieda wäre am liebsten aus der Bude gesprungen, um ihn zu umarmen. Stattdessen strahlte auch sie bis über beide Ohren. Wie schön!

»Was machst du denn hier? Das ist ja eine Wahnsinnsüberraschung. Natürlich bekommst du meine berühmte Currywurst. Sogar zwei, du siehst aus wie ein Mann, der zwei davon vertragen kann. Mit einer doppelten Portion Pommes. Und willst du noch eine selbst gemachte Limo? Geht alles aufs Haus selbstverständlich.«

Alois nickte, und Frieda machte freudig sein Essen fertig.

Wenig später brachte sie es nach draußen. Ihr Mitarbeiter musste für die nächste halbe Stunde den Laden alleine übernehmen, auch wenn gerade wegen der Mittagszeit ziemlich viel los war.

Frieda drückte Alois das Essen in die Hand und versuchte ihn zu umarmen. Das war nicht so einfach wegen der heißen Pommes, und zudem waren ihre Arme etwas zu kurz für Alois' muskulösen Körper. Aber das musste sein. Sie freute sich so, ihn zu sehen, und hätte nie damit gerechnet, dass er einfach so in Berlin auftauchen würde.

»Wollen wir uns da drüben auf die Bank setzen?« Frieda nickte zu einer Bank am Rande des Platzes und ging mit Alois rüber. Alois wirkte auch hier in Berlin völlig deplatziert, wie schon in der Klinik in Berchtesgaden, und gleichzeitig war ihm das so egal, dass es sogar für Frieda völlig normal war, mit einen Almöhi mitten durch Berlin zu laufen.

Sie ließen sich auf der Bank nieder. Frieda hatte sich selbst einen Kaffee mitgebracht und nippte daran, während Alois sich mit einem Bärenhunger über Currywurst und Pommes hermachte.

»Deine Soße ist echt einsame Spitze«, sagte Alois nach einer Weile und leckte sich ungeniert die Finger ab. Dann rülpste er ganz leise und geradezu damenhaft.

»Oh. Tut mir leid. Ich habe wohl etwas schnell gegessen.«

»Kann passieren. Und danke. Nett von dir, dass du das sagst, es freut mich, wenn es dir schmeckt.«

»Ich muss dir noch etwas sagen«, sagte Alois plötzlich sehr ernst und blickte Frieda an.

Frieda war irritiert. Er würde ihr jetzt doch kein Liebesgeständnis machen? Das würde Annie ganz und gar nicht toll finden. Gut, ganz am Anfang, als sie sich kennengelernt hatten, war er ihr durchaus sympathisch gewesen und sie ihm sicherlich auch, und vielleicht hatte es sogar etwas gebitzelt, aber dann kamen Max und Annie, und Frieda hätte schwören können, dass dieses Thema damit zwischen ihnen erledigt war.

»Die Alm ist verkauft«, sagte Alois, und Frieda war nicht erleichtert, obwohl das jetzt wirklich kein Liebesgeständnis war. Ganz im Gegenteil.

Frieda spürte einen heftigen Stich im Herzen.

»Und die Ziegen mit dazu«, fuhr Alois fort.

Jetzt schnappte Frieda nach Luft. Damit hatte sie nie im Leben gerechnet. Zicke! Ihre kleine Zicke einfach so verkauft. Frieda konnte es nicht fassen. Sie hätte die Ziege doch kaufen sollen, irgendeine Lösung wäre ihr schon eingefallen, sie hätte sie ja irgendwo auf einem Bauernhof außerhalb von Berlin unterbringen können.

»Was? Wieso? Das darf doch nicht wahr sein. Weißt du, wer die Alm gekauft hat? Und wo ist Zicke??«

Alois zuckte mit den Schultern.

»Tut mir leid. Im Moment weiß ich nicht mehr. Ich nehme mal an, ein Bauer aus der Gegend hat alles gekauft. Aber ich versuche das noch genauer rauszubekommen.«

»Ich will Zicke wiederhaben.«

»Die Ziegen sind alle noch oben auf der Alm.«

»Ich kauf sie. Ich mein, ich kauf Zicke. Wenn du wieder zurück bist, kümmerst du dich bitte darum? Egal, was sie kostet?«

Alois nickte.

»Was kostet eine Ziege denn so?«, fragte Frieda jetzt doch mal vorsichtig nach.

»So um die hundert Euro – je nachdem.«

»Gut. Dann kauf ich die ganze Herde.«

»Das würde ich mir jetzt aber doch noch mal überlegen. Oder willst du jetzt Sennerin werden?«

»Das eher nicht. Aber Zicke. Zicke muss sein. Ich finde schon was hier in Berlin, wo sie sich wohlfühlt.«

Alois blickte sich um. Der Verkehr brauste nur ein paar Meter von ihnen entfernt, und die Grünfläche am Savignyplatz war sicher keine Almwiese.

»Du bist sehr optimistisch.«

»Es gibt hier auch Bauernhöfe etwas weiter außerhalb. Dann kann ich sie am Wochenende besuchen.«

»Na dann«, sagte Alois und nahm einen Schluck von der selbst gemachten Limo. Die beiden schwiegen für einen Augenblick, dann fragte Frieda nach: »Bist du extra hierhergekommen, um mir das zu sagen? Du hättest mich ja auch anrufen können.«

»Nein.«

»Ja?«

Alois holte tief Luft.

»Wegen der Alm hätte ich dich angerufen, wobei deine Currysoße schon eine Reise wert ist. Aber ich bin hier wegen Annie. Um ihr zu sagen, dass ich mich in sie verliebt habe.«

Frieda blickte Alois an. Der wirkte völlig gelassen, obwohl er Frieda gerade einen tiefen Blick in sein Innerstes gegeben hatte. Wow, dachte Frieda, was für ein Mann, ein Mann, der offensichtlich keinerlei Angst vor Gefühlen hatte und auch noch darüber reden konnte. Sie beneidete Annie ein bisschen.

»Ich bin richtig verliebt. Mit Schmetterlingen im Bauch und allem, was dazugehört. Ich bin hier, um Annie zu sagen, dass es mir egal ist, dass sie in Berlin lebt und ich auf dem Berg. Schließlich sagt man doch, Liebe versetzt Berge, dann wird sie doch im Notfall auch Menschen versetzen können.«

Alois blickte Frieda an. Er wartete auf eine Antwort. Frieda hatte so was ja schon geahnt, aber trotzdem war sie überrascht von der Sicherheit in Alois' Stimme und der Klarheit seiner Gefühle.

»Das ... das ist großartig. Annie ist eine großartige Frau, und ich denke, sie fühlt ähnlich.«

»Ich hoffe es.«

Alois schwieg wieder und knabberte an seinen letzten Pommes.

»Du bist übrigens auch großartig«, sagte er dann unvermittelt.

»Wenn du das sagst.« Frieda fühlte sich geschmeichelt.

»Das meine ich ernst.«

Frieda war etwas irritiert. Wohin würde das Gespräch jetzt wandern? Es lag so eine komische Schwingung in der Luft.

»Und du bist total blöd«, sagte Alois dann zu Friedas Erstaunen.

Frieda blickte Alois an. War er jetzt verrückt geworden? Vertrug er die Abgasluft in Berlin nicht so gut?

»Also jetzt wirst du etwas unverschämt«, meinte Frieda empört.

»Die Wahrheit ist immer unverschämt«, antwortete Alois. Der Buddha in Lederhosen.

»Jetzt gehst du aber zu weit.« Frieda war völlig irritiert. Warum beschimpfte er sie plötzlich?

»Nein, ich geh noch nicht weit genug.«

Alois drehte sich zu Frieda um und blickte ihr in die Augen.

»Du hast ihm nicht gesagt, was du für ihn empfindest, oder?«

»Was? Wem habe ich nichts gesagt? Und was soll ich empfinden?« Frieda versuchte sich doof zu stellen, hätte aber wissen müssen, dass so was bei Alois völlig fehl am Platz war. Er durchschaute sie.

»Du weißt genau, dass ich von Max rede. Aber ihr beiden habt nicht miteinander geredet. Nicht wirklich. Die ganze Zeit, in der ihr allein oben auf dem Berg wart, nur zu zweit, habt ihr nicht wirklich miteinander gesprochen. Nicht über die wirklich wichtigen Dinge, nicht über euch beide. Stimmt's oder habe ich recht?«

»Ich ... also ... ich habe versucht ...«, stammelte Frieda.

Alois blieb weiterhin seelenruhig.

»Nein. Hast du nicht. Du hast es nicht versucht. Max natürlich auch nicht, sicher nicht, der muss ja immer einen auf supermännlich machen – so der schweigsame Typ, der keine Gefühle hat. Dabei gehe ich jede Wette ein, der hat nur Angst vor Gefühlen, genauso wie du. Ihr seid Gefühlsangsthasen. Alle beide. Ängstlicher als jedes Murmeltier, das einen Raubvogel erblickt, und das will was heißen.«

Jetzt fühlte Frieda sich angegriffen. Alois kannte sie doch im

Grunde genommen überhaupt nicht. Und Max kannte er ja genau so wenig. Wie kam er dazu, sich so ein Urteil zu bilden?

»Ich habe keine Angst vor Gefühlen. Ich bin eine Frau, ich bin ausgewiesene Expertin für Gefühle!«, schnaubte Frieda. »Und egal wie – bei Max wären Gefühle sowieso völlig fehl am Platz. Max ist ein Womanizer, das muss dir doch wohl klar sein, auch und gerade, weil du selbst ein Mann bist. Er hat mich nur ausgenutzt, wie jede andere Frau auf diesem Planeten, die blöd genug ist, was mit ihm anzufangen. Das macht er, seit ich ihn kenne, und ich kenne ihn schon seit der sechsten Klasse. Ich kann dir gar nicht sagen, wie vielen meiner Freundinnen er schon damals das Herz gebrochen hat. Die hatten alle Gefühle, und das hat ihnen überhaupt nichts gebracht. Ganz im Gegenteil, würde ich mal sagen. Und so ein Mann ändert sich nicht, nie.«

Frieda brach fast in Tränen aus, aber sie wollte jetzt nicht weinen. Nicht vor Alois und nicht mitten auf dem Savignyplatz.

»Ich denke nicht, dass du recht hast«, sagte Alois leise und ernst, wohl merkend, was mit Frieda gerade los war.

»Und ich wollte dir auch nicht zu nahe treten. Du musst selbst wissen, was du machst. Du kannst ja einfach mal darüber nachdenken. So viele Chancen für die Liebe gibt es in unserem Alter vielleicht gar nicht mehr, und man sollte sie nicht vergeigen, nur weil man Schiss hat. Also, du musst nichts zu alledem sagen. Und ich muss jetzt zu Annie. Wo ist sie eigentlich?«

»Einkaufen in der Großmarkthalle«, sagte Frieda kurz angebunden. Sie rang weiter nach Fassung.

»Brauchst du ein Taschentuch?«, fragte Alois.

»Nein. Nur fünf Minuten. Ich gebe meinem Mitarbeiter Bescheid. Dann bring ich dich zu Annie.«

»Das ist sehr nett, danke.«

Frieda nickte und stand auf, um ihrem leicht überforderten

Mitarbeiter zu sagen, dass er noch etwas länger alleine die Stellung halten musste.

Eine halbe Stunde später ging sie auf der Suche nach Annie mit Alois durch die Großmarkthalle. Auf dem Weg hierher hatte Frieda die ganze Zeit lockeren Small Talk gemacht, und Alois war widerstandslos drauf eingegangen. Über Gefühle wollte Frieda auf gar keinen Fall mehr sprechen.

Annie stand gerade total unromantisch zwischen Bergen von Weißkohlköpfen, als sie zu ihrer Überraschung Frieda und neben ihr Alois sah. Für einen Augenblick wirkte Annie völlig verwirrt, aber dann rannte sie einfach los, ein Wirbelwind aus roten Haaren. Sie rannte schnurstracks in Alois' Arme, der sie festhielt und hochhob.

Für die beiden existierte ab diesem Moment die restliche Welt nicht mehr.

Frieda ging still und leise wieder nach draußen, ohne dass Annie oder Alois das überhaupt mitbekamen.

Sie musste dringend zurück zur Arbeit.

Ihr Mitarbeiter war ja ganz alleine.

Frieda auch.

25

Das Gespräch mit Alois, dem alpinen Buddhisten und selbst ernannten Beziehungsexperten, hatte Frieda alles andere als entspannt. In den ersten drei Nächten, nachdem Alois in Berlin aufgetaucht war, war an Schlaf für Frieda quasi nicht mehr zu denken gewesen.

Annie schlief wahrscheinlich wegen Alois auch gerade nicht, aber das hatte ja vollkommen andere Gründe und zählte nicht als Insomnie.

In Friedas Kopf jagten die Gedanken sich gegenseitig. Hatte Alois vielleicht eventuell doch recht? Hatte sie Angst vor Gefühlen? Quatsch. Alois hatte natürlich keine Ahnung, und Max war ein Vollidiot, egal welche Gefühle man als Frau da hatte. Und Alois war ja selbst ein Mann, und Frieda hatte noch nie einen Mann getroffen, der sich in Gefühlsdingen wirklich auskannte oder recht hatte. Oder sich bei Gefühlen mehr auskannte als jede Frau, die Frieda kannte, sie selbst eingeschlossen. In Friedas Kopf ging es ziemlich hoch her.

Außerdem taten ihr die gebrochenen Rippen immer noch

weh, kein Wunder, dass sie keinen Schlaf finden konnte. Wenigstens hatte sie keine Kopfschmerzen mehr.

Aber jetzt auf einmal, wo Annie nicht mehr zur Verfügung stand und Frieda durch das Berliner Nachtleben schleppte, um sie abzulenken, fand Frieda es ganz schön blöd, alleine zu Hause vor der Glotze zu hocken. Oder vor dem Internet. Frieda hatte es mithilfe ihres Nachbarn, einem IT-Spezialisten, geschafft, Annies Frieda-Kindersicherung zu umgehen. Sie konnte wieder durch das Web surfen, so viel sie wollte, und das war nachts um 3 Uhr 56 auch bitter nötig. Und auf Airbnb gab es auch ganze Inseln zu mieten, stellte Frieda fest. In der Karibik. In der Südsee. Am Nordpol. Völlig einsam. Vielleicht wäre das was für sie, jetzt wo Australien nicht mehr infrage kam?

Frieda beherrschte sich. Schließlich war sie jetzt gerade die Vernünftige. Denn Annie war nicht mehr zurechnungsfähig, seit Alois in Berlin war, und Frieda wollte sie nicht weiter mit ihren Problemen belästigen.

Annie hatte in letzter Zeit wirklich genug für sie getan. Sie sollte so verliebt sein wie nur irgend möglich, sie hatte es sich nach ihrer schlechten Ehe mehr als verdient. Endlich hatte Annie mal einen Mann, der sie wollte, der nur sie wollte und geradezu verrückt nach ihr war.

Frieda gönnte den beiden ihr Glück von ganzem Herzen, allerdings hatte sie mittlerweile das Gefühl, dass irgendwas wirklich nicht mehr mit ihr stimmte. Überall in Berlin, überall, wo sie ging und stand, sah sie plötzlich verliebte Paare. Natürlich schickte auch ihr Sohn ihr tagtäglich Fotos von sich und Caitlyn – die beiden reisten zusammen quer durch Australien und schickten Bilder vom Great Barrier Reef, vom Ayers Rock, vom Kakadu National Park – wobei Frieda von den Sehenswürdigkeiten eigentlich nichts zu sehen bekam, da immer nur die beiden knutschenden Turteltäubchen abgebildet waren, und ganz hinten im Hintergrund konnte man erahnen, wo die beiden gerade nicht die Finger voneinander lassen konnten. Frieda rechnete, den Fotos nach zu urteilen, täglich mit einer »Wir haben geheiratet«- oder »Caitlyn ist schwanger«-Nachricht von Jakob.

Aber die beiden waren ja nicht die Einzigen in Friedas Umfeld, die rosarot durchdrehten.

Annie und Alois standen ihrem Sohn und Caitlyn in nichts nach. Die beiden gab es nur noch im Doppelpack.

Frieda hatte Annie noch nie so gesehen. So weich, so weiblich, so anders. Es war, als wäre sie gehäutet, und die weiche Annie, die immer unter der rauen Schale verborgen gewesen war, konnte jetzt durch Alois endlich ans Tageslicht kommen. Das Weiche stand Annie gut, musste Frieda zugeben, wenn sie ihre Freundin bei der Arbeit zu Gesicht bekam. Wenigstens hatte Annie im Moment aufgehört, Frieda verkuppeln zu wollen. Sie war zu sehr mit ihrer eigenen Liebe beschäftigt, auch wenn sie immer wieder besorgt nachfragte, ob sie etwas für Frieda tun könnte und ob es ihr jetzt besser gehen würde.

Annie und Alois und Jakob und Caitlyn waren ja noch zu verkraften, den vieren wünschte Frieda alles erdenklich Gute, aber dass sie neuerdings überall und nirgends andere total verliebte Paare sah, machte Frieda langsam wirklich wahnsinnig. In der Großmarkthalle knutschten zwei Männer bei den Salatköpfen, im Hausflur erwischte Frieda ihre Nachbarin mit ihrem neuen Freund, und im Supermarkt konnten der Mann und die Frau vor Frieda in der Schlange die Hände nicht voneinander lassen, das fiel sogar der Kassiererin auf, die schließlich beim Wechselgeld-Rausgeben meinte, die beiden sollten sich doch bitte endlich ein Zimmer nehmen.

Egal wo Frieda war: Überall turtelten, küssten, umarmten sich

Paare. Im Park, an der Bushaltestelle, beim Bäcker, vor »Friedas Fritten«.

Frieda war nirgendwo mehr vor Verliebten sicher. Und dabei war doch gar nicht Frühling, sondern Spätsommer, und der Herbst lag schon fast in der Luft.

Vielleicht aber lag das alles auch ein wenig an Friedas geistigem Zustand. Selektive Wahrnehmung nannte man so etwas, sie hatte da mal einen Artikel gelesen.

Aber abgesehen von dieser speziellen Wahrnehmung gab es ein echtes Problem, das sich wirklich nicht mehr verdrängen ließ.

Frieda hatte vorgestern Nacht fast ihre Wohnung abgebrannt. Sie hatte versucht, morgens um vier ein paar Spiegeleier zu braten, und war anscheinend wieder für ein paar Sekunden im Stehen eingeschlafen. Genau wie damals an der Fritteuse, als Annie Frieda und die Fritten schließlich mit dem Löschschaum gerettet hatte.

Diesmal war Friedas Rettung der Feuermelder, der Gott sei Dank funktionierte und Frieda mit seinem unerträglichen Gepfeife gerade noch rechtzeitig wach machte. Frieda gelang es, die brennende Pfanne in die Badewanne zu werfen und so das Schlimmste zu verhindern. Aber danach saß sie eine halbe Stunde lang völlig geschockt auf dem Rand der Badewanne und löste sich in Tränen auf. Frieda weinte in der halben Stunde so viele Tränen, dass sie fast die Wanne damit füllen konnte.

Annie hatte sie von diesem kleinen Zwischenfall natürlich nichts erzählt. Die hätte sie wahrscheinlich direkt in die nächste Klinik gesteckt. Aber Frieda war danach klar: So konnte es nicht weitergehen. Und deshalb hatte sie heimlich eine Kur beantragt. Nicht bei Annies Bruder, der hätte das sicherlich trotz ärztlicher Schweigepflicht direkt an Annie weitergeleitet.

Frieda war extra zu einem ihr völlig unbekannten Arzt gegangen, der die Kur für sie beantragte und sie auch sofort krankschreiben wollte. Eine Krankschreibung kam für Frieda aber jetzt echt nicht infrage. Sechs Wochen Nordsee in einer Kurklinik reichten für Friedas Geschmack. Wenn alles gut ging und ihr Antrag bewilligt würde, könnte sie in zwei Monaten in Ostfriesland das Schlafen und das Sichentspannen wieder erlernen.

Dort würde es viel Ruhe geben, Gespräche, Massagen und eventuell sogar Fangopackungen. Außerdem warteten dort viel flaches Land und jede Menge Wasser und Wattwanderungen auf Frieda. Sicher gab es dort keine Berge, von denen man runterfallen konnte, oder Ziegen, die gerne bei einem im Bett schlafen wollten. Und ganz sicher gab es dort keinen Max.

Das war das Entscheidende für Frieda.

Und bis dahin würde sie einfach die Zähne zusammenbeißen und durchhalten. Annie würde sie davon erzählen, sobald der Antrag bewilligt war.

Alleine der Gedanke an die Kur ließ Frieda in der Nacht nach dem Arztbesuch besser schlafen.

Am nächsten Tag fühlte sie sich tatsächlich etwas ausgeruhter. Sie machte die Augen auf, streckte den rechten Fuß unter der Bettdecke hervor und bemerkte, dass etwas in der Luft anders war. Sie war kühler, frischer, klarer. Selbst hier in Berlin, mitten in der Stadt, konnte Frieda merken, dass der Herbst jetzt wirklich vor der Tür stand, kein Wunder, es war ja auch schon Mitte September, und sie war fast zwei Monate zurück von der Alm. Dabei hatte Frieda das Gefühl, es wäre kaum ein Tag vergangen. Die beiden letzten Monate waren wie in einem Nebel. Aber es waren wirklich schon ein paar Wochen verstrichen, ihre Rippen taten die meiste Zeit nicht mehr weh, und um ihr Herz würde Frieda sich dann in der Kur kümmern.

Sie zog heute einen Schal und eine dickere Jacke an, um wie immer mit dem Fahrrad zur Bude zu fahren.

Frieda musste sich heute früh beeilen, sie war alleine. Annie hatte sich die nächsten drei Tage Urlaub genommen und war mit Alois an die Ostsee gefahren. Frieda konnte sich Alois zwar nur schwer direkt am Meer vorstellen, aber Annie und Alois waren so ineinander verliebt, dass es wohl wirklich egal war, wo sie sich aufhielten. Hauptsache, die beiden hatten sich.

Frieda war es ganz recht, viel Arbeit zu haben, das hielt sie davon ab, zu viel zu grübeln, und verkürzte gefühlsmäßig die Zeit bis zur Kur.

»Können Sie nicht aufpassen!« Frieda musste eine Vollbremsung hinlegen und wäre fast über den Lenker geflogen. Eine junge Frau war, ohne nach rechts oder links zu blicken, einfach auf den Fahrradweg gelaufen, mit dem Handy in der Hand. Typisch, dachte Frieda, es war ein Wunder, dass hier in der Stadt nicht noch mehr passierte. Alle schenkten ihren Handys mehr Aufmerksamkeit als dem Verkehr. In Berlin Fahrrad zu fahren war wahrscheinlich viel gefährlicher, als alleine in den Bergen zu wandern, dachte Frieda gerade, als die junge Frau sich entschuldigte: »Es tut mir furchtbar leid, ich habe Sie nicht kommen sehen, Sie waren aber auch verdammt schnell.«

Frieda war überrascht, eine Entschuldigung zu hören. Die junge Frau war sicher keine Berlinerin, sonst hätte sie einfach nur über Frieda geflucht, ihr den Stinkefinger gezeigt und wäre weitergelaufen. Und dann sah Frieda, wen sie fast überfahren hätte: Leonie, die Tochter von Max.

So ein Zufall, Frieda konnte es kaum glauben. Aber doch, es war Leonie, eindeutig. Frieda blickte sich schnell unauffällig um. Aber von Max war weit und breit nichts zu sehen. Leonie war anscheinend alleine hier. Gott sei Dank. Frieda atmete aus.

»Frieda?«, sagte Leonie in diesem Augenblick.

Frieda stieg vom Fahrrad ab.

»Tut mir leid, dass ich dich fast überfahren habe. Ich war echt etwas schnell, ich hab's eilig. Was machst du hier?«, fragte Frieda.

»Na, das ist ja ein Zufall«, antwortete Leonie sichtlich verblüfft. »Ich bin zwei Tage wegen ein paar Vorträgen hier, Kardiologie, in der Charité. Ich hatte mir schon überlegt, bei ›Friedas Fritten‹ vorbeizuschauen. Mein Vater hat es mir empfohlen. Wollen wir nicht noch einen Kaffee zusammen trinken? Ich habe eine halbe Stunde Zeit, bevor es losgeht, und wollte mich vorher sowieso noch mit Koffein versorgen.«

Frieda war verunsichert. Leonie wirkte zumindest so, als wüsste sie nichts von Friedas Affäre mit ihrem Vater. Falls man das, was passiert war, überhaupt als Affäre bezeichnen konnte. Und selbst wenn sie es wüsste, wäre es hoffentlich für Leonie nicht allzu dramatisch – Frieda hatte schließlich mit der Affäre nicht Leonies Mutter gekränkt. Sowieso hatte sie nicht gewusst, dass Max verheiratet war. Der Gedanke beruhigte sie zwar in Bezug auf Leonie, nicht aber in Bezug auf Max.

»Würde ich gerne, aber ich muss den Laden aufmachen. Meine Kollegin ist gerade im Urlaub.«

»Das ist schade.« Leonie schien aufrichtig enttäuscht zu sein, dass Frieda keine Zeit für sie hatte. Und in diesem Moment tat es Frieda leid, dass sie nicht einfach spontan zugesagt hatte. Aber sie war hin- und hergerissen. Kontakt zu Leonie würde sie im Moment emotional doch etwas überfordern, und die Kunden wären auch nicht begeistert, wenn sie einfach eine halbe Stunde später aufmachen würde.

»Tja.«

»Tja. Dann dir noch einen schönen Tag. Ich hoffe, die Vorträge sind spannend, und wenn du es schaffst, schau bei mir und den Fritten vorbei. Ich würde mich freuen.«

Frieda wollte sich gerade wieder auf ihr Rad schwingen, da sagte Leonie plötzlich: »Meinem Vater geht es übrigens nicht besonders gut.«

Frieda hielt in der Bewegung inne, während Leonie fortfuhr: »Er operiert im Moment nicht. Keine Ahnung, wieso. Er hat die Scheidung eingereicht. Wahrscheinlich liegt es daran. Zu viel Stress. Das ist schade, denn ich hatte das Gefühl, die Zeit mit dir oben auf dem Berg hat ihm damals richtig gutgetan. Ich mach mir grade wieder etwas Sorgen um ihn.«

Leonie blickte Frieda auffordernd an.

Frieda wusste nicht, wie sie darauf reagieren sollte. Und dann sagte sie:

»Das wird schon wieder, Leonie. Dein Vater ist ein ziemlich harter Brocken. Ich bin sicher, er fängt sich wieder. Eine Scheidung zerrt ziemlich an den Nerven, ich weiß das, ich bin ja auch geschieden. Wahrscheinlich braucht er doch mal einen längeren Urlaub, Abu Dhabi, Malediven, was weiß ich. Max wird schon wieder. Der ist ein Stehaufmännchen.«

Frieda kam sich richtig blöd vor, so einen Unsinn zu erzählen. Richtig tröstlich war das sicher nicht. Weder für sie noch für Leonie. Aber sie wollte Leonie auch nichts von Max' Zitteranfällen erzählen. Das wäre ein Vertrauensbruch, den sie selbst jetzt, wo sie Max in die Hölle wünschte, nicht über das Herz bringen würde.

Leonie wirkte wenigstens etwas getröstet.

»Wenn du meinst«, sagte sie.

»Das wird, glaub mir. Vielleicht gehst du mal mit ihm in die Berge, dann habt ihr Zeit zum Reden.«

»Das ist sicher eine gute Idee.«

»Ich muss jetzt los. Tut mir leid, dass ich gerade keine Zeit habe. Bis dann.«

»Bis dann.«

Frieda stieg wieder auf ihr Fahrrad und fuhr davon, die Arbeit wartete. Und Max ließ sich scheiden. Der Gedanke daran begleitete Frieda den ganzen Tag.

»Ich habe zufällig deine Tochter Leonie in Berlin ge...«

»Ich habe gehört, du lässt dich scheiden und ...«

»Ich habe über alles noch mal nachgedacht ...«

»Eine Scheidung ist immer schwierig, wenn du jemanden zum Reden brauchst ...«

»Weißt du, dass die Alm verkauft worden ist?«

»Es tut mir leid, ich ...«

»Ich kann nicht aufhören, an dich zu denken ...«

»Wollen wir reden, einfach so als Freunde?«

Frieda tippte seit Stunden Nachrichten an Max in ihr Handy und löschte sie wieder.

Seit sie vor zwei Tagen zufällig Leonie getroffen hatte, war die Wunde Max wieder aufgerissen.

Ihm ging es nicht so gut.

Er ließ sich gerade scheiden.

Du blöde Kuh!, schalt Frieda sich selbst. Auch wenn Max sich scheiden lässt, dann nicht wegen dir, bilde dir bloß nichts ein, sagte Frieda streng zu sich selbst und tippte:

»Ich vermisse dich blöderweise manchmal immer noch und will nur, dass du das weißt.« Da klingelte es an der Tür.

Frieda legte das Handy auf den Küchentisch und stand auf. Das musste Annie sein. Die war zurück von der Ostsee und wollte unbedingt nach ihr sehen.

Gott sei Dank hatte Frieda schon die Rauchspuren von dem

kleinen Brand in der Küche mit etwas Grundierung und Farbe selbst überstrichen. Frieda hatte die Gelegenheit genutzt und gleich die ganze Küche neu gemacht. Zwischen zwei und vier Uhr nachts. Jetzt war ihre Küche jadegrün statt langweilig weiß, und Frieda fand es großartig. Es gab tatsächlich nichts Blödes, was nicht auch sein Gutes hatte. Ohne den Brand wäre die Küche die nächsten Jahre noch weiß geblieben.

Frieda öffnete die Tür, Annie stürmte herein und brachte mit sich den Geruch von Meer und eine frische Brise. Zu Friedas Überraschung war Alois nicht direkt hinter ihr.

Annie sah aus wie das blühende Leben. Rote Wangen, strahlende Augen und eine Energie, die Friedas kleinen Flur geradezu vibrieren ließ.

Annie umarmte sie, dann ließ sie wieder von Frieda ab und betrachtete sie kritisch.

»Du hast schlimmere Augenringe als vorher«, sagte Annie zur Begrüßung.

»Danke. Ich finde auch, dass du echt gut aussiehst«, sagte Frieda. Annie ging gar nicht darauf ein. »Die Ostsee war wunderbar. So viel frische Luft. Alois hat es auch gefallen, er mag das Meer, nicht nur die Berge, Gott sei Dank. Aber wie ist es dir ergangen, meine Liebe? Du warst die letzten drei Tage ja nicht sehr gesprächig.«

»Im Laden läuft alles bestens. Ich probiere gerade eine neue Soße aus für die Süßkartoffelpommes.«

»Ich will wissen, wie es dir geht, nicht den Pommes.«

»Mir geht es bestens.«

»So siehst du aber nicht aus.«

»Es kommt auf die inneren Werte an.«

»Nun, die dürften bei dir im Moment auch nicht die besten sein. Deshalb gehst du jetzt einfach mit mir und Alois essen. Wir haben einen Tisch in einer halben Stunde bei dem sauteuren Italiener reserviert, den du so magst.«

»Ich hab schon gegessen.«

»Papperlapapp. Dann trinkst du einfach nur was. Ich dulde keinen Widerspruch. Wie ich dich kenne, hast du die paar Tage, die ich nicht hier war, nur in deiner Bude gehockt und nicht geschlafen. Du musst raus, unter Menschen, dich ablenken. Und du musst unter die Dusche. Du müffelst nach Fritteuse.«

Frieda roch an sich.

Annie hatte wahrscheinlich nicht unrecht. Sie hatte die letzten Tage wirklich gegammelt oder über ihrem Handy und nicht abgeschickten Nachrichten gebrütet.

Vielleicht wäre was Leckeres zu essen auch gar nicht schlecht. Die letzten Tage gab es eher Tiefkühlkost bei Frieda.

»Okay. Ich komme mit. Aber nur, weil ich weiß, dass du sowieso sonst keine Ruhe gibst. Ich bin in ein paar Minuten fertig.«

Frieda ging unter die Dusche.

Als sie kurz darauf aus dem Bad kam, war sie wieder halbwegs restauriert. Zumindest roch sie besser als vorher.

Annie hatte ihr Handy in der Hand und blickte auf die Uhrzeit.

»Beeil dich. Sonst verlieren wir den Tisch. Du weißt doch, dass die immer ausgebucht sind.«

Frieda schnappte ihre Tasche und ihren Schlüssel.

Annie stand auf. »Schön, dass du mitkommst. Ich habe übrigens mit Alois an der Ostsee darüber gesprochen, wie das so mit uns weitergehen soll. So zwischen Bergen und Berlin.«

»Und wie soll das weitergehen?«, fragte Frieda und dachte, dass es sicher nicht einfach war, einen Stadtmenschen und einen Bergmenschen auf die Dauer unter eine Decke zu bekommen.

»Erzählen wir dir beim Essen. Und jetzt komm«, sagte Annie und ging voraus.

26

Frieda war ganz in Gedanken versunken, während sie ein paar Currywürste auf dem Grill wendete.

Das Essen gestern mit Annie und Alois war, wie immer in diesem Lokal, hervorragend gewesen, aber das, was Annie ihr mitteilte, hatte Frieda den Appetit verdorben. Annie wollte im nächsten Jahr die Sommermonate oben bei Alois auf dem Berg verbringen, und bis dahin würden sie und Alois zwischen Bayern und Berlin pendeln. Annie hatte Frieda den Vorschlag gemacht, einen Geschäftsführer für »Friedas Fritten« einzustellen. So hätte auch Frieda mehr Zeit für sich, und »Friedas Fritten« warf wirklich genug Geld ab, sodass sie sich das leisten konnten.

Frieda schüttelte den Kopf über den Grillwürsten, als sie an das Gespräch zurückdachte. Was sollte sie bitte mit mehr Zeit für sich? Seit Jakob unterwegs war, hatte sie so viel Zeit für sich gehabt, dass sie nur auf dumme Gedanken gekommen war. Noch mehr Zeit und noch mehr dumme Gedanken brauchte sie nun wirklich nicht.

Es war ja nicht so, dass Frieda Annie die Sache mit Alois nicht gönnte, aber trotzdem. Ein Stück weit würde Frieda sich umgewöhnen müssen. Bisher war Annie hier in Berlin immer an ihrer Seite gewesen. Und was bitte sollte Annie in den Bergen? Ausgerechnet Annie, die nun wirklich eine Flachlandtirolerin war. Annie war durch und durch ein Stadtkind, und wenn sie mal durch einen Park lief, hatte sie schon genug von der Natur. Die Berge waren ja das genaue Gegenteil von Berlin. Alles war grün, der Himmel war unendlich, die Luft war sauber und roch nach Gras und Heu, und es gab jede Menge Tiere, denen man begegnete, ob man darauf vorbereitet war oder nicht.

Frieda merkte, wie sie selbst in Gedanken in Richtung Berge davondriftete.

Ein leises Meckern ertönte hinter ihr.

Es klang wie eine Ziege. Frieda traute ihren Ohren nicht. Sicherlich hatte sie mittlerweile Halluzinationen, sie hatte heute Nacht knappe vier Stunden geschlafen, und das nicht gerade am Stück. Oder vielleicht träumte sie gerade wieder, während sie an der Fritteuse stand. Hoffentlich würde sie diesmal rechtzeitig wach werden, bevor sie ganz Berlin in Brand steckte.

»Mähähähhh!« Das leise Meckern erklang schon wieder. Frieda zwickte sich. Es tat weh. Das hieß jetzt eigentlich, dass sie nicht träumte, aber Frieda hatte noch nie verstehen können, wieso so ein Sich-selbst-Zwicken ein Beweis dafür sein sollte, dass man nicht träumte. Man konnte sich ja auch im Traum zwicken, und das konnte wehtun. Schließlich konnte man auch im Traum Schmerz fühlen, und man konnte im Traum denken, dass man vollkommen wach sei, obwohl man gerade über Berlin flog, nur mit einem Nachthemd bekleidet – ach egal.

Frieda stoppte ihre Gedanken und holte ein paar Fritten aus der Fritteuse. Sie waren nicht verbrannt.

Sie schlief anscheinend doch nicht. Das war sicher auch nicht das Meckern einer Ziege gewesen, sondern der Auspuff von einem defekten Roller oder so was.

»Einmal Currywust mit Friedas spezieller Currysoße, und ein paar Salatblätter ohne Dressing, falls Sie so etwas dahaben, für meine Begleitung wären auch nicht schlecht. Und dann hätten wir gerne noch ein paar Alpenkräuterbonbons als Nachtisch, falls das nicht zu viel verlangt ist«, ertönte eine Stimme hinter ihr, und ein lautes zustimmendes Meckern folgte.

Frieda drehte sich gaaaaaanz langsam um.

Es war alles wie in Zeitlupe.

Sie war doch in einem Traum oder in einem Film.

Frieda sah ein paar Tauben ganz langsam über den Himmel fliegen. Ein Wunder, dass sie bei der Geschwindigkeit nicht einfach vom Himmel plumpsten.

Frieda war doch eingeschlafen. Oder vielleicht hatte sie jetzt die Bude endgültig abgefackelt und war bereits tot.

Vor Frieda stand Max.

Max Schröder.

Und neben ihm stand Zicke.

Max grinste und hielt Zicke an einer Leine wie einen Hund. Zicke hatte ein hübsches kleines rotes Hundegeschirr umgeschnallt – es stand ihr ausnehmend gut – und blickte sie neugierig mit ihren großen braunen Augen an.

Für einen Moment sah es sogar so aus, als ob Zicke ihr zuzwinkerte, aber das konnte jetzt nicht wirklich sein.

Frieda wusste nicht genau, ob sie sich in einem Traum oder vielleicht doch in einem Albtraum befand.

In jedem Fall war das hier absolut surreal.

Max und Zicke vor ihr auf dem Savignyplatz.

»Falls das jetzt ein Traum ist, würde ich jetzt echt gerne wach werden«, sagte Frieda laut, als sie das Gefühl hatte, dass sie sich wieder etwas gefangen hatte.

»Das ist kein Traum. Wir stehen hier vor dir. Und Zicke hat ziemlichen Hunger. Wir sind ja auch schon etwas länger unterwegs. Von Berchtesgaden nach Berlin ist es ja eine ganz schöne Strecke.«

»Wieso ... ähh ... was machst du hier?« Frieda fiel nichts Besseres ein.

»Ich wollte eine Currywurst essen«, sagte Max unschuldig.

»Die gibt es auch in München«, meinte Frieda.

»Da irrst du dich, dort gibt es nur Weißwürste«, erwiderte Max und grinste weiterhin sein ziemlich unverschämtes Grinsen. Frieda bedachte ihn mit einem Blick, der einen angreifenden Gorilla zum Schwanzeinziehen hätte bringen können, wenn denn Gorillas Schwänze zum Einziehen hätten.

Für eine Sekunde verschwand tatsächlich das Grinsen aus dem Gesicht von Max.

»Du hast mir doch gestern eine Nachricht geschickt«, sagte er und wirkte etwas irritiert.

Auch Frieda war verwirrt. Sie hatte Max in den letzten Nächten sicherlich ein paar Hundert Nachrichten geschrieben. Aber sie hatte sicher keine einzige abgeschickt, das wusste sie ganz genau.

Frieda schüttelte den Kopf und sagte: »Das habe ich nicht.«

»Hast du doch.«

»Du bist verrückt.«

»Bin ich nicht.«

»Max, das ist eine ganz schlechte Masche, und glaub mir, ich würde mich erinnern, wenn ich dir irgendetwas geschickt hätte. Und ich erinnere mich an gar nichts. Noch nicht mal an dich.«

»Aber an Zicke erinnerst du dich schon, hoffe ich doch?«

Frieda seufzte auf. Musste er immer das letzte Wort haben?

Max holte sein Handy raus und hielt es Frieda unter die Nase.

»Hier … das ist deine Nummer, das ist von dir.«

Frieda beugte sich näher zu Max. So ohne Lesebrille war das schwer zu erkennen, aber es sah verdammt nach der letzten Nachricht aus, die sie ihm nicht geschickt hatte. Da stand tatsächlich:

»Ich vermisse dich blöderweise manchmal immer noch und will nur, dass du das weißt.«

Ein Kunde neben Max wurde langsam ungeduldig.

»Wat is jetzt mit meiner Currywurst? Vom Labern alleine brät sich die ja wohl nich.«

Frieda blickte den Kunden an. Dann wischte sie sich ihre Hände an der Schürze ab, zog sie aus und sagte zu dem Typen:

»Für heute ist hier geschlossen. Gehen Sie doch zu Mackie oder von mir aus auch dahin, wo der Pfeffer wächst.«

Frieda schnappte sich ein paar Salatblätter und ging raus zu Max und Zicke.

Zu ihrer Überraschung standen die beiden tatsächlich noch da.

Kein Traum.

Zicke fing sofort an, an den Blättern herumzuknabbern, und leckte glücklich Friedas Hand ab.

Die freute sich anscheinend total, Frieda wiederzusehen, und die Freude war gegenseitig. Frieda knuddelte die Kleine überschwänglich. Sie hatte sie furchtbar vermisst. Und solange sie sich mit Zicke beschäftigte, musste sie sich nicht mit Max beschäftigen.

»Willst du die Kleine jetzt zu Tode schmusen?«, fragte Max dann auch etwas ungeduldig, und Frieda blieb nichts anderes übrig, als sich ihm zuzuwenden.

»Die Nachricht habe ich nicht geschickt. Das war Annie, vermute ich.« Frieda erinnerte sich daran, dass sie Annie mit ihrem Handy gesehen hatte, kurz bevor sie zum Italiener aufgebrochen waren. Annie kannte ihren Code, sicher hatte sie die Nachricht geschickt. Frieda würde mit ihr ein Hähnchen rupfen deswegen, ach was, kein Hähnchen, das würde ein ausgewachsener Truthahn werden. Einfach so eine Nachricht in Friedas Namen an Max zu schicken!

»Deine Freundin benutzt dein Handy, um mir Nachrichten zu schicken?«

Frieda zuckte mit den Schultern. Was konnte sie schon dafür? Annie hatte schon immer einen sehr eigenen Kopf gehabt.

Max seufzte auf.

»Egal. Jetzt bin ich hier. Und wir reden. Ob du willst oder nicht. Und egal, ob die Nachricht von dir ist oder nicht. Annie wird sich schon was dabei gedacht haben.«

»Du kennst Annie nicht. Und ich will immer noch nicht reden. Aber wieso ist Zicke hier?«

»Ich habe die Alm gekauft. Und die Ziegenherde mit dazu. Der Bauer wollte erst nicht, und das hat mich viel Überzeugungskraft und ein kleines Vermögen gekostet. Aber was soll's.«

Frieda starrte Max ungläubig an. Er hatte die Alm gekauft?

»Willst du jetzt Bauer werden oder Senner oder wie immer man das nennt?«

»Will ich nicht. Es tut mir einfach gut, auf dem Berg zu sein, ich wollte was Eigenes haben für die Wochenenden und die Ferien, und die Alm ist perfekt. Und sie erinnert mich an dich. Und Zicke habe ich auch gekauft, weil sie mich an dich erinnert. Sie ist genauso zickig und stur wie du. Aber sie sieht besser aus, dir fehlt einfach dieser kleine Damenbart, der Zicke erst so richtig attraktiv macht.«

Frieda war kurz davor, Max eine zu scheuern. Es gab auf dieser

Welt wirklich niemanden, der sie so schnell auf zweihundertfünfundneunzig bringen konnte.

Max holte tief Luft.

»Frieda, ich will mehr Zeit in den Bergen verbringen. Und das am liebsten mit dir. Und deshalb bin ich hier. Um dir das zu sagen.«

Jetzt schnappte Frieda nach Luft.

Max fuhr fort: »Oben auf dem Berg, da wollte ich dir ganz oft sagen, dass ich verheiratet bin. Ich war unter anderem sowieso da oben, um über meine Ehe nachzudenken. Ich hätte es dir sagen sollen, aber ich wusste nicht, wie du das aufnimmst, und irgendwie … irgendwie kam immer etwas dazwischen. Ich wollte es dir sagen, als wir am See waren, aber dann kam das Unwetter …«

»Das kam ja dann wohl zur rechten Zeit.« Frieda konnte sich das jetzt nicht verkneifen.

»Okay. Du hast recht. Es war nicht nur das Unwetter. Obwohl das auch kam, das will ich hier einfach nur noch mal gesagt haben. Die Wahrheit ist, ich hatte Angst, es dir zu sagen. Ich hatte Angst, dass du das machen würdest, was du dann auch gemacht hast, als du erfahren hast, dass ich verheiratet bin. Dass du einfach abhaust. Du bist ja schon mal abgehauen.«

»Wann bin ich abgehauen?«

»Mit siebzehn nach Berlin.«

»Meine Eltern sind umgezogen. Ich konnte ja schlecht alleine in München bleiben.«

»Du hast dich nie mehr gemeldet!«

»Ich dachte, ich war nur eine von vielen.«

»Falsch gedacht.«

Frieda starrte Max an. Sie konnte es nicht glauben. Was wäre passiert, wenn sie damals nicht mit ihren Eltern nach Berlin gegangen wäre? Wie kam Max dazu, so was nach all den Jahren zu sagen?

»Du hast mir damals keine Sekunde das Gefühl gegeben, dass es etwas anderes als mit all den anderen ist. Dass ich für dich anders bin«, sagte Frieda und war ganz durcheinander.

»Du aber auch nicht. Du hast mich nach dem Kuss mit deinem hübschen Po nicht mehr angeschaut.«

»Weil es mir total peinlich war. Ich habe dich vollgekotzt. Weißt du, wie grauenvoll das für eine Siebzehnjährige ist, die nach ihrem ersten großartigen Kuss den Jungen ihrer Träume vor allen anderen einfach vollkotzt?«

»Das war doch nicht schlimm. Das hat mir überhaupt nichts ausgemacht.«

Frieda starrte Max an. Ewige Zeiten war ihr alleine der Gedanke an diese Nacht unfassbar peinlich gewesen, und sie war – trotz des Liebeskummers – damals sehr froh gewesen, dass niemand in Berlin sie und diese Geschichte kannte.

Und jetzt das.

Teenager sind einfach unfassbar blöd, dachte Frieda. Und Erwachsene sind keinen Deut besser als Teenager, dachte Frieda gleich danach.

»Das konnte ich nicht wissen.«

»Dann weißt du es jetzt. Und überhaupt weißt du vieles nicht, oder du willst es nicht wissen. Und deshalb bin ich jetzt hier. Diesmal läuft das anders, das habe ich mir geschworen.«

Max holte tief Luft. »Du weißt, dass ich mich scheiden lasse?«

»Leonie hat es mir gesagt.«

»Gut. Und ich weiß jetzt, warum ich dieses Zittern habe. Ich hatte Angst, dass, wenn ich selbst mal auf so einem OP-Tisch liege, niemand da ist, dem das wehtut. Also niemand außer meiner Tochter. Dass da keine Frau ist, die es bedauert – sie muss ja nicht gleich das Broken-Heart-Syndrom bekommen, so weit würde ich jetzt nicht gehen, aber es wäre schön, vermisst zu werden, gebraucht zu werden, jemanden zu haben, dem ich wirklich wichtig bin und er mir. Julia wollte immer in der Hauptsache mein Geld und meinen Status. Und sie ist übrigens schon meine dritte Frau, irgendwie erwische ich immer die Falschen. Selbst mit Leonies Mutter lief es schon länger nicht besonders gut, als sie den Unfall hatte. Bei dir ist es anders. Bei dir habe ich das Gefühl, du könntest so ein Mensch für mich sein. Vielleicht, weil wir uns schon ewig kennen, aber ich glaube, es ist, weil du jemand bist, der sich von mir und meinem Gequatsche nicht beeindrucken lässt. Nicht so wirklich zumindest. Du gibst immer Kontra, und du kannst ganz wunderbar alleine sein und brauchst niemanden. Deshalb ist es, wenn du dann mal jemanden brauchst, was ganz Besonderes …« Max holte erneut Luft und blickte Frieda fragend an.

Frieda konnte nicht reagieren. Sie war völlig überfordert. Von Max. Von seinen Worten. Von Zicke. Vom Leben. Sie dachte alles und nichts.

Max redete weiter:

»Ich weiß nicht, ob du das verstehst, was ich dir sagen will, aber ich wollte das einfach loswerden … egal, was dabei rauskommt. Meine Eltern waren damals, als wir zusammen in der Klasse waren, ständig im Streit, bis sie sich endlich haben scheiden lassen. Und ich dachte immer, so einen Scheiß brauche ich in meinem Leben wirklich nicht. Und dann warst du plötzlich oben auf der Alm, und ich habe mich wieder wie siebzehn gefühlt. Mit allen Möglichkeiten, ohne den ganzen Ballast, den man in unserem Alter so mit sich rumschleppt und …«

Max hielt inne und blickte sie an.

Frieda wusste nicht, was sie sagen sollte.

Zicke fing an, laut zu meckern.

Max erwartete immer noch eine Antwort. Frieda konnte es in seinen Augen sehen.

Sie konnte gar nicht klar denken, öffnete den Mund, machte ihn wieder zu. Und dann sagte sie: »Max. Ich ... ich weiß es einfach nicht. Ich glaube nicht, dass Menschen sich ändern können, und ich habe einfach keine Kraft mehr, mich noch einmal in meinem Leben von dir verletzen zu lassen. Du warst schon immer ein Meister der Worte und ein Meister darin, Frauen das Herz zu brechen, und ich glaube, dreimal ein gebrochenes Herz vom gleichen Mann überlebe ich vielleicht wirklich nicht ... und ich ... Max, es tut mir leid ...«

Frieda wusste nicht weiter.

Zicke meckerte noch lauter.

Max nickte. Er konnte ihr nicht mehr in die Augen sehen.

»Frieda, schon gut. Ich habe verstanden. Du musst nichts mehr sagen. Es war verrückt von mir hierherzukommen, du hast mir schon in Berchtesgaden deutlich genug gesagt, dass du nichts mehr von mir wissen willst.«

Max nahm Zickes Leine auf und sagte zu der Kleinen: »Komm, wir gehen.« Dann wandte er sich wieder an Frieda: »Falls du Zicke mal oben auf der Alm besuchen willst – sie würde sich sicher freuen.«

Mit diesen Worten drehte Max sich um und ging davon, eine ziemlich widerstrebende Zicke hinter sich herziehend.

Frieda blieb einfach stehen.

Sie blickte den beiden nach.

Tja. Das war's dann wohl wirklich.

Frieda fühlte sich furchtbar.

Ihr Herz tat ihr weh.

Sie spürte so ein Ziehen in der Brust.

Zicke drehte sich noch einmal kurz nach Frieda um, obwohl Max sie weiterhin hinter sich herzog, und blickte Frieda mit ihren großen braunen Augen an.

Frieda wusste genau, was die Kleine sich dachte: dass Frieda die blödeste und dümmste Ziege auf der ganzen Welt war. Dümmer und doofer als jede andere Ziege, die Zicke kannte, und Zicke kannte einige.

In diesem Augenblick brach etwas in Frieda auf. Etwas, das sie ganz lange ganz fest unter Verschluss gehalten hatte – ihre Gefühle. Ein Berg kam ins Wanken, und eine Lawine ging von ihrem Herzen ab und rollte mit Donnern ins Tal.

Frieda rannte, so schnell sie konnte, hinter Max und Zicke her.

»Warte! Warte!«, rief sie.

Frieda überholte Max und stellte sich ihm und Zicke in den Weg.

Sie war ganz außer Atem, aber nicht wegen der paar Meter Sprint.

»Warte, Max, ich ... es tut mir auch leid ... du bist ein Vollidiot ... das stimmt, aber ich bin auch ein Idiot ...«

Frieda holte tief Luft. Es fühlte sich an wie damals, als sie das erste Mal vom Zehnmeterbrett im Schwimmbad gesprungen war.

»Frieda, komm zur Sache«, sagte Max.

Frieda nahm all ihren Mut zusammen und sprang vom Hundertmeterbrett.

»Ich bin ein Idiot, weil ich dir nicht gesagt habe, was ich für dich empfinde. Nie. Zu keiner Zeit und bei keiner Gelegenheit. So wie du mir nicht gesagt hast, dass du verheiratet bist oder dass du was für mich empfindest. Ich hatte auch Angst, ich hatte Angst, dass ich erneut verletzt werde, aber weißt du was, das ist mir eigentlich gerade erstaunlicherweise vollkommen egal. Total egal. Ich bin verliebt in dich. Ich war verliebt in dich, und vielleicht werde ich immer in dich verliebt sein. Du bist ein toller Kerl, wenn du es zulässt. Ich fand dich schon mit siebzehn unglaublich und jetzt sogar noch mehr. Und egal, ob du jetzt für immer aus meinem Leben verschwindest oder ob wir ein Paar werden und ewig glücklich miteinander sind oder du mich jahrelang betrügst und ich es jedes Mal merke und dich jedes Mal verfluche. Mir ist es einfach wichtig, dir zu sagen, wie ich fühle ... Max ... ach, verdammt noch mal, es ist mir total egal, was aus uns wird, denn jetzt ist jetzt, und die Zukunft kennt sowieso keiner, und ich werde auch ein drittes Mal ein gebrochenes Herz überleben. Oder auch nicht. Dann hat das alles trotzdem einen Sinn. Und wenn es keinen hat, ist mir das auch egal, ich glaube, ich kann gerade nicht so gut denken, aber ich kann sehr gut fühlen, und ich fühle mich plötzlich total frei und glücklich, weil ich dir das alles endlich gesagt habe und ...«

Frieda redete und redete und redete immer schneller und lauter, die Wörter flossen einfach so aus ihr heraus, ohne dass Frieda überhaupt wusste, was sie so sagte.

Und dann sagte Max:

»Frieda ... alles ist gut. Ich hab dich ja gehört. Ich liebe dich auch.«

Max stand ganz nah vor ihr.

Frieda konnte die kleinen goldenen Einsprengsel in seinen Augen sehen. Er hatte wirklich verdammt schöne Augen. Die schönsten Augen der Welt.

Und dann küsste Max Frieda und Frieda küsste Max, und sie küssten sich mitten in Berlin auf dem Savignyplatz, und sie küssten sich so lange, bis Zicke, die auch mal wieder beachtet werden wollte, ganz laut meckerte und ein paar kleine schwarze Bällchen fallen ließ.

Frieda beugte sich zu der kleinen Ziege runter und nahm Zicke auf den Arm.

»Du hast ja völlig recht. Dich liebe ich auch, keine Angst. Höchste Zeit, dass wir alle drei zusammen wieder auf den Berg gehen, höchste Zeit.«

Und diesmal grinste Frieda ihr unverschämt glücklichstes Grinsen, und Max legte seinen Arm um die beiden, und Zicke meckerte auf Friedas Arm zwischen den beiden laut und zufrieden.

Schließlich war sie die Einzige gewesen, die immer gewusst hatte, dass das alles in einem Happy End enden würde.

Denn Ziegen sind nämlich in Wahrheit überhaupt nicht blöd, sondern sehr, sehr schlau.

Die Liebe fällt nicht weit vom Strand

Sophie träumt eigentlich von einem mintfarbenen Foodtruck. Doch das Leben hat seine eigenen Pläne mit ihr: aus Versehen ergattert sie einen heißbegehrten Job einem Filmverleih, wo sie den neuesten Blockbuster vermarkten soll. Aus der Sekretärin wird unfreiwillig eine Marketing-Chefin. Für Sophie ist ihr Leben damit schon turbulent genug, aber das Schicksal legt noch eine Schippe drauf. Während der Dreharbeiten der romantischen Komödie in den Dünen Dänemarks lernt sie einen attraktiven Unbekannten und dessen Hund kennen und vergisst dabei ganz, dass sie zu Hause ja eigentlich schon liiert ist ...

Franziska Jebens
Die Liebe fällt nicht weit vom Strand

Roman
Klappenbroschur
Auch als E-Book erhältlich
www.ullstein-buchverlage.de

ullstein